GEOFFREY HOUSEHOLD

Augen im Dunkeln

VERFOLGUNGSTHRILLER

AUS DEM ENGLISCHEN
VON
ANDREAS VOLLSTÄDT

HAFFMANS VERLAG

Die Originalausgabe
»Watcher in the shadows«
erschien 1960 bei Michael Joseph Ltd.

Für Win und Cyrus Brooks

Deutsche Erstausgabe

Veröffentlicht als
Raben-Krimi Nr. 7, Januar 1999
Umschlagbild von Nikolaus Heidelbach
Umschlaggestaltung: Atelier Ursula Hiestand, Zürich

Gesamtherstellung: Ebner Ulm
ISBN 3 251 30107 1

Raben-Krimi Nr. 7

Inhalt

I
In hellen Flammen
7

II
Die Falle schnappt zu
38

III
Versteckspiel
127

IV
Die lange Nacht
171

I

In hellen Flammen

Ich betrachte mein Vorgehen im nachhinein als Wahnsinn; und dennoch schien es damals der einzige Ausweg zu sein. Stolz, wahrscheinlich. Man kann seinen Vorfahren eben nicht so leicht entkommen. Der alte Cunobel verstand das. Aber der Sache haftete auch durchaus eine gewisse perverse Logik an. Wie die Polizei später einräumte, wäre sie, wenn ich mein normales Leben weitergeführt hätte – und da ich arbeiten mußte, um zu essen, was blieb mir anderes übrig? –, nicht in der Lage gewesen, mich zu beschützen.

Ian Parrow verglich die Situation mit der eines Jägers, der versucht, ein verängstigtes Eingeborenendorf vor einem Tiger zu beschützen. Es hat keinen Zweck, den Ort abzuriegeln und auf jedem Baum einen Schützen zu postieren. Der Tiger beobachtet einfach sämtliche Vorkehrungen – überspielt seine Enttäuschung mit Verachtung – und verschwindet von der Bildfläche, bis jedermann das Ganze gründlich satt hat. Dann kehrt er zurück.

In meinem Fall gab es niemanden zu beschützen außer mir selbst, der ich, weiß Gott, Angst genug für ein ganzes Dorf hatte. Doch das Prinzip war dasselbe. Ich mußte das arme Untier allein in die Enge treiben, zu Fuß und zu Pferd, und ihm dabei jede Chance geben, sich zu zeigen.

Seit den späten 40er Jahren führe ich ein zurückgezogenes, aber sehr befriedigendes Dasein als Zoologe, dessen Spezialgebiet die Lebenszyklen der kleineren europäischen Säugetiere sind. Von Kindesbeinen an gesammelte Erfahrungen haben mir das nötige Rüstzeug für geduldige Feldarbeit bei jedem Wetter verliehen, und ich habe sogar gelernt, die langen Stunden am Schreibtisch zu genießen, in denen ich Statistiken auswerte und erstelle. Englisch ist nicht meine Muttersprache, aber ich spreche es ohne Akzent. Was das Schreiben anbelangt, wird mir meine Aufgabe in der Regel durch den internationalen Wissenschaftsjargon erleichtert. Dies ist hier nicht der Fall. Aber ich gehe davon aus, daß ich nicht allzuviel verkehrt machen kann, wenn ich so schreibe, wie ich rede.

Am Morgen des 20. Mai 1955 war ich gerade dabei, ein paar schwache, aber faszinierende Anhaltspunkte für die – bei Reh und Dachs bereits nachgewiesene – verspätete Ausbildung des Keimbläschens beim gemeinen Eichhörnchen zusammenzutragen, als ich das zweimalige Klopfen des Briefträgers an meiner Haustür hörte. Es war vor elf, und ich war – Gott sei Dank! – allein im Haus.

Die Verandatür meines Arbeitszimmers stand sperrangelweit offen. Bevor ich den Raum verließ, machte ich sie zu, um zu verhindern, daß mir der auffrischende Westwind sämtliche Unterlagen vom Schreibtisch blies. Dann gab es eine Verzögerung von einer weiteren halben Minute, da der Türgriff klemmte. In der Zwischenzeit wartete der Briefträger, stelle ich mir vor, ungeduldig darauf, sein Päckchen abzuliefern. Als ich schließlich durch den Flur von meinem Arbeitszimmer zur Haustür ging, barsten ihre Paneele vor mir.

Das war mein erster Eindruck – durch die Augen. Obwohl ich nur etwa fünf Meter von der Tür entfernt war, sah ich, wie die Füllung aus dem Rahmen splitterte, ehe ich Lärm und Rauch wahrnahm.

Das Schloß war verbogen, und es war genug von der Tür übrig, außer im Umkreis des Briefkastens, um den Ausgang zu versperren. Ich lief ins Eßzimmer und sprang durch das nun glaslose Fenster hinaus. Auf dem Weg lagen die obere und untere Hälfte des Briefträgers, miteinander verbunden – falls man es verbunden nennen konnte – durch die örtlichen Auswirkungen der Explosion.

Der rote Postwagen stand am Tor. Meine sehr vorstädtische Straße füllte sich mit Leuten, Frauen zumeist. Ich weiß noch, daß ich mich fragte, wo sie wohl alle herkämen. Ich habe die Angewohnheit, meinen Geist von Schockwirkungen jeglicher Art abzulenken, indem ich ihn für einen Augenblick nach Gutdünken Gedankensprünge machen lasse. Beherbergten diese morgendlichen Häuser hinter ihren verschlossenen Türen immer eine solch unerträgliche Menge schlampiger Menschen?

Die Empfindlicheren standen nur für Sekunden an meinem Gartentor. Die übrigen blieben, um zu gaffen, und drangen allmählich in den Garten ein. Keiner von ihnen näherte sich dem Briefträger. Ich glaube nicht, daß der Grund hierfür ein allgemeiner Mangel an Anteilnahme und Initiative war. Es war schlicht und einfach offenkundig, daß der Briefträger keine Hilfe mehr brauchte.

Ich riß mit einem nervösen Ruck einen der Eßzimmervorhänge herunter und deckte die Leiche zu. Die Eindringlinge bestürmten mich alle mit Fragen. Ich vermochte nur zu erwidern, daß ich nichts gesehen hätte, nichts wisse, nichts erklären könne. Ich hatte die dumpfe Ahnung, es werde in irgendeiner Form zur Bekundung von Feindseligkeiten kommen. Doch dazu kam es natürlich nicht. Diese entsetzte kleine Menschenmenge maß dem Tod des Briefträgers ebensowenig Bedeutung bei wie einem Verkehrsunfall.

Schließlich traf ein Polizist ein; sodann kam, mit äußerst löblicher Geschwindigkeit, eine Funkstreife und ein Wagen mit Polizisten vom zuständigen Revier. Wie ein Trupp gut abgerichteter, väterlicher Schäferhunde kümmerten sie sich um die glotzenden Frauen, den

Leichnam und die Suche nach jedem Papierschnitzel des mutmaßlichen Päckchens.

Ich mochte weder sie noch ihre Uniformen. Damals – ich glaube, ich bin inzwischen darüber hinweg – lösten Polizisten, selbst die liebenswürdigen englischen Polizisten, bei mir einen ebenso törichten Unmut aus wie dies eine von schmetternder Marschmusik begleitete Militärparade bei einem glühenden Pazifisten tut. Ich wußte natürlich, daß es absurd war, den Gehorsam eines Schafes zu einem Zeitpunkt zu verweigern, zu dem man nichts anderes sein konnte, und ich versuchte daher, bei der Beantwortung ihrer schnellen, verbindlichen Fragen keine allzu aristokratische Kühle an den Tag zu legen. Ich bezweifle, ob mir dies gelang, aber sie schrieben mein Gebaren wohl den Auswirkungen des Schocks auf einen zurückgezogen lebenden Wissenschaftler zu.

Der Krankenwagen kam und fuhr wieder weg. An meinem Gartentor wurde ein Polizist postiert. Man erbot sich, mich aufs Revier mitzunehmen, was ich annahm, indem ich das, was ich für geheuchelte Höflichkeit hielt, mit einem Lächeln quittierte. Der Beamte war verletzt. Er erklärte, daß es sich um ein ernstgemeintes Angebot handele und daß sich viele Leute zierten, unmittelbar nachdem sie Zeugen eines Verbrechens oder eines Unfalls geworden seien, in einem Polizeiwagen mitzufahren; sie zögen es vor, sich selbst aufs Revier zu begeben, um dem Klatsch unter den Nachbarn keinen Vorschub zu leisten.

Als ich mich erst einmal im Büro des Superintendents befand, war mir wohler in meiner Haut. Das Gesicht über der Uniform war das eines tüchtigen Rechnungsprüfers oder Verwaltungsbeamten. Er war ein verständiger und liebenswürdiger Mann, etwa in meinem Alter, und er stellte unverzüglich klar, daß er mich für das beabsichtigte Opfer der Explosion und nicht etwa für ihren Urheber hielt.

»Sie können sich kein Motiv denken, Mr. Dennim?« fragte er. »Keinerlei Feinde?«

Ich konnte es nicht. Es war mir nie in den Sinn gekommen, jemand könne mich für ermordenswert halten. Aber ich hatte mich halbwegs auf irgendeine albtraumhafte Anschuldigung des Stils gefaßt gemacht, ich hätte Eichhörnchen in die Luft jagen wollen und an ihrer Stelle einen Briefträger erwischt.

»Irgendein häuslicher Grund, der uns weiterhelfen könnte?«

»Sie meinen einen eifersüchtigen Ehemann oder etwas in der Richtung?«

»Bloß irgendwelche Unregelmäßigkeiten«, sagte er leise im Ton eines Beichtvaters.

»Nicht, was mich betrifft. Und ich bin sicher, daß Sie meine Tante ebenfalls ausschließen können.«

»Sie ist ledig?«

Ich sah, worauf er hinauswollte, und legte ihm nahe, er solle sich besser selbst einen Eindruck von Tante Georgi verschaffen.

»Sie ist Witwe«, warnte ich ihn, »und ein äußerst vernünftiger, entschlossener und eigenwilliger Mensch.«

»Haben Sie irgendeine Theorie, wie sich das Ganze abgespielt hat?«

Die hatte ich und teilte sie ihm mit. Als ich nicht auf das Klopfen des Briefträgers reagierte, versuchte er, das Päckchen in den Briefkasten zu zwängen, anstatt es in einem der Häuser nebenan zu lassen oder zwecks späterer Auslieferung wieder mitzunehmen. Mein Briefkasten hatte eine größere Öffnung als gemeinhin üblich; ein voluminöses Buch etwa paßte hinein. Die Sprengladung sollte vermutlich explodieren, wenn man die Schnur löste oder einen Deckel im Inneren hochklappte. Was jedoch geschah, war, daß das Päckchen in der Briefkastenöffnung steckenblieb – wobei vielleicht der Säurebehälter zerbrach oder die Feder des Auslösemechanismus losgehakt wurde.

Vor lauter Erklären übersah ich, daß ich ihm einen Hinweis, harmlos genug zwar, aber Fragen geradezu herausfordernd, auf meine Vergangenheit geliefert hatte.

»Sie haben nicht schon mal jemanden in die Luft gesprengt, nehme ich an?« fragte er mit allzu gezwungener Herzlichkeit.

»Bloß ein Kurs in der Armee, wie man es anstellt.«

»Und Sie hatten auch nie Verbindung zu – nun, irgendeiner dieser gewalttätigen nationalistischen Gruppen?«

»Nein. Das Päckchen kann unmöglich für mich oder meine Tante bestimmt gewesen sein.«

»Aber Sie sagten, Ihr Briefkasten habe es zur Explosion gebracht.«

Ich erklärte ihm, daß es irrtümlich ausgeliefert worden sein mußte, daß sich entweder der Absender in der Hausnummer getäuscht hatte oder dem Briefträger ein Fehler unterlaufen war. Die Straße stimmte. Ich hatte einen Fetzen blutdurchtränkten braunen Packpapiers gefunden und der Polizei ausgehändigt, auf dem in Druckbuchstaben die zweite Hälfte des Straßennamens stand.

»Was wissen Sie von Ihren direkten Nachbarn?«

»Wir sagen guten Morgen und tauschen Bemerkungen über die Tulpen aus.«

»In Ihrem Beruf als Zoologe sind Sie auf nichts gestoßen, das einen Grund darstellen könnte, Sie aus dem Weg zu räumen?«

»Ich fürchte, dazu sind meine Resultate nicht spektakulär genug, Superintendent. Es gibt nur einen Mikrobiologen, dem ich ein ausgesprochener Dorn im Auge bin, und selbst der mäßigt seine Sprache, wenn ich ihm einen Drink spendiere.«

Ich versuchte, das Gespräch auf die Welt der Wissenschaft zu lenken, wo Mord eine Seltenheit darstellt. Vermutlich wenigstens. Schließlich verfügen wir über so viele Mittel, es wie einen Tod mit natürlichen Ursachen aussehen zu lassen. Doch der Superintendent ließ sich nicht vom Thema ablenken.

»Ich nehme an, Sie waren bei irgendeiner Abteilung des Geheimdienstes«, sagte er. »Sind Sie sicher, daß es kein Motiv gibt, das sich darauf zurückführen läßt?«

»Ich kann mir keines vorstellen.«

»Wären Sie so freundlich, mir mehr zu erzählen?«

Ich berief mich auf den Official Secrets Act und verwies ihn ans Kriegsministerium. Ich wußte, daß er alles, was immer man ihm dort erzählen mochte – es wäre bestimmt eine jener Auflistungen von Fakten, die enthüllend aussehen und es nicht sind – für sich behalten würde. Aber ich war keineswegs sicher, daß die Polizei mit irgendwelchen merkwürdigen Geschichten, die sie selber aufdeckte, genauso verfuhr. Ich wollte nicht, daß meine Vergangenheit und frühere Nationalität im ganzen Distrikt bekannt wurden, nur weil vor meiner Haustür ein Briefträger getötet worden war. Ich glaube, das war ungerecht von mir, aber da waren eben wieder einmal meine Vorurteile gegen die Polizei, jedwede Polizei, am Werk.

Die Rache des Superintendents folgte auf dem Fuße. Als ich ihn verließ, wurde ich durch den Anblick von einem halben Dutzend Zeitungsreportern in und um den Reviereingang völlig aus der Fassung gebracht.

»Was soll ich diesen Kerlen denn um Himmels willen erzählen?« stieß ich hervor.

»Es gibt wohl nicht viel, was ich Ihnen über das gezielte Zurückhalten von Informationen beibringen könnte«, erwiderte er trocken. »Aber wenn ich Ihnen einen Rat geben darf, dann machen Sie kein Geheimnis aus sich.«

Das war nicht weiter schwer. Ich mimte den langweiligen Spezialisten in einem langweiligen Beruf, der nichts wußte, nichts bemerkt hatte und empört war, daß es überhaupt etwas Ungewöhnliches zu bemerken gegeben haben sollte. Die Vertreter der Abendzeitungen gingen mir nach Strich und Faden auf den Leim. Was ich zum besten gab, war sowohl zu gehaltlos als auch zu ungeeignet für intelligente Mutmaßungen, um zitierfähig zu sein. Charles Dennim, ein Zoologe, der zurückgezogen bei seiner Tante lebte, besaß einfach keinerlei Nachrichtenwert.

Lediglich eine der Zeitungen befand mich eines Fotos für würdig. Tante Georgi erklärte, daß ich darauf nicht wiederzuerkennen sei. Ich sähe aus, sagte sie, wie ein Scharfrichter, der sich der Religion zugewandt habe. Da ich somit auch weiterhin nur ein Gesicht in der Menge war, stellte das vielleicht keine sonderliche Überraschung dar.

Georgina und ich teilten das Haus und unsere kleinen Einkommen, wodurch wir einander die Art von billiger Absteige ersparten, die ansonsten womöglich unsere Privatsphäre und Verdauung ruiniert hätte. Es war eine natürliche Partnerschaft. Wir waren beide Überlebende aus einem anderen Zeitalter – sagen wir ein Paar Dinosaurier –, einer aus einer älteren Generation als der andere, aber beide gleichermaßen erfolgreich darin, eine Gesellschaft von kleinen Säugetieren davon zu überzeugen, daß wir perfekt an sie angepaßt waren. Was uns selbst anging, so ertrugen wir einander in einem ungetrübten Zustand tiefer Zuneigung und bewaffneter Neutralität.

Georgina hatte das herzliche, selbstsichere Auftreten eines adretten kleinen Kavalleriegenerals im Ruhestand. Wenn sie eine Melone und Reithosen trug, konnte sie fast als solcher durchgehen. In der Reitschule, wo sie als Aushilfslehrerin fungierte, hatten sie neue Schüler, sagte man mir, gelegentlich mit »Sir« angeredet. Aber nie zweimal.

Als sie von der Schule zurückkam, ging ich ihr entgegen, um sie auf den Schock vorzubereiten, im Erdgeschoß keine Fenster und am Gartentor einen Polizisten vorzufinden. Sie nahm die Nachricht extrem gefaßt auf. Es war für sie eines dieser unerklärlichen Geschehnisse in einer zu törichten Gefühlsausbrüchen neigenden Gesellschaft, über die eine Frau von Charakter die Achseln zuckt. Nur die tatsächliche Abwesenheit von Fenstern hielt sie davon ab zu sagen, die ganze Geschichte sei von der Presse doch sehr aufgebauscht worden.

Ich war daher überrascht, als sie nach dem Abendessen fortfuhr, eine allzu beharrliche Neugier an den Tag zu legen. Es war keine Furcht. Sie war völlig unfähig zur Nervosität.

Nachdem ich ein paar der höflichen, aber desinteressierten Geräusche gemacht hatte, mittels derer man einer Gefährtin, Ehefrau oder Tante, versichert, daß man ganz Ohr ist, sagte sie:

»Charles, du sollst dich nicht absichtlich dumm stellen! Was, wenn dieses Paket dazu gedacht war, einen von uns beiden zu töten?«

Ich legte die Abendzeitung zur Seite und bemerkte, daß wir doch gar nicht wüßten, ob es überhaupt dazu gedacht war, jemanden zu töten.

»Natürlich tun wir das!«

»Das tun wir nicht. Es kann auch ein Päckchen mit Sprengkapseln gewesen sein, die irgendein verdammter Narr auf dem Postweg verschickt hat. Irgendwer von den Straßenanwohnern oder von den Leuten nebenan weiß wahrscheinlich, was den Unfall verursacht hat, und schweigt sich darüber aus.«

»Welche Leute von nebenan?«

»Keine Ahnung.«

»Und was war es?«

»Liebe Tante Georgi, woher zum Teufel soll ich das wissen? Du tendierst wie alle Frauen dazu, geflissentlich darüber hinwegzusehen, daß sich ohne Beweismittel nun einmal kein Beweis führen läßt.«

»Und du, Charles«, konterte sie, »versuchst dir einzureden, dieses Beweismittel hätte, da es in einem Krankenwagen weggeschafft wurde, überhaupt nie existiert.«

Das saß. Ich war so damit beschäftigt gewesen, meinen eigenen grauenerfüllten Ekel zu verdrängen, daß ich gleichzeitig auch das beunruhigende Gewisper im Hintergrund meines Bewußtseins verdrängt hatte. Ich mußte es mir ins Gedächtnis zurückrufen und analysieren wie das Unbehagen, das einem den Morgen verderben kann, bis man zu der Erkenntnis gelangt, daß es von einem Traum herrührt.

Während der beiden nächsten Tage geschah nichts. Die Passanten starrten neugierig auf das Haus und die Arbeiter, die die Haustür und die Fenster instandsetzten und in einem fort erneuerungsbedürftige Rahmen, Dachrinnen und Mauerstellen entdeckten. Der Superintendent rief mich einmal ohne ersichtlichen Grund an. Ich fuhr fort, das Liebesleben des gemeinen Eichhörnchens zu hinterfragen. Georgina, mit Reithosen und einem Tweedmantel angetan, marschierte jeden Morgen zur Reitschule, wobei ihre aufrechte Haltung die Vulgarität des Verbrechertums und seiner Publizität beredt mit Verachtung strafte.

Nur ein einziges Mal kam sie erneut auf das Thema zu sprechen – auf indirektem Wege, da sie es sich nie gestattet hätte, zweimal hintereinander abgekanzelt zu werden.

»Es interessiert dich vielleicht, Charles«, sagte sie, »daß wir hier seit neuestem einen städtischen Straßenkehrer haben, dessen Gesicht ich nicht kenne.«

Ich beglückwünschte sie zu ihrer scharfen Beobachtungsgabe und fügte hinzu, daß es da noch einen Polizisten in Zivil gebe, der häufig damit beschäftigt sei, auf dem ungenutzten Areal an der Ecke der Acacia Street alle vier Reifen eines alten Autos zu wechseln.

»Die scheinen der Ansicht zu sein, jemand müsse beschützt werden.«

»Meine eigene Theorie, Tante Georgi, ist, daß sie dich in dem Verdacht haben, du schicktest mir per Post Päckchen zu.«

»Pah! Tatsache ist – sie wissen auch nicht mehr als wir!«

Bis auf weiteres verschwendete sie, glaube ich, keinen weiteren Gedanken darauf, das Päckchen sei für mich bestimmt gewesen. Und der Superintendent auch nicht. Es gab nämlich noch weitere Anwärter auf die Ehre, Zielscheibe eines Attentats zu sein. Die Vorstadtstraße, in der ich wohnte, zog sich lang dahin; trotzdem hätte ich nie gedacht, gut dreihundert respektable kleine Häuser könnten gleich zwei Leute beherbergen, die sich für wichtig genug hielten, ermordet zu werden.

Eine war eine Fernsehsängerin, die zur Zeit pausierte. Sie erzählte den Zeitungen eine inkohärente Geschichte über einen verzweifelten Liebhaber. Es gab ihn tatsächlich. Immer wenn ihn die Psychiater für harmlos erklärten und zu seiner Familie zurückschickten, zahlte ihm ein umtriebiger PR-Agent ein kleines Salär. Man konnte sich darauf verlassen, daß er jede x-beliebige Unterhaltungskünstlerin binnen kurzem in die Schlagzeilen brachte. Aber seine Spezialität waren Selbstmorddrohungen. Er verschickte keine Bomben.

Der andere war ein Zypriote, der wirklich allen Grund zur Angst hatte – wenn sich die örtliche Polizei auch nicht sicher war, ob es nun Griechen oder Türken waren, die sich die Welt ohne ihn schöner vorstellten. Es war der Superintendent, der mir dies alles mitteilte. Er mußte, wie ich es erwartet hatte, vom Kriegsministerium einen klangvollen, aber nichtssagenden Bericht über mich erhalten haben.

Er bat mich, meine vermeintlich erfahrenen Augen offenzuhalten, und akzeptierte meine Beteuerung, das Päckchen könne unter gar keinen Umständen an mich adressiert gewesen sein. Warum hätte er das auch nicht sollen? Es sprach alles dafür, daß ich ihn, wenn ich mir nicht sicher gewesen wäre, um Personenschutz angebettelt hätte.

Jetzt wo sowohl die Polizei als auch Tante Georgi aufgehört hatten, mich zu belästigen, begannen perverserweise meine eigenen Zweifel zu wachsen. Der Zeitpunkt, zu dem die Briefbombe eingetroffen war, deutete direkt auf mich. Ein Attentäter, der kein Berufsverbrecher ist, muß sicherlich unendliche Vorsicht walten lassen, um nicht den Falschen zu erwischen. Der Zypriote hätte sein Päckchen vielleicht im Beisein eines Freundes oder seiner Vermieterin geöffnet. Aber wenn es der Absender auf mich und nur auf mich abgesehen hatte und mit dem Alltagstrott des Hauses vertraut war, konnte er sicher sein, daß ich beim Eintreffen des Paketzustellers darin allein sein würde.

Dies legte die Vermutung nahe, daß ich genau beobachtet worden war und es eventuell noch immer wurde. Falls es sich so verhielt, mußte irgendein Gesicht, mit dem ich in meiner eigenen Straße oder U-Bahn-Station vertraut war, früher oder später auch in der U-Bahn selbst oder auf meinen üblichen Wegen zur London Library, zum Museum und zum Mittagessen auftauchen. Meine Aufenthalte in London liefen praktisch stets nach demselben Schema ab.

Aber ich konnte kein Anzeichen dafür erkennen, daß ich verfolgt wurde. Das war nicht weiter verwunderlich, wenn man über meine regelmäßigen Gewohnheiten bereits im Bilde war. Ich habe es beispielsweise nicht nötig, ein Tier dadurch zu stören, daß ich ihm überallhin folge. Nach einer Periode geduldigen Beobachtens weiß ich jederzeit, was es wahrscheinlich gerade tut und wo es sich wahrscheinlich gerade befindet.

Ich änderte meine Angewohnheiten nicht. Das war es nicht wert, nicht die Mühe und auch nicht die Selbstvorwürfe, die ich mir sonst wegen ungebührlicher Nervosität gemacht hätte. Noch immer gestand ich lediglich ein, daß es möglich war, daß es vage möglich war, daß ich das beabsichtigte Opfer jenes Päckchens gewesen war.

Dann ereignete sich ein seltsamer Zwischenfall. Kein weiterer Anschlag auf mich. Nichts als eine Nachricht, und zwar eine sehr deutliche. Ich erhielt ein von irgendeiner politisch-religiösen Gesellschaft veröffentlichtes Pamphlet mit abscheulichen – und echten – Fotos deutscher Konzentrationslager. Auf einem Bild von Buchenwald prangte in einer Ecke ein Kreuz. Es markierte die Offiziersmesse.

Sprache ist ein sehr schwerfälliges Kommunikationsmittel. Ich benötige fündunddreißig Wörter, um die Bedeutung dieses Kreuzes zu erklären. Etwas in der Art:

»Sie scheinen sich keine Sorgen zu machen. Das ist schade. Ich wünsche, daß Sie sich Sorgen machen. Ich wünsche es so sehr, daß es mich nicht kümmert, wenn Sie aufgrund dieser Nachricht zur Polizei gehen.«

Der Absender konnte natürlich nicht wissen, was ich der Polizei erzählt hatte und was nicht, aber es gab keinerlei Anzeichen dafür, daß ich Personenschutz genoß. Er muß mich für sehr phantasielos gehalten haben.

Nichtsdestotrotz konnte ich mit Sicherheit davon ausgehen, daß er während der nächsten paar Wochen einen weiten Bogen um mein Haus und meine Straße machen würde. Die Gefahr, falls wirklich irgendeine bestand, würde draußen lauern. Ich machte es mir vorsichtshalber zur Regel, zu unerwarteten Zeiten ungewohnte Wege einzuschlagen und die Kanten von U-Bahnsteigen zu meiden.

In der Zwischenzeit schrieb ich einem alten Freund im Wiener Justizministerium. Wir hatten uns seit 1943 nicht gesehen, doch zwischen uns bestand ein enges Band. Wir waren beide Österreicher mit einer Geschichte im Rükken, die uns Hitler und jeden seiner geisteskranken Fanatiker aus tiefster Seele hassen ließ. Ich kam in dem privaten Krieg, den wir auf Weisung Londons führten, direkt unter seine Befehlsgewalt. Die Engländer haben einen überzogenen Hang, Deutsche und Österreicher als ein Volk zu betrachten. Sie vergessen dabei – falls sie es je gewußt haben –, daß man Tausende von uns wegen Sabotage hingerichtet hat.

Seine Antwort fiel äußerst herzlich aus. Er blickte auf jene Zeit mit Freude zurück. Nun, vielleicht hatten wir wirklich Freude daran gehabt – das erste Jahr über. Der Tod in Gestalt der Gestapo war, wenn man so will, nie mehr als einen Tag entfernt gewesen, und wir spielten damit. Wir verdrängten den Gedanken, daß der Tod, wenn man uns auf die Schliche kam, ja vielmehr Monate entfernt sein würde und daß wir bei seinem Eintreten ohne Fingernägel, Zähne, Schlaf oder Verstand sein würden.

Meine Frage schien ihn zu überraschen. Er dachte, die britischen Zeitungen hätten über die Morde berichtet. Ich glaube nicht, daß sie das jemals getan haben. Die einzigen ausländischen Morde, an denen die Briten Interesse haben, sind die französischen.

Es sind keine Fälle von Rache bekanntgeworden (schrieb er) *außer an dem ehemaligen Stab von Buchenwald. Ein gewisser Major Gustav Sporn wurde zwei Tage nach seiner Entlassung aus dem Gefängnis vor seinem Haus erschossen. Der Täter hinterließ keinerlei Hinweise auf seine Identität, und niemand nahm sich die Sache besonders zu Herzen. Sporn scheint eine wahre Bestie gewesen zu sein, und die Meinung der Deutschen war (obwohl sie das, so wie sie nun einmal sind, natürlich niemals zugeben würden), daß die Alliierten ihn hätten aufknüpfen sollen, anstatt ihn lediglich für zehn Jahre hinter Gitter zu stekken.*

Einen Monat später kam Hauptmann Walter Dickfuss heraus. Er wurde zu einer Fabrikruine gelockt, wo man ihn, dem medizinischen Bericht zufolge, mit großer Erfindungsgabe für drei Tage am Leben erhielt. Die forensischen Sachverständigen waren über das Aussehen des Leichnams so schockiert, daß eine überaus gründliche Untersuchung eingeleitet wurde, die noch immer nicht ganz abgeschlossen ist.

Der Verbrecher ist offensichtlich irgendein armer Teufel, der die Schrecken von Buchenwald überlebt hat. Aber man hat alle etwaigen Verdächtigen überprüft. Es kommt keiner von ihnen in Frage.

Der dritte, den es erwischte, war ein Kerl namens Hans Weber, gegen den überhaupt nichts vorzuliegen scheint, außer daß er in der Gestapo gedient hat und Aufseher in Buchenwald war – falls man das nichts nennen kann. Die deutsche Polizei glaubt, Dickfuss habe ihn während der Folter durch irgendein, möglicherweise falsches, Geständnis belastet.

Sein Fall war insofern interessant, als er getötet wurde, obwohl – man könnte fast sagen weil – er unter Polizeischutz stand. Er wurde inmitten einer Menschenmenge niedergestochen, erholte sich von einer ungemein bösartigen Verletzung und wurde dann rund um die Uhr mit Argusaugen bewacht.

Wie das so üblich ist, begann die Aufmerksamkeit der Bewacher nach ein paar Monaten nachzulassen, aber der Mörder hatte mehr Geduld. Alles, was die Polizei von ihm weiß – und sie ist sich dessen ganz sicher – ist, daß er über eine Menge Geld und unbegrenzte Zeit verfügt.

Er gab sich als Polizist aus, jagte Weber einen tödlichen Schrecken ein, hetzte ihn aus Sicherheitsgründen um eine Ecke, flößte ihm einen Schluck aus einem Flachmann ein.

Und das war es dann auch schon. Der Flachmann ist eine Mutmaßung. Der Rest beruht auf den Angaben von Webers Frau. Sie sagt, daß der Mann überdurchschnittlich groß war. Ansonsten ist ihre Beschreibung von ihm wertlos. Sie hörte die kurze Unterhaltung an der Eingangstür der Wohnung, erhaschte aber nur einen flüchtigen Blick auf den Rücken des Mannes, als er und Weber hinausrannten. Er muß die Wohnung so lange beobachtet haben, bis er genau wußte, um welche Uhrzeit sie die Kinder immer ins Bett brachte.

Wir haben in einer harten Schule gelernt, keine unnötigen Fragen zu stellen, alter Freund, aber ich platze vor Neugier. Wenn Du dem Mörder – oder sollen wir ihn einen Henker nennen? – auf der Spur bist, wende Dich an Scotland Yard. Sie haben dort vermutlich von Interpol detaillierte Auskünfte über alle drei Fälle erhalten.

Es gab nur einen einzigen Mann, bei dem ich das Gefühl hatte, ich könne mich ihm anvertrauen. Selbst ihm war ich seit Jahren aus dem Weg gegangen. Ich rief ihn auf seiner Farm in der Nähe von Buckingham an und bat ihn, sich umgehend mit mir in London an einem Ort zu treffen, wo uns niemand zusammen sehen konnte. Mein Plan gewann allmählich Konturen – deutlich genug, um im voraus zu erkennen, daß es zwischen uns beiden keine wahrnehmbare Verbindung geben durfte. Er sagte mir, er könne die Wohnung eines Freundes benutzen, und verabredete ein Treffen für den folgenden Tag.

Singleton Court war ein riesiger Häuserblock aus rotem Backstein, Mitte der dreißiger Jahre erbaut – ein regelrechtes Labyrinth kleiner Wohnhöhlen für anständige Kaninchen ohne Junge. Während ich auf der Suche nach Nummer 66 durch die mit dicken Teppichen belegten Gänge wanderte, wünschte ich, wir hätten im Zentrum von Wien etwas in der gleichen Art gehabt. Nicht einmal eine Portiersfrau vom Kontinent hätte akkurat über die Bewegungen, politischen Geschmäcker und Berufe hinter solch einem architektonischen Wohngebilde aus weiß lackierten, geschlossenen Türen berichten können. Wenn mir mein Feind gefolgt war – und ich nahm fest an, daß er Erfahrung darin hatte, wie man jemandem folgt und wie nicht –, konnte er unmöglich herausfinden, wen ich besucht hatte.

Die Tür von 66 ging sofort auf, als ich läutete. Beim Anblick von Ian Parrow empfand ich eine sonderbare Mischung von Zuneigung und Widerwillen. Er trug mich elf Jahre zurück, in ein Leben, das für den Zoologen zum Glück unwirklich geworden war. Und dennoch, dieses angespannte, schmale Gesicht, das da in der Tür lächelte – ein Gesicht, das mit seinem glatten, schwarzen Haar und seiner büroweißen Haut früher stets einen so markanten Kontrast gebildet hatte wie die Uniform eines Kellners –, dieses Gesicht hatte für mich persönlich und, was noch bedeutsamer war, auch für meine Ehre und Reputation einmal all die Sicherheit bedeutet, derer ich habhaft werden konnte. An die Stelle des einstigen Schwarzweiß war nun graues Haar und Sonnenbräune getreten. Der dünne Mund, der für einen Soldaten zu verkniffen gewesen war, hatte sich entspannt.

Und jetzt muß ich mein Geheimnis lüften. Selbst heute bringe ich es nur äußerst ungern zu Papier. Aber ich vermute, daß jeder von uns, egal welcher Nationalität, der ohne eine Uniform oder, schlimmer noch, in der des Gegners gekämpft hat, entehrende Erinnerungen haben muß, von denen er sich mit Schaudern abwendet. Vielleicht hat es mir die aristokratische Tradition meiner Familie schwerer gemacht als den meisten anderen. Aber die zweitausend Jahre Christentum hinter einem stolzen und sich selbst achtenden Kesselschmied wiegen ebenso schwer.

Mein Vater pflegte zu sagen, daß der Anspruch der von Dennims auf jedes Reich auf deutschem Boden wesentlich berechtigter sei als derjenige der Habsburger. Wohl wahr, wenn man – wie er – bequemlichkeitshalber außer Acht läßt, daß unsere direkte Abstammung vom Hause Hohenstaufen mit einer Tochter begann. 1922 jedoch, als ich zehn Lenze zählte, Vollwaise war und Käserinden aus den Mülltonnen anderer Leute fischte, fiel dieser Punkt nicht sonderlich ins Gewicht.

Sobald die auf den Ersten Weltkrieg folgende Inflation vorüber war und die österreichische Republik auf festen Füßen stand, wurde genug aus den Trümmern unseres Familiensitzes gerettet, um zu gewährleisten, daß ich es mir behaglich einrichten konnte und eine gute Ausbildung erhielt. Ich spezialisierte mich auf Forstwirtschaft und Ökologie. Schon als Kind war ich ein begeisterter Naturforscher gewesen – allzu vernarrt in Schußwaffen, versteht sich, aber das galt damals als schick.

1935 schickte mich die Regierung in die Vereinigten Staaten, um einige neue forstwissenschaftliche Techniken zu studieren und darüber Bericht zu erstatten. Ich war noch immer drüben, als Hitler in Wien einmarschierte. Ich machte keinen Hehl aus meiner Meinung. Normalerweise wäre mir dies zur Last gelegt worden; aber in den Wäldern des Bundesstaates Washington gab es nun einmal weit und breit keinen Nazi-Spion.

Unsere kanadischen Freunde auf der anderen Seite der Grenze waren äußerst freundlich, und ich pflegte mich von Zeit zu Zeit mit hochrangigen Besuchern aus London zu treffen. Es muß einer von ihnen gewesen sein, der mich als nützlichen Mann empfahl, aber über welche dunklen Kanäle ich auf die Probe gestellt und angeworben wurde, vermag ich wirklich nicht zu sagen.

1939 wurde ich durch die Blockade abgeschnitten und hatte keine Chance, vor Ende des Krieges nach Europa zurückzukehren. Aber ich kehrte trotzdem zurück. Ich wurde heimlich nach London geflogen und ein Jahr lang ausgebildet. Mein Vorgesetzter war Colonel Ian Parrow.

Am Ende meiner Ausbildung wurde ich wieder in die Vereinigten Staaten gebracht – es gab keinerlei Beweise dafür, daß ich je weggewesen war – und bekam mitgeteilt, wie ich mich über den Pazifik nach Wladiwostock und von dort mit der transsibirischen Eisenbahn nach Wien durchschlagen konnte. Ich schaffte es und kam im Frühling 1941 unmittelbar vor Hitlers Feldzug gegen Rußland an.

Ich wurde nicht verdächtigt. Meine Geschichte war sorgfältigst vorbereitet und absolut hieb- und stichfest. Ich hatte eine lange und beschwerliche Reise unternommen, um für Hitler zu kämpfen, und ich wurde als Muster für den verarmten Adeligen hingestellt, der sich behauptet hatte. Gott, was ich für einen Unsinn reden mußte!

Der Mittelsmann, über den ich Bericht erstattete und meine Befehle erhielt, war jener, nun im Wiener Justizministerium sitzende Freund, dem ich geschrieben hatte. Er hatte Einfluß und genoß das Vertrauen der Nazis. Er ließ anklingen, daß ich genau der Richtige sei, um Wacheinheiten für Operationen in dichtbewaldeten Gebieten auszubilden. Obwohl die deutschen Armeen in Rußland die Hauptverkehrsverbindungen vollständig unter Kontrolle hatten, machte ihnen die Infiltration von Agenten und Partisanen zu schaffen. Sie wollten Polizeipatrouillen, die in dem unübersichtlichen Gelände an den Flanken ohne logistische Unterstützung operieren konnten.

Ich wußte mehr über Bäume selbst als darüber, wie man Indianer spielt, aber ich wurde rasch zu einer Autorität. Es war die Mühe wert. Das beständige Abkommandieren ganzer Mannschaften hin zum Ersatzbataillon und zurück zu den einzelnen Verbänden vermittelte mir ein sehr anschauliches Bild von den Truppenbewegungen, und ich konnte die so gesammelten Informationen über meinen lebenden Briefkasten nach London weiterleiten.

Dann bekam ich selbst den Befehl über eine Einheit; doch anstatt uns in die russischen Wälder zu schicken – alle Armeen sind gleich –, stationierte man uns im Apennin, wo ein guter Baum Seltenheitswert besaß.

In Italien gab es wenig, was ich tun konnte, außer die Organisation wissen zu lassen, daß ich dort war. Das war schade, da ich zwei weitere patriotische, anti-nazistische Österreicher unter meinem Befehl hatte. Unsere Chance kam, als Italien kapitulierte. Wir verhalfen einem ganzen Kriegsgefangenenlager zur Flucht – organisierten Straßenpläne, Fahrzeuge und so weiter.

Infolge langen Nichtstuns waren wir sorglos geworden und gerieten in Verdacht. Gleichwohl konnte man uns nur beweisen, daß wir nachlässig und unachtsam gehandelt hatten. Meine beiden Helfer wurden zu einem Beerdigungskommando strafversetzt und lieferten weiterhin genaue Berichte über Truppenbewegungen, obwohl diese aufgehört hatten, sich zu bewegen. Ich wurde, da ich in gewissem Sinne ja Polizist war, der Gestapo zugeteilt und kurz darauf als Offizier ins Konzentrationslager Buchenwald versetzt. Es war eine bewußte Demütigung meines Namens. Selbst Hitler verachtete die Gestapo.

Sie dachten vielleicht, ich würde Selbstmord begehen. Vielleicht hätte ich das tun sollen. Tag für Tag widerstand ich der Versuchung, mich irgendwo mit einem Maschinengewehr zu verschanzen und die Schweinehunde zu töten, bis sie mich töteten. Aber dem stand Ian Parrows kaltschnäuzige Ausbildung entgegen. Ich war für den Schriftverkehr verantwortlich und konnte Haftbefehle und Vernehmungsprotokolle lesen. Manchmal ersah ich daraus, was der Feind am dringlichsten wissen wollte. Es war meine Pflicht, diese Informationen weiterzuleiten.

Da ich von der Organisation in Österreich hoffnungslos abgeschnitten war, brauchte ich Monate, um wieder einen Nachrichtenkanal zu öffnen. Als mir dies gelang, war es direkt nach London – gewöhnlich über Geheimsender, aber erstaunlich oft auf einem Weg, der praktisch einer Beförderung per Luftpost gleichkam. Deutschland begann im Chaos zu versinken, und der Nachthimmel war so voller Aktivität, daß gelegentlich ein Flugzeug unbemerkt landen und starten konnte.

Sobald der Krieg vorüber und das Wachpersonal von Buchenwald verhaftet war, ließ man mich verschwinden. Ich wurde nicht dazu aufgefordert, bei den Kriegsverbrecherprozessen auszusagen – teils, weil ich zu wertvoll war, um enttarnt zu werden, teils, weil Ian Parrow verstand, daß ich nicht mehr konnte und daß meine Seele durch und durch vom Ekel zerfressen war. Er war es, der mir die britische Staatsangehörigkeit verschaffte – mühelos, da es in England bereits eine berühmte Seitenlinie der Dennims gab, die das »von« und den Titel lange zuvor abgelegt hatte –, und er war es auch, der mir den Weg für ein zukünftiges Berufsleben ebnete, sobald man mich aus dem Krankenhaus entlassen hatte und ich die Gesellschaft von Menschen ertragen konnte, ohne mich in einem fort zu waschen.

Ich hatte ihn neun Jahre nicht gesehen.

»Mein lieber Charles!« rief er aus. »Du hast dich kein bißchen verändert! Und was für ein nettes Büchlein über Eichhörnchen du geschrieben hast! Offensichtlich haben sie dich selber für eines gehalten!«

Er sagte in den alten Tagen immer, ich erinnere ihn an ein keckes Eichhörnchen, das den Eindringling pfeilgeschwind mit den Augen messe, ehe es im Dunkel der Bäume verschwinde. Es lag an meiner rötlichbraunen Haar- und Hautfarbe, nehme ich an, sowie an der spitzen Nase und den eckigen Knochen von Wange und Kinn.

Aber wenn ich mein Gesicht betrachte, vermag ich darin keinen Schalk zu entdecken. Ich sehe eher wie ein hoch aufgeschossener, magerer, angegriffener Affe als wie ein Eichhörnchen aus.

Nachdem wir zusammen einen Drink genommen und das Lob alter Freunde gesungen hatten, erzählte ich ihm die Geschichte.

»Es liegt also auf der Hand, daß irgendein ehemaliger Lagerhäftling von Buchenwald all diese Jahre auf seine Rache gewartet hat. Und ich bin auf seiner Liste der Nächste.«

»Aber das kannst du nicht sein!« betonte er. »Du warst doch kein Gefangenenwärter. Du hattest mit der Brutalität und den Exekutionen nicht das geringste zu tun. Du warst eine Art Adjutant, immer im Büro. Warum du? Und warum jetzt?«

Warum ich, konnte ich nicht beantworten. Warum jetzt und nicht schon viel früher, war ziemlich klar. Walter Dickfuss hatte während jener drei Tage dauernden Folter irgendeine Anschuldigung hinausgebrüllt.

»Es ist wahrscheinlich eher so«, sagte Ian, »daß sich irgendein übergeschnappter Alt-Nazi, den man gerade aus dem Gefängnis entlassen hat, an dir rächen will, weil du ihn oder Hitler oder sonst wen bespitzelt hast.«

Ich wies darauf hin, daß meine Identität nie aufgedeckt worden war. Außerdem hatte ich meine Zweifel, ob ehemalige Feinde so lange nach Kriegsende überhaupt noch einen Gedanken an Rache verschwendeten. Das wäre doch eher untypisch. Die hatten das alles viel zu satt.

»Nun. Das mag ja durchaus sein. Trotzdem gehen wir jetzt auf der Stelle zu Scotland Yard. Irgend jemand dürfte da noch wissen, wer ich war. Du wirst bewacht werden wie der Premierminister persönlich.«

»Das wurde Hans Weber auch«, sagte ich.

»Keine Widerrede, verdammt noch mal!«

Ich erinnerte ihn daran, daß kein Privatmensch auf Dauer wirksam bewacht werden könne. Ein Mörder, dem es nichts ausmachte, zehn Jahre auszuharren, würde sicherlich bereit sein, auch noch ein paar Monate länger zu warten, und während dieser Zeit regelmäßig überprüfen, wie sorglos das Opfer und der Mann mit dem Regenmantel und dem tief in die Stirn gezogenen Hut inzwischen geworden waren. Ich würde es nicht dulden, daß mich Polizisten auf meinen Spaziergängen begleiteten, mein Essen vorkosteten, vor dem Museum herumsaßen. Ich haßte Polizisten. Ich hatte von ihnen genug. Und abgesehen davon würde man mich ja so oder so liquidieren – nicht morgen oder nächste Woche, aber sobald wir alle davon überzeugt wären, daß die Gefahr vorüber sei.

»Und was, wenn wir deine Geschichte an die Öffentlichkeit bringen?« schlug er vor. »Die Sonntagsblätter würden sich doch nur so darum reißen.«

»Ich bin noch immer nicht in der Lage, Ian, irgend jemandem in die Augen zu blicken, der weiß, daß ich Hauptmann bei der Gestapo in Buchenwald war. Und was wird die halbe Welt dazu sagen? Der Widerling hat sein Land verraten, um seinen Kopf zu retten, und dafür haben sie ihn dann auch noch mit der britischen Staatsbürgerschaft belohnt.«

»Unsinn! Keiner würde das tun! Und was ist eigentlich mit all den Rettungsaktionen, die du geplant hast? Die lassen sich doch mit Leichtigkeit beweisen!«

Vielleicht. Aber ich war da eher skeptisch. Es stimmte, daß ich Fluchthilfe geleistet hatte – wesentlich öfter welche hätte leisten können, wenn die dauernswerten Lagerinsassen verrückt genug gewesen wären, einem Gestapo-Hauptmann zu vertrauen. Der spektakulärste Fall war die Rettung von Catherine Dessayes und Olga Coronel in Ravensbrück, als sie bereits mit einem Fuß in der Gaskammer standen. Sie wußten, daß Hauptmann von Dennim die Verantwortung trug, aber sie konnten nicht wissen, daß er nicht einfach nur Korruption zu Korruption hinzufügte – ein vom Feind mit reichlich Schmiergeld gekauftes Gestaposchwein.

»Ich habe dir damals schon gesagt, daß es dumm von dir war, das Georgskreuz abzulehnen«, bemerkte Ian.

»Tapferkeitsmedaillen besudelt man nicht.«

»Nimmst sie ein bißchen sehr ernst, was? Und außerdem ist es deinem Attentäter gegenüber nicht fair. Er würde es sich bestimmt zweimal überlegen, wenn er wüßte, daß du Karl Graf von Dennim, Träger des Georgskreuzes, bist.«

»Schon wieder ein sehr guter Grund, warum Charles Dennim sanft mit ihm verfahren und sich persönlich um ihn kümmern sollte, Ian.«

»O mein Gott, das *mußte* ja kommen!«

Ich beruhigte ihn. Was ich vorzuschlagen hatte, war wirklich recht vernünftig. Ich wollte nicht im geringsten sterben – hatte es zumindest nicht gewollt, bis man mir alle diese Dinge mit Brachialgewalt ins Gedächtnis zurückrief –, und ich glaubte nicht daran, daß irgendein polizeilicher Bewacher Monat für Monat etwas gegen einen Mann ausrichten konnte, der ebenso geduldig wie unerbittlich war, Geld und Muße hatte und nicht im Strafregister stand.

Aber wenn ich ihn identifizieren oder beschreiben konnte, würde die deutsche Polizei den Rest besorgen. Vielleicht gelänge es mir sogar, ihm ins Gewissen zu reden. Schlimmstenfalls konnte ich ihn töten, vorausgesetzt, daß es nachweislich Notwehr war.

»Und was ich von dir will, Ian«, sagte ich, »ist, daß du mein Geheimagent wirst, nachdem ich all diese Jahre der deinige war, sowie ein Cottage und einen plausiblen Grund, um darin einzuziehen.«

»Einer meiner Nachbarn hat zwei Dachsbauten auf

seinem Land«, erwiderte er unschlüssig. »Du könntest ihre Freßgewohnheiten studieren. Er sagt, sie töten seine Hühner.«

»Nun, du kannst ihm von mir ausrichten, daß sie das nicht tun. Wenn es kein Fuchs ist – und ich nehme an, er weiß das –, ist es wahrscheinlich ein verwildertes Frettchen.«

»Jim Melton hat ein paar seiner Frettchen freigelassen, als die Myxomatose damals den gesamten Kaninchenbestand dahingerafft hat«, sagte er. »Du könntest die vermaledeiten Biester beobachten. Oder eben Dachse. Ein Cottage kann ich dir besorgen, obwohl es ein ganzes Stück von meinem Besitz entfernt ist. Aber das ist nur von Vorteil. Wie willst du ihn dazu bringen, dir zu folgen?«

»Indem ich es ihm leicht mache. Sobald er sieht, daß das Haus verriegelt ist, kann er an einem halben Dutzend verschiedener Anlaufstellen meine neue Postanschrift erfragen.«

»Das wird ihm zu denken geben«, warf Ian ein. »Es sollte viel schwerer sein, an deine Adresse heranzukommen. Wenn man mit einer fetten Ziege einen Tiger anlokken will, muß man ihn in dem Glauben lassen, er habe sie selber aufgespürt.«

Mir gefiel diese Metapher nicht, obwohl ich sie inzwischen übernommen habe. Aber als ich sie zum ersten Mal hörte, kränkte sie mich, da sie so typisch, so durch und durch englisch war.

»Es wird nicht lange dauern, bis er raushat, daß ich mein normales Leben weiterführe und keinen Polizeischutz habe«, sagte ich.

Ian hielt es für äußerst unwahrscheinlich, daß sein Tiger mir ein solches Ausmaß an Phantasielosigkeit abnehmen würde, zumal nach dem Pamphlet mit dem Kreuz auf der Offiziersmesse. Und falls er mich, wie zu vermuten stand, tatsächlich beschattete, mußte ihm aufgefallen sein, daß ich meine Gewohnheiten soweit geändert hatte, daß ich ihm keine leichte Angriffsfläche bot. Ich solle daher, führte Ian aus, am besten so tun, als ob ich in Panik das Hasenpanier ergreife und dabei eine Fährte hinterlassen, die sich aufnehmen ließ.

»Aber was ist eigentlich mit deiner bewundernswerten Tante?«

»Darum habe ich mich gekümmert. Sie wird bei einem lieben alten Freund bleiben, der in der Nähe von Badminton wohnt. Sie weiß lediglich, daß ich in Kürze auf Exkursion gehe und Eichhörnchen beobachte.«

»Nun, es könnte funktionieren«, sagte er und legte dabei zum ersten Mal einen Anflug von Begeisterung an den Tag, »obwohl *mich* ja keine zehn Pferde dazu brächten, mit dem früheren Grafen von Dennim auf einem Terrain seiner eigenen Wahl anzubinden. Also schön. Punkt eins, das Cottage. Punkt zwei, ein Zeichensysem, um dich über die Ankunft von Fremden und ihre Bewegungen zu informieren. Aber ich behalte mir das Recht vor, die Polizei zu verständigen, wenn du dir deines Mannes sicher bist – und du wirst dir zu neunzig Prozent sicher sein, wenn du ein Gesicht aus Buchenwald siehst, an das du dich erinnerst. Gibt es sonst noch etwas?«

»Eine Waffe. Ich habe nur eine extrem leichtkalibrige Pistole, und die nützt mir genausowenig wie ein Gewehr. Ich brauche unbedingt eine Automatik.«

»Da kann ich dir leider nicht helfen«, sagte er. »Die Polizei verlangt äußerst stichhaltige Gründe für einen Waffenschein. Du wirst sie schon davon überzeugen müssen, daß du in akuter Lebensgefahr schwebst.«

Ich setzte ihm erneut auseinander, daß ich die Polizei weder von irgend etwas zu überzeugen noch in meine Vergangenheit einzuweihen gedachte. Wir diskutierten alles noch einmal durch.

Schließlich sagte er ziemlich kühl:

»Also gut. Ich muß zugeben, daß dies wahrscheinlich die beste Methode ist, um den Mann zu stellen. Aber ich kann es mir nicht leisten, über einen gewissen Grad hinaus in die Sache verwickelt zu werden. Bist du dir darüber im klaren, daß dir eine saftige Geldstrafe ins Haus steht, wenn man dich mit einer Pistole erwischt? Und man wird penibel nachprüfen, wo du sie herbekommen hast.«

Das schien mir ein lächerlich geringes Risiko zu sein. Ian verschanzte sich hinter dem Zivilrecht und hoffte wahrscheinlich – bei Gott, ich konnte es ihm nachfühlen! –, er würde nie wieder etwas von seinen beunruhigenden Freunden aus der Zeit des Krieges hören. Trotzdem hätte er irgendwo seinen Einfluß geltend machen können, um mir eine Automatik zu besorgen. Aber begriff er, ungeachtet seiner Ziege und seines Tigers, welch enge Parallele da im Grunde genommen bestand? Wohl nicht. Ihm schwebte einer der polizeilichen Lockvögel vor, mit denen man in den Parks Handtaschendiebe fängt.

Das war alles. Ich verließ Singleton Court – schon aus Prinzip – über den Keller und die Mülltonnen und kam in der Gloucester Road heraus. Ich fühlte mich etwas einsamer als beim Hineingehen – was Ian gegenüber höchst ungerecht, für mich selbst vielleicht aber gar nicht schlecht war. Es schaltete mein Denken in einen Gang, den ich kannte, lange aber nicht mehr gebraucht hatte.

Die Frage der Waffe. Eine auf illegalem Wege zu erwerben, war ein Test dafür, wie gut es um meine Selbstverteidigungskünste noch bestellt war. Ich wußte nicht mehr über das kriminelle Milieu als jeder andere anständige Bürger. Die Kerle, die Bankkassierer überfielen, mußten ihre Waffen irgendwo herbekommen, aber die Zeitungen verrieten uns nicht, wie.

Was anziehen. Ein dreckiger Anzug von der Stange, den ich kurz nach dem Krieg für wenig Geld erstanden hatte, schien das Richtige zu sein. Ein darunter getragener Rollkragenpullover wirkte auf jeden Fall unverbindlich. Ich konnte das Haus nicht darin verlassen, da Georgina ansonsten vielleicht neugierig geworden wäre. Also nahm ich die Kleider in einer braunen Papiertüte mit und zog mich in einer öffentlichen Toilette um.

Mein Ziel war Soho. Nachdem ich herumgewandert war, um ein Café zu finden, dessen Gäste weder allzu jung noch allzu italienisch waren, ging ich in einen greulichen Schuppen, einen Katzensprung von der Wardour Street entfernt, und setzte mich, wobei ich gerade genug gebrochenes Englisch sprach, um eine Tasse Kaffee zu bestellen. Nach zehn Minuten fingen zwei zwielichtige Gestalten, die ihr Herz für Fremde herauskehrten, ein Gespräch mit mir an und stellten fest, daß ich nur Deutsch sprach. Sie machten sich schnell wieder aus dem Staub und schickten mir eine deutsch sprechende Dame aus der Stadt. Sie hatte ein hartes Gesicht und einen gummiartigen Körper; sie war die Sorte Mensch, die für Geld die eigene Großmutter verkauft. Ich tat so, als ob ich von ihr sehr eingenommen sei und versicherte ihr, wir würden uns noch glänzend miteinander amüsieren, wenn es mir doch nur – ich schwor sie auf absolutes Stillschweigen ein – wenn es mir doch nur gelänge, eine Luger zu verkaufen.

Am darauffolgenden Nachmittag war ich wieder dort. Sie stellte mich einem großen und schmierigen Gauner vor, der offensichtlich ein Spitzel war. Vielleicht hatte er eine Polizeimarke in der Tasche, oder er wurde lediglich von der Polizei bezahlt. Ich weiß es nicht. Und ich muß der Gerechtigkeit halber wohl hinzufügen, daß er vermutlich jeden, dessen Geruchssinn nicht darauf trainiert war, seinesgleichen sofort zu wittern, voll und ganz überzeugt hätte. Er war der lebende Beweis dafür, daß ich gut daran tat, meinen eigenen Schutz zu besorgen. Wenn ich Polizisten am Geruch erkennen konnte, dann konnte mein Feind es auch. Gott allein wußte, was für eine Vergangenheit der Tiger gehabt hatte, aber es bestand jeder Grund zu der Annahme, daß er Erfahrung in einem Untergrund hatte, der tödlicher war als der der Londoner U-Bahn.

Meine hart arbeitende Freundin betätigte sich als Dolmetscherin. Sie war enttäuscht, als ich vorgab, nichts von einer Luger zu wissen. Zweifelsohne war sie zu dem Schluß gelangt, daß sie mit ein paar garantierten Kröten von der Polizei wesentlich besser bedient sei als mit einem bloßen Versprechen aus meinem Mund.

Als der Spitzel gegangen war, führte sie mich zu einem anderen Café, wo ich aus verschiedenen Winkeln und Küchentüren unter die Lupe genommen wurde. Es herrschte ein ebenso beständiges wie undurchschaubares Kommen und Gehen – Harry holte Alf, und Alf wußte, wo Jim vielleicht sein könnte und so weiter. Mir fiel auf, daß in kriminellen Kreisen von viel zu vielen Leuten erwartet wird, Geheimnisse zu bewahren. Schließlich und in einem dritten Café traf ich den echten Käufer. Er hätte alles mögliche sein können, vom Buchbindergehilfen bis zum Busfahrer. Die einzige Eigenschaft, die man hinter dem aalglatten Äußeren zu spüren vermochte, war Verachtung fur die Öffentlichkeit.

Wie sollte die Luger übergeben werden? Ich stellte mich ängstlich und argwöhnisch und bestand auf einem unauffälligen Ort, wo keine Gefahr bestand, von der Polizei verhaftet oder von einer Straßengang in die Mangel genommen zu werden. Die Gummidame steuerte eine höchst inkompetente Übersetzung bei und ließ mich noch dümmer erscheinen als den naiven, von sich selbst eingenommenen deutschen Ganoven, für den ich mich ausgab. Es war für jedermann mit einer normalen Intelligenz – und die hatte er reichlich – deutlich erkennbar, daß ich die Absicht hatte, ihm das Geld bei der Übergabe mit

Hilfe der Luger abzunehmen. Wir verabredeten ein Treffen für zehn Uhr dreißig, wenn es dunkel sein würde. Tausendschönchen sollte mich zu ihm führen. Er erklärte ihr lang und breit, wo das Stelldichein stattfinden sollte – auf einem zerbombten Grundstück bei Haverstock Hill.

Ich teilte Georgina telefonisch mit, daß ich spät nach Hause kommen würde und kaufte ihr eine Schachtel Pralinen, die ungefähr die richtige Größe hatte, um darin eine Luger unterzubringen. Daraufhin aß ich etwas zu Abend und holte sodann meine mit einem filmreifen Busen bestückte Auserwählte ab. Ich stellte erleichtert fest, daß sie Anweisung erhalten hatte, mich diskret per Bus nach Haverstock Hill zu bringen und nicht etwa mit einem aufspürbaren Taxi.

Sie zeigte mir das zerbombte Grundstück und sagte, sie würde auf mich warten. Ich sah, daß sie eilig das Weite suchte, sobald sie sich außer Sichtweite wähnte. Es schien alles wie nach Wunsch zu laufen, obwohl ich Komplikationen vorhersehen konnte, falls der Käufer einen Komplizen mitbrachte. Ich war ziemlich sicher, daß er das nicht tun würde. Seine eigene Pistole – natürlich betete ich die ganze Zeit, daß er eine hatte – sollte vollauf genügen, um mich einzuschüchtern.

Ich wartete eine Viertelstunde auf ihn, wobei ich seine Gegenwart spürte, ihn auch einmal hörte, während er sich, vernünftigerweise, davon überzeugte, daß ich alleine war. Danach ging alles sehr schnell. Er kam sofort zur Sache und forderte mich mit vorgehaltener Waffe auf, das Päckchen fallen zu lassen. Ich winselte vor Verblüffung und Entsetzen. Er brauchte mir gar nicht erst lange zu erklären, was er zu tun gedachte, sollte ich die Stimme erheben. Es enttäuschte ihn ungemein, daß die verheißungsvolle Schachtel lediglich Pralinen enthielt, und wie so viele Männer, die die Beherrschung verloren haben, fuchtelte er, während er auf mich zustürzte, achtlos mit seiner Pistole herum. Ich hatte es mir wesentlich schwieriger vorgestellt.

Aber ich beglückwünschte mich wirklich zu meiner Raffinesse – das heißt, bis ich seine Automatik untersuchte. Es war eine mickrige italienische 22er, zielgenau genug, um zu töten, aber ohne jede Durchschlagskraft. Nichtsdestotrotz mußte sie es tun. Ich schleifte ihn in den Schatten einer Mauer, wo es unwahrscheinlich war, daß man ihn entdeckte, bevor er zu Bewußtsein kam, machte den Deckel der Pralinenschachtel wieder zu und kehrte zurück in meine Vorstadt und zu meiner Tante.

II

Die Falle schnappt zu

Als ich zum Schlafzimmerfenster des Cottage hinausblickte, das Ian für mich gefunden hatte, durchströmte mich ein Hochgefühl, wie ich es seit Jahren nicht mehr empfunden hatte. Nicht, daß die Szenerie in irgendeiner Weise unvertraut gewesen wäre; in den vielen Monaten, die ich mit Feldstudien an kleineren Säugetieren verbrachte, mietete ich gewöhnlich ein Zimmer bei irgendeiner freundlichen alten Person, die bereit war, mein Bett zu machen und mir in unregelmäßigen Abständen einfache Mahlzeiten vorzusetzen. Die Ursache meiner momentanen Zufriedenheit war vermutlich Erleichterung darüber, aus London heraus zu sein.

Meine Verwundbarkeit war mir auf die Nerven gefallen. Es gab eine Verpflichtung, die ich haßte: bei der gerichtlichen Untersuchung in Sachen des Briefträgers als Hauptzeuge aufzutreten. Da Ort und Zeit öffentlich bekannt waren, barg meine Anwesenheit eine fürchterliche Gefahr. Sie hatte aber auch einen Vorteil. Wenn mein Verfolger unter den Zuschauern saß oder wenn er das Ganze in Muße – möglicherweise voll Erwartung – von einer Seitenstraße aus beobachtete, konnte er sich davon überzeugen, daß ich in keiner wie auch immer gearteten Weise beschützt wurde, und täte sich weniger Zwang an, Fragen zu stellen.

Sowohl Ian als auch ich hatten das sichere Gefühl, daß er nicht versuchen würde, mich aufzuspüren, indem er einen Brief schrieb. Falls ich der Polizei alle Briefe von unbekannten Absendern übergab, würde er irgendeinen

Hinweis, so klein er auch sein mochte, auf den Mörder des Briefträgers liefern, dem man in den Laboratorien nachgehen konnte.

Aber er konnte es riskieren, Georgina oder das Museum oder einige andere naheliegende Nummern anzurufen, um sich nach meiner Adresse zu erkundigen. Sie war niemandem bekannt. Ich hatte allen erzählt, daß ich noch unschlüssig sei, wo genau ich mich einquartieren solle, und daß ich es sie später wissen lassen würde. Dies würde für ihn so aussehen, als habe ich mich selbst versteckt oder sei vielleicht von der Polizei versteckt worden.

Was würde er dann tun? Diskrete Fragen stellen. Es beispielsweise beim Milchmann versuchen. Fehlanzeige. Die Baufirma, die mit der Ausbesserung der Schäden betraut war? Auch die würde ihm zu nichts nütze sein. Ich hatte dem Menschen im Büro gegenüber ausdrücklich betont, die Firma könne jederzeit über das Museum mit mir in Verbindung treten.

Was war mit dem Maurer, dem Anstreicher und dem Schreiner, die am Haus arbeiteten? Es war dies für die Polizei der naheliegendste Ort zur Plazierung eines V-Mannes. Er würde sich bei ihnen in acht nehmen müssen. Trotzdem, wenn er geduldig und bereit war, die Männer beim Heimgehen zu beschatten, konnte er ziemlich sicher sein, daß sie das waren, was sie zu sein schienen. Wenn er schließlich eine Frage riskierte, würde er erfahren, was er wissen wollte. In der großen Eile, in der ich das Haus verlassen und meiner angeblichen Sorge um die Regenrinne und den scheußlichen kleinen Portikus über der Haustür Ausdruck verliehen hatte, hatte ich einen verhängnisvollen Fauxpas begangen und dem Schreiner meine wirkliche Adresse mitgeteilt.

Er würde einige Zeit brauchen, um die Fährte aufzunehmen; aber ich zählte auf die Sorgfalt und Geduld, mit der er die Hinrichtung Webers in die Wege geleitet hatte.

Ich ging fest davon aus, daß er mindestens ein paar Wochen damit beschäftigt sein würde, die Adresse herauszufinden, eine Operationsbasis für sich einzurichten und etwaige Fallen auszukundschaften. In der Zwischenzeit konnte ich mich mit der Gegend vertraut machen und Dachse beobachten.

Das Cottage, das Ian für mich gemietet hatte, war in North Buckinghamshire, im Kirchspiel von Hernsholt, ungefähr eine Meile vom Dorf entfernt. Bis weit in den Norden und Osten hinein erstreckte sich die dunstigblaue Ebene der südlichen Midlands – Ulmen und Eichen, soweit das Auge reichte.

Es war in Wirklichkeit leidlich offenes und von dichten Hecken durchzogenes Weideland mit einigen wenigen kleinen Gehölzen, wo sich unter dem Geschnäbel der Ringeltauben Füchse fortpflanzten; doch selten gab es fünfzehn Meter Hecke ohne einen großen Baum. Aus der Entfernung betrachtet, wie von meinem Schlafzimmerfenster, schien England von dem gemäßigten Wald zurückerobert worden zu sein, aus dem die Sachsen ihr Siedlungsland herausgehackt und erschlossen hatten. Ich empfand eine tiefere Sympathie für diese solide Pionierrasse – suchte doch auch ich noch immer nach einer Heimstatt – als die meisten gebürtigen Engländer. Sie haben eine romantische Leidenschaft für die noch älteren Geschlechter in ihrer Ahnenreihe.

Das Cottage war als »Der Bau« bekannt. Es gehörte einer Witwe, die zu ihrem Sohn nach Australien gezogen war, und wirkte selbst dann noch damenhaft, als ich alle zerbrechlichen Gegenstände weggepackt hatte. Es verfügte über einen Stromanschluß, ein Telefon und fließendes Wasser, das über eine Rohrleitung aus einer Quelle an der Rückseite kam.

Um die Quelle herum war ein Wäldchen mit Weiden. Es bot wenig wirklichen Schutz außer nachts, doch ich bekümmerte mich nicht darum, bis sich meine Augen an seine Licht- und Schattenverhältnisse gewöhnt hatten. Vor dem Cottage erstreckte sich ein halber Morgen überwucherten Gartens und, jenseits davon, das Long Down – eine Fläche gut drainierten Hochlandes, wo sich im Krieg ein Flugplatz befunden hatte. Die verlassenen Betonpisten, die Luftschutzbunker und die Flugzeugbuchten waren noch immer da. Auf und zwischen ihnen weideten Schafe und Rinder.

Obgleich es nur fünfzig Meilen von London entfernt war, vermittelte mein Zufluchtsort einen derartigen Eindruck stiller Abgeschiedenheit, daß ich zu bezweifeln begann, ob die Ziege gefunden werden konnte. Eine Adresse, die beiläufig in das Notizbuch eines Arbeiters geschrieben worden war, schien ein schwer auffindbarer Hinweis zu sein. Dennoch stand außer Frage, daß der Tiger meine Vorstadt durchstreifen und es zuletzt riskieren würde, sich dem leeren Haus zu nähern, wenn alle anderen Nachforschungen nichts gefruchtet hatten. Wenn er mir folgte, mußte er zwangsläufig auffallen. Der Bezirk beherbergte keine Feriengäste, mit denen man ihn verwechseln konnte. Es gab nichts zu tun, als Landwirtschaft zu betreiben, Pferde zu züchten oder Vieh zu mästen.

Ich verbrachte die ersten Tage damit, eine schnelle und gründliche Erkundung meiner Umgebung vorzunehmen. Ich machte kein Geheimnis aus mir – und es waren Dachse in Hülle und Fülle vorhanden, um mein Tun zu rechtfertigen. Ich beschloß, mit Ian keinen wahrnehmbaren Kontakt aufzunehmen, nicht einmal per Telefon. Seine schreckliche Vergangenheit war in allzu weiten Kreisen bekannt. Ich wollte jedem Auskundschafter vorgaukeln, ich sei ohne Freunde und unbeschützt.

Wir hatten jedoch für alle Fälle einen Treffpunkt vereinbart, an einer Brücke über den gemächlich dahinplätschernden Claydon Brook auf Ians normalem Weg nach und von Buckingham. Er wollte sie jeden Nachmittag um vier überqueren. Aus dem Bach ragte ein Weidenstrunk hervor, den er vom Auto aus sehen konnte. Hatte sich an diesem wie gewohnt ein Büschel abgestorbenen Schilfs oder dergleichen verfangen, war alles in Ordnung, und es gab nichts mitzuteilen. War er frei von totem Pflanzenmaterial, wartete ich in der Nähe auf eine Gelegenheit zu einer Unterredung.

Jener Mittwochmorgen, der fünfte seit meiner Ankunft, war englischer Frühsommer in Perfektion. Die neuen Blätter der großen birnenförmigen Bäume, die den Horizont einfaßten, hingen in Erwartung der ersten Heimsuchung durch die Hitze reglos in der Schwebe. Ich faulenzte nach Kaffee und Bratenspeck im Garten und verspürte Lust, eine Hacke in die Hand zu nehmen und wie ein guter Sasse dem Unkraut zu Leibe zu rücken, anstatt mich an eine dritte Erforschung des Long Down zu machen.

Das Long Down war wichtig. Es würde meine Hauptverbindungslinie darstellen, sobald es irgendein verdächtiges Anzeichen für ein gesteigertes Interesse an meiner Person gab. Ich würde mich gewiß nicht auf den zu beiden Seiten von dichten Hecken gesäumten Weg wagen, der zu meinem Cottage führte. Doch wenn ich mich über den ausgedienten Flugplatz bewegte, konnte ich stets sicher sein, daß ich nicht verfolgt wurde; und wenn ich Grund zu der Annahme hatte, daß ich das doch wurde, konnte ich leicht verschwinden, zwischen den Flugzeugbuchten und den niedrigen, von Brombeeren überwucherten Ziegelfundamenten, wo einst Hütten gestanden hatten. Es würde sich unmöglich vorhersagen lassen, auf welchen Pfaden ich das Gelände zu verlassen gedachte oder ob ich es nicht bereits verlassen hatte.

Ich entschied mich fürs Unkrautjäten. Ich wollte den

Hund vergraulen. Er gehörte, sagte man mir, irgendeiner liederlichen Frauensperson auf der anderen Seite des Long Down, die in einer Fabrik in Wolverton arbeitete und es nachts mit dem Nachhausekommen nicht so genau nahm. Sie ließ ihn immer mit einer dreckigen Schüssel voll Brot und verdorbenem Dosenfutter draußen vor ihrem Cottage zurück. Niemand wäre erstaunt gewesen, wenn sie von ihm erwartet hätte, daß er sich die Dosen selber aufmachte. Er verbrachte seine Tage auf dem Hochland, wo er ohne rechte Begeisterung Jagd auf Käfer machte, und freute sich dementsprechend, einen Gefährten zu finden, der nichts Besonderes zu tun hatte und auch keiner landwirtschaftlichen Betätigung nachging.

Ich hätte mein Territorium eher mit einer roten Fahne in der Hand auskundschaften können als mit diesem unvermeidlichen Hund im Gefolge, mit seinem Temperament eines Terriers und der vorwurfsvollen Zuneigung eines Spaniels, beides Rassen, deren Blut ganz offenkundig in seinen Adern floß. Er war unabrichtbar. Und selbst wenn er es gewesen wäre, kann sich kein Hund – der Spürhund eines Wilderers einmal ausgenommen – so leise fortbewegen wie ein Mensch.

Also verbrachte ich jenen Morgen mit seinem sanften Sonnenglast im Garten und nahm am Nachmittag einen Bus nach Bletchley. Ich wollte mich mit den in Frage kommenden Wegen zum und vom Bahnhof vertraut machen. Das äußerst vage Bild, das ich mir bislang von den Charaktereigenschaften meines Feindes gemacht hatte, sah vor, daß er das in echten oder falschen Autonummernschildern enthaltene Risiko ausschalten und den Zug benützen würde. Jedenfalls würde er bald herausfinden, daß ich Straßen mied und daß beim Verfolgen meiner Marschrouten zwischen dem Cottage und den Dachsen ein Auto keine Hilfe war. Ich hätte selbst gern einen Wagen gemietet; aber ich hatte keinen in London – Georgina und ich mit unseren bescheidenen Mitteln gaben beide Wein den Vorzug vor Benzin –, und es hätte vielleicht etwas eigenartig gewirkt, wenn mir auf dem Lande nun plötzlich ein privates Transportmittel zur Verfügung gestanden wäre.

Ich machte in Bletchley meine Besorgungen und kehrte mit Kalbsschnitzeln, Frühkartoffeln und Erbsen zum Cottage zurück. Dann schlenderte ich, da mir nach Gesellschaft war und ich meinen Durst und die Schönheit des Abends mit anderen Menschen teilen wollte, den Feldweg zu dem Dorf Hernsholt hinauf und ging ins *Haunch of Mutton*.

Ferrin, der Wirt, war allein. Er war ein dünner, ironischer Mann Anfang fünfzig, der sich mit der Aura dessen umgab, der um die absolute Nichtsnutzigkeit der Menschheit weiß und trotzdem Gefallen an ihr findet. Er trug in der Regel schweigend ein Lächeln zur Schau, lieferte aber dann und wann einen Kommentar ab, der ebenso vernichtend wie der eines nihilistischen Kartoonisten war. Diese Angewohnheit war gut fürs Geschäft. Gäste aus dem Ort blieben meist noch auf einen zweiten Drink in der Hoffnung auf irgend etwas Empörendes, das Mr. Ferrin als nächstes zum besten geben würde.

Er schenkte mir einen großen Whiskey mit Soda ein und beobachtete mich, bis das Glas so gut wie leer war.

»Gefällt's Ihnen hier?« fragte er.

Ich sagte, daß es das täte und daß es ein friedliches Fleckchen Erde sei.

»Zu friedlich für's Geschäft.«

»Die hocken statt dessen wohl vor der Mattscheibe?«

»Nicht mehr lange«, sagte er. »Aber die werden bald was anderes finden, das sie vom Denken abhält. Mit den Pubs und den Kirchen isses jedenfalls aus und vorbei. Es würde mich nicht wundern, wenn mir dieser Tage von irgendwem ein Übernahmeangebot ins Haus geflattert kommt.«

Ich erwiderte, daß es mich wenig schere, welche bewundernswerte Tradition sich die andere einverleibe, solange es nur nicht die Revolverpresse sei. Das schien ihm zu gefallen, aber er fuhr trotzdem fort, mir auf den Zahn zu fühlen.

»Mein Vater hat ja Stein und Bein geschworen, daß es nichts Besseres als einen Dachsschinken gibt. Dem würden Sie mit aller Macht entgegentreten, nehme ich doch mal an?«

»Ganz und gar nicht. Aber ich würde nicht das Tier töten, dessen Bau ich gerade beobachte. Das verdirbt den Spaß.«

»Frühstück ist Frühstück und Wissenschaft ist Wissenschaft, was?«

»Genau.«

»Trinken Sie einen auf Kosten des Hauses«, sagte er und schenkte mir nach, ohne auf eine Antwort zu warten. »Sie sollten irgendwann einmal das Bitter probieren. Es ist eine kleine Brauerei, und ich strecke das Bier nicht mit Wasser, um die Werbekosten wieder reinzukriegen. Colonel Parrow ist einer der Direktoren. Das ist auch der Grund, warum ich hier bin.«

Es erschien ratsam, dieses herrlich verblümte Herantasten an meine Persönlichkeit und meinen Beruf auszunützen, solange wir noch unter uns waren, obwohl ich nicht wußte, was für eine Geschichte ihm Ian aufgetischt hatte.

»Sie waren unter dem Colonel im Krieg?« fragte ich.

»Nicht unter ihm und nicht über ihm, wenn ich mal so sagen darf. Ich war Küchenunteroffizier in einem seiner streng geheimen Läden. Und Sie würden nicht glauben, was ich da so alles zu hören bekam, nachdem die sich erst mal drangewöhnt hatten weiterzureden, wenn ich die Drinks serviert hab. Aber wenn ich nur eine Frage gestellt hätte, hätten sie mich an einen Fallschirm gehängt und auf Hitler abgeworfen. Das habe ich auch zu Isaac Purvis gesagt.«

»Wer ist denn das?«

»Arbeitet für die Bezirksverwaltung im Straßendienst. Sie haben ihm letztens einen guten Morgen gewünscht, als er in Satters Bottom einen Graben ausgemistet hat.«

»Ich erinnere mich. Ein hutzeliges Männchen so um die sechzig.«

»Siebzig trifft's wohl eher. Also, kommt doch vorgestern ein Fremder zu ihm hin und fragt, welche Straße wir hier die Nash Road nennen. Ist das von irgendeinem Interesse für Sie?«

Es war mir schon immer klar gewesen, daß die Engländer im Falle einer Okkupation die Form der Untergrundzellen beinahe wie von selbst als Mittel der Selbstdarstellung entdecken würden. An der Oberfläche sind sie so offen und sind doch gleichzeitig so natürlich und unwillkürlich verschwiegen bei Dingen, die ihnen wirklich wichtig sind.

»Ja«, antwortete ich. »Aber in der Nash Road gibt es neben meinem Cottage noch vier weitere Häuser. Hat Mr. Purvis herausgefunden, zu welchem er wollte?«

»Nein. Er hat's nicht geschafft, ihn aufzuhalten – obwohl er sonst ja jeden mir nichts, dir nichts in die schönste Unterhaltung verwickelt. Man hat's schon gut erwischt, wenn man sich nach einer halben Stunde loseisen kann und der Verwaltung nicht noch mehr von ihrer Zeit abknapst! Aber ihm ist aufgefallen, daß er nicht nach Worralls ist. Und ich habe letzte Nacht Slade und Parrish gesehen, und dort ist er auch nicht gewesen. Also bleiben nur noch Sie übrig und Mrs. Bunn – die nie jemand besucht, würde ich mal sagen, außer der Vikar und die Gemeindeschwester.«

»Was war er denn für eine Sorte Mann?«

»Groß, dunkel, sauber rasiert.«

»Ein Ausländer?«

»Nein. Ein Gentleman, hat Isaac Purvis gesagt.«

Auf meinem gemächlichen Weg zurück zum Cottage beschloß ich, daß der Fragesteller ein harmloser Spaziergänger gewesen war, der sich zuvor nach dem Weg erkundigt und die Auskunft erhalten hatte, er solle die Nash Road nehmen. Für die Ankunft des Tigers war es noch viel zu früh.

Welche Art von Mann hatte Isaac Purvis da wohl beschrieben? Es erschien mir merkwürdig, daß man nicht sowohl ein Ausländer als auch ein Gentleman sein konnte. Ich begriff aufgrund kontinentaler Parallelen zwar vage, wie es gemeint war, aber Tante Georgina hätte sich auf diesem Parkett mit größerer Sicherheit bewegt.

Jeder aus der jüngeren Generation, der noch immer diesen überkommenen Begriff verwandte, würde unter einem »Gentleman« wahrscheinlich jemanden verstehen, der redegewandt und offensichtlich gebildet war. Aber ich hatte das Gefühl, daß das Wort im Munde eines alten und vorurteilsbehafteten landwirtschaftlichen Arbeiters, der es gewohnt war, aus den unbewußten Tiefen von Erfahrung und Instinkt heraus zu urteilen, auf das Gebaren und die Kleidung von jemandem verwies, der zum Besitz von Ländereien geboren war. Dies ließ an die Formulierung im Brief meines österreichischen Freundes denken – ein Mann, der über eine Menge Geld und unbegrenzte Zeit verfügt.

Andererseits konnte mein Feind doch wohl schwerlich Engländer sein? Aber auf Isaac Purvis wäre in diesem Punkt kein Verlaß. Sein Fachgebiet war das Auftreten eines Menschen, nicht sein Akzent und Satzrhythmus. Es war höchst unwahrscheinlich, daß irgend jemand im Bezirk zu erahnen vermochte, daß ich selbst etwa im Ausland zur Welt gekommen war – obwohl es ein aufmerksamer Zuhörer mit einer gewissen Fremdsprachenkenntnis vielleicht herausgefunden hätte.

Nichtsdestotrotz erinnerte ich mich daran, daß jedweder Zweifel immer noch ein Zweifel war und ich deshalb eventuell gut daran tat, mich so zu verhalten, als habe mich meine Zelle vorab gewarnt. Ich mied die Nash Road sowie den kleinen Pfad, der von ihr zum »Bau« führte. Ich ging querfeldein nach Hause und schlüpfte vorsichtig durch den Schutzschirm aus Weiden zu meiner Hintertür.

Die Abendsonne flutete durch das offene Fenster in die Küche. Sämtliche Geräusche waren friedlicher Natur. Unter dem Fenster schnarchte der Mischling vom Long Down. Über ihm unternahmen eine Biene und zwei Schmeißfliegen den lautstarken Versuch, an der einen Stelle hinauszugelangen, an der es unmöglich war. Auf dem Boden lag ein zerkautes Durcheinander aus braunem Papier und Schnur. Die Kalbsschnitzel, die ich auf dem Küchentisch gelassen hatte, waren im Bauch dieses verdammten Köters – wie ich ihn für einen Moment nannte.

Ich glaube, ich hatte bereits den Mund geöffnet, um ihn aus seinem stertorösen Schlummer zu reißen, als mir aufging, daß alles, von seinem Platz unter dem Fenster bis zu dem Umstand, daß er eingeschlafen war, anstatt mit seiner Beute das Weite zu suchen, und weiterschlief, obwohl mich nur ein zorniger Fußtritt von ihm trennte, völlig widernatürlich war. Ich schlich rückwärts zur Tür hinaus, da ich mich entsann, daß der Henker von Sporn, Dickfuss und Weber Wert darauf legte, zum Zeitpunkt des Todes anwesend zu sein.

Die sommerliche Stille wurde noch immer von keinem Laut außer dem Krächzen eines Raben gestört. Ich schlug mich in das Weidenwäldchen, so daß das Haus zwischen mir und dem Garten lag, und erreichte den Schutz der angrenzenden Hecke. Ein tiefer Graben, der sowohl das bei Regen über das Long Down hinabrinnende Wasser als auch den winterlichen Überlauf der Quelle aufnahm, faßte den Garten auf drei Seiten ein. Sehr langsam folgte ich ihm bis zum vorderen Tor und wieder zurück, wobei ich jeden Busch und jede andere Deckung bietende Stelle, wo sich ein Mann niederkauern und das Haus im Auge behalten konnte, genau unter die Lupe nahm. Ich hatte nicht die geringste Absicht, ihn zu überraschen, da ich die Pistole dummerweise in meinem Koffer unter dem Bett gelassen hatte. Ich wollte lediglich sicherstellen, daß er sich nicht im Haus befand.

Es gab nichts dabei zu gewinnen, wenn ich vor dem nächsten Schritt kniff. Ich hatte die Situation herbeigeführt, die ich hatte herbeiführen wollen. Wenn ich jetzt Reißaus nahm oder händeringend zur Polizei lief, würde ich lediglich für kurze Zeit eine höchst illusorische Ruhe genießen, während der große, dunkle, sauber rasierte Gentleman weiterhin seinen, wie zu vermuten stand, sich für einen Gentleman schickenden Beschäftigungen nachging und abwartete.

Ich nahm das Tranchiermesser aus der Küche und einen zusammengerollten Teppich als Schild. Dann durchkämmte ich die Räume im Obergeschoß mit der ganzen alten Technik, an die ich mich erinnern konnte – nämlich indem ich jede Tür aufstieß, aufpaßte, daß mich niemand von hinten überraschte, und den Teppich immer als erstes eintreten ließ. Es stand außer Frage, daß ich auf meinem eigenen Terrain alleine war.

Nachdem ich jene mickrige 22er geholt hatte, setzte ich mich ins Wohnzimmer, wobei ich zuvor mit der Hand über den Stuhl wischte. Ich konnte leicht mit einem Schuljungentrick wie dem mit der Reißzwecke auf der Sitzfläche erledigt werden. Doch da schoß meine Phantasie wohl ein wenig übers Ziel hinaus. Ich befahl mir, keine übetriebene Vorsicht walten zu lassen. Regelmäßige Angewohnheiten würden unabdingbar und ausreichend sein – wie das Ausschütteln von Stiefeln vor dem Anziehen in den Tropen.

Was war nun genau geschehen? Die erste offenkundige Tatsache war, daß der Tiger beschlossen hatte, daß rasches Handeln sicherer war, als untätig herumzulungern und einen Hinweis auf seine Identität zu liefern; selbst wenn ich unter Polizeischutz stand, würden sowohl meine Bewacher als auch ich die Dinge während der ersten paar Tage wahrscheinlich eher locker angehen. Er mußte meine Adresse bereits über den Schreiner herausgefunden haben. Und zwar durch irgendeinen Zufallstreffer. Ich konnte nicht glauben, daß er sich erkühnt hatte, dem Haus einen Besuch abzustatten.

Er hatte mir dabei zugeschaut, wie ich aus Bletchley zurückgekehrt und zum *Haunch of Mutton* aufgebrochen war. Nachdem er sich vergewissert hatte, daß das Cottage nicht beobachtet wurde, war er sodann hineingeschlüpft und hatte die Schnitzel vergiftet. Über seinen nächsten Schritt war ich mir nicht schlüssig. Vielleicht fuhr er gerade wohlbehalten nach London zurück und wartete voll Interesse darauf, was ihm die Zeitungen alles zu berichten haben würden, vielleicht hielt er sich aber auch noch immer irgendwo ganz in der Nähe auf.

Der Hund war noch am Leben. Das bedurfte einer Erklärung. Wenn man nicht sicher sein konnte, wieviel Zeit einem genau zur Disposition stand, würde man doch bestimmt ein schnelles Gift verwenden? Wahrscheinlich hatte er keines zur Hand gehabt, das völlig geschmacklos war. Schließlich konnte er nicht auf die Hilfsmittel einer Regierung oder einer Terroristenbande zurückgreifen. Er arbeitete vorsichtig und allein an seinem eigenen einsamen Rachefeldzug.

Ich durchsuchte das Cottage nach irgendeinem faßbaren Hinweis auf sein Tun und Treiben und hielt dabei aus alter Gewohnheit die Augen nach einem Mikrophon offen, obwohl ich mir nicht vorzustellen vermochte, was er damit anfangen konnte. Dies führte mich zu der Entdekkung, daß die Telefonleitung draußen vor der Küche, wo sie ins Haus führte, gekappt worden war.

Das war ein Rätsel. Angenommen, die Unterbrechung wäre mir vor dem Abendessen aufgefallen? Angenommen, es hätte mit der Polizei eine Übereinkunft bestanden, daß sie zu festgelegten Uhrzeiten anrufen und sofort in Erscheinung treten sollten, falls niemand den Hörer abnahm? Der Mann mußte beides in Erwägung gezogen haben, ehe er die Telefonleitung durchtrennte. Meine vorläufige Antwort lautete, daß das Gift nicht unverzüglich oder unmerklich wirkte. Es gab eine halbe Minute, während der sich das Opfer so eigenartig fühlte, daß es nur den einen Drang hatte, einen Arzt anzurufen.

Das Kappen der Telefonleitung. Der noch immer laut schnarchende Hund. Zusammen beantworteten sie die Frage, ob dieser hingebungsvolle Henker nach London zurückgekehrt war. Er war es nicht. Er wartete ganz in der Nähe. Er hatte die Absicht – falls niemand vorbeikam und die Luft rein war –, mir mit einem Messer den Rest zu geben. Und es entspräche ganz dem Charakter des Mannes, der drei Tage auf Walter Dickfuss verwandte, es so einzurichten, daß ich ihn, wenn ich erwachte, an meiner Seite sitzen sähe.

Ich gebe diese ganze Analyse meiner Gedanken so genau wieder, wie ich kann; doch damals ähnelte meine Annäherung an das Problem weit mehr den wortlosen Bildern in einem Tigergehirn als den Berechnungen eines Computers. Ich weiß noch, daß ich die Automatik auf meiner Handfläche balancierte und auf die fadenförmigen Lichtreflexe auf dem blauen Licht einschwatzte. Ich weiß auch noch, daß mein Arm zitterte. Das mochte an der fehlenden Praxis der letzten Jahre im Herumrobben in Gräben gelegen haben, denn wie gering meine Chancen waren, hatte ich noch immer nicht begriffen.

Tatsächlich schien ich zu diesem Zeitpunkt deutlich im Vorteil zu sein. Ich brauchte mich nur an einer Stelle hinzulegen, wo ich sämtliche Kücheneingänge beherrschen konnte, um das Untier außer Gefecht zu setzen. Selbst wenn das Licht zu schwach für einen gezielten Schuß war und ich meinen Gegner tötete, würde der Hund den Tatbestand der Selbstverteidigung hinreichend unter Beweis stellen. Ich war ziemlich sicher, daß mir sein Heranschleichen auffallen würde, so leise und vorsichtig es auch immer sein mochte. Er hatte zweifelsohne eine furchteinflößende Vergangenheit, besaß aber vermutlich weder eine Ausbildung als Einzelkämpfer in den Wäldern noch die Ohren eines Beobachters kleiner Säugetiere.

Ich stellte im Geiste bereits Überlegungen zu Dekkungs- und Schußmöglichkeiten an, als mir einfiel, daß er höchstwahrscheinlich überhaupt nicht bemerkt hatte, wie ich durch die Weiden und hinten ins Haus geschlüpft war. In diesem Falle hatte ich mich, aus seiner Sicht, noch gar nicht zu Hause eingefunden und mein Abendbrot verzehrt.

Somit gab es nichts anderes zu tun, als wieder unbemerkt hinauszuhuschen und offen und deutlich sichtbar vorne durch die Gartenpforte zurückzukommen. Es würde alles andere als ein angenehmer Spaziergang werden. Trotzdem, der Mann hätte mich während der letzten ahnungslosen vierundzwanzig Stunden jederzeit aus dem Hinterhalt über den Haufen schießen können und hatte vermutlich davon abgesehen, weil er es nicht riskieren wollte, die Polizei oder die Nachbarn auf den Plan zu rufen. Es war wenig wahrscheinlich, daß er es jetzt riskieren würde, während die Schnitzel warteten.

Ich steckte die 22er in die Tasche zurück, hängte mir

mein Fernglas um den Hals und betrat das Weidenwäldchen. Auf seiner Westseite stand eine hochaufragende Eiche, erdrosselt von Efeu, der dicht genug war, um Halt zu bieten. Ich kletterte hinauf und machte es mir zehn Meter über dem Boden bequem.

Aus dieser Höhe betrachtet, änderte sich der Charakter der Landschaft. Das vermeintliche Eindringen von Wald und Hecken auf mein Cottage entpuppte sich als falscher Eindruck. Ich war meilenweit von Wiesen umgeben, unterteilt in Flächen von jeweils fünf oder zehn Morgen – eine Tatsache, die mir zwar durchaus bewußt war, die aber, wenn man so will, nicht meinem Empfinden entsprach.

Ich konnte darauf vertrauen, daß die beiden Winkel, wo der Pfad zum »Bau« auf die Nash Road stieß, keine Gefahren bargen, aber ich konnte nicht durch die Hecke auf der anderen Straßenseite sehen. Es war dies jedoch ein denkbar ungeeigneter Ort, um sich zu verbergen. Die oberen Fenster der Worralls genannten Farm überblickten die Hecke, und die Wiese dahinter war voller Hühner, die sich gerade glucksend und gackernd für die Nacht zu ihren Steigen zurückzogen.

Wo sich der Beobachter auch immer aufhalten mochte, er konnte sich auf jener Seite nie sicher fühlen. Auf den Gehöften herrschte reges Treiben, und die Wiesen waren zu leicht einzusehen. Der einzige Ort, um sich auf die Lauer zu legen und das Kommen und Gehen zu verfolgen, war das Long Down, das, nahe am Cottage und in meinem Blickfeld, keinerlei Deckung zu bieten schien. Es war aber natürlich auch durchaus möglich, daß wir beide auf einem Baum saßen – in welchem Falle wir uns anstarrten wie ein Paar einander nachahmender Affen, ohne was zu sehen.

Ich kletterte wieder hinunter und lief querfeldein nach Hernsholt. Was das Long Down anbelangte, war ich in einem toten Winkel. Ich benützte neben den auf meinem Weg liegenden Bäumen vor allem die Heckenreihen als Schutz. Es war ein zähes Vorankommen, da ich mich wie ein Kaninchen unter Draht und zwischen Dornenranken hindurchzwängen mußte. Mir wurde klar, daß ein Pferd das einzige Mittel war, um sich schnell und entschlossen in dieser Landschaft aus Wiesen, Hecken und schlammigen Wasserläufen zu bewegen.

Als ich die Hintergärten von Hernsholt erreicht hatte, bog ich ein, hinunter auf die Straße, und begann, scheinbar arglos und unbefangen nach Hause zu schlendern. Das Licht schwand allmählich. Ich versuchte, mich davon zu überzeugen, daß meine Argumentationskette lükkenlos war. Eine dreiviertel Meile vor dem Cottage erkannte ich entsetzt, daß es eine riesige Lücke gab. Der dunkle Gentleman hatte sich, von dem Verdacht beschlichen, er habe mich aus irgendeinem Grunde übersehen, vielleicht still und heimlich dem Küchenfenster genähert und den betäubten Hund entdeckt. In diesem Falle hatte er nichts dabei zu verlieren, wenn er mich in der Dämmerung am Wegrand abpaßte und aus einer der Hecken einen Nahschuß abgab.

Niemals zuvor hatte ich am eigenen Leibe den Wahnsinn der Angst erlebt. Während des Krieges hatte ich mich – manchmal zu Recht, manchmal zu Unrecht – davor gefürchtet, verhaftet und exekutiert zu werden, doch ich fühlte mich als Teil einer Gruppe, deren Mitglieder alle dieselben Risiken und Ungewißheiten auf sich nahmen. Ich war mir meiner Vorgehensweise sicher. Und obwohl ich selten einen Verbündeten zu Gesicht bekam, war ich nicht allein.

Bei diesem einfachen Spaziergang auf einem verlassenen, ständig dunkler werdenden Weg verspürte ich nichts von der hohen Kampfmoral, die sich entwickelt, wenn man dem Feind um einen Schritt voraus ist. Die Verteidigungsmöglichkeiten waren so begrenzt. Ich durfte nicht zuerst schießen. Ich streckte sonst vielleicht den Falschen nieder. Selbst wenn ich den Richtigen erwischte, konnte es ungemein schwierig werden, seine Absichten zur Zufriedenheit eines Gerichts nachzuweisen, da er sich wie ein Mann anhörte, der über jeden Verdacht erhaben sein würde. Es lag durchaus im Bereich der Möglichkeiten, daß seine Identität nur dann ermittelt werden konnte, wenn man ihn beim Töten seines Opfers auf frischer Tat ertappte. Es bestand eine unbehaglich enge Parallele zu einem menschenfressenden Tiger.

Die Sonne war untergegangen, das Licht verteilte sich ungleichmäßig. Die Blätter der östlichen Hecke spiegelten das Rot der Wolken und hoben jedes Fleckchen Finsternis hervor. Unter dem Schatten der westlichen Hecke waren sowohl feste Körper als auch Zwischenräume dunkelgrau. Zu meinem Schrecken war nirgendwo Sicherheit in Sicht. Meine Augen wurden fortwährend von dem Licht im Westen angezogen, und alles, was vor mir lag, erschien dadurch um so dunkler. Was meine Ohren anbelangt – einmal hörte ich das Klicken einer Sicherung, hechtete in den Graben und blieb dort, bis ich es noch einmal hörte. Es war irgend so ein vermaledeiter Star, der mit dem Schnabel ein klickendes Geräusch machte.

Ich rief mir wieder und wieder ins Gedächtnis zurück, warum ich dieses Risiko auf mich nahm. Weil ich nach Hause gehen und das Licht einschalten mußte. Weil mein Feind sodann, nachdem er mir Gelegenheit gegeben hatte, das vergiftete Essen zu mir zu nehmen, in der Erwartung hereinkommen würde, mich bewußtlos auf dem Boden vorzufinden. Weil ich mein Leben ohne Furcht vor einem Mordanschlag leben wollte und keine Polizei dies zu gewährleisten vermochte.

Aber das waren alles nur Mutmaßungen. Das blieb alles dahingestellt. Es hatte keinen Zweck, sich den Kopf zu zermartern und Spekulationen darüber anzustellen, was diese Art von Tier tun würde oder wo es sich aufhielt. Seine einzigen vorhersagbaren Eigenschaften waren Geduld und Grausamkeit. Und in der Zwischenzeit war das »ist«, das Hier-und-Jetzt, eine Angstpartie aus Schatten und Hecke, in Farben wie getrocknetes Blut und arterielles Blut.

Einmal begann ich zu laufen und bekam mich nur mit Mühe wieder in die Gewalt. Einmal sah ich einen abgebrochenen Zweig, der direkt auf mich zielte, zog die Pistole halb heraus, sah, daß es aussichtslos war, und hob die Hände. Das war das Ende. Ich verfluchte mich unter dem Namen Karl Graf von Dennim. Was zum Teufel hätte mein Vater von mir gedacht?

Ich fand derlei Standesdünkel erstaunlich beruhigend. Dieses Heraufbeschwören einer kaiserlichen und hochwohlberühmten Familie, die ich seit 1918 nicht mehr für voll genommen hatte, schien dem, was Charles Dennim, der Zoologe, tat, einen Sinn zu verleihen. Da er die englische Staatsbürgerschaft angenommen hatte, schuldete er der Krone seine Lehensdienste. Er war im Moment – über sein persönliches Interesse an der Sache hinaus – damit beschäftigt, den Tod eines sehr ergebenen Dieners der Krone zu rächen: eines Briefträgers.

Dieses absurde Romantisieren, dieses jähe, unerwartete Ergebnis der Konditionierung eines Jungen, der bis zum Alter von sechs Jahren ein schneidiger kleiner Kerl gewesen war, bewirkte, daß ich den Schatten auf meinem Weg größere Aufmerksamkeit angedeihen ließ. Es wäre angenehmer gewesen, den Lehensdienst mit gezücktem Schwert und einigen schnauzbärtigen Gefolgsmannen zu leisten, als das graugrüne Dunkel – das Rot stand nun tief am Himmel – mit einer Spielzeugpistole zu durchmessen, die halb verborgen bleiben mußte, bis es zu spät war, sie zu ziehen. Aber wenigstens konnte ich nun dem Takt meiner eigenen einsamen Schritte lauschen, die gedämpft die Straße entlangtrotteten.

Ich bog schließlich in den Pfad ein, der zum »Bau« führte, und öffnete die Vordertür. Die 22er war jetzt in meiner Hand, und wenn er auf mich gewartet hätte, wäre er zuerst gestorben. Ohne das Licht anzudrehen, durchsuchte ich alle Räume und kam zuletzt in die Küche. Das Schnarchen hatte aufgehört. Der Hund war entfernt worden. Alles, was sich noch auf dem Boden befand, waren das zerfetzte, zerkaute Papier sowie diverse andere, sorgfältig unter dem Fenster an Ort und Stelle gelassene Hinweise darauf, daß da ein Hund gewesen war. Die Telefonleitung war unauffällig repariert worden.

Es lag auf der Hand, was geschehen war. Mein erstes Heimkommen und mein heimlicher Wiederaufbruch waren nicht beobachtet worden – denn der Mann wäre nie zurückgekehrt, um den Hund zu entfernen, wenn er geahnt hätte, daß ich etwas argwöhnte, aber nicht wußte, wo ich war. Ich hätte ja unterwegs sein können, um die Polizei zu verständigen. Ein solches Wagnis einzugehen, entsprach nicht seinem Naturell.

Nein. Er hatte gewartet und gewartet, daß ich nach Hause kam, sich im Zwielicht nahe an das Cottage herangeschlichen und dann verwundert das Schnarchen gehört. Er verschaffte sich wagemutig Eintritt und fand – bloß einen Hund.

Soviel zum Thema Panik! Er war vielleicht überhaupt nicht auf den Gedanken gekommen, mir auf dem Rückweg aufzulauern, da es ja in den Sternen stand, wann ich zu Hause sein würde. Ich konnte beschlossen haben, Dachse zu beobachten. Ich konnte mit irgendeinem flüchtigen Bekannten ausgegangen sein. Und in der Zwischenzeit mußte er an seinen eigenen Zeitplan und etwaige Rückzugswege denken.

Ich war davon überzeugt, daß er das Weite gesucht

hatte. Dennoch wäre es voreilig gewesen, das Licht anzuschalten oder irgend etwas zu essen, das rasch und mühelos vergiftet werden konnte. Ich verschwand mit einer ungeöffneten Büchse Corned Beef, Decken und einer Zeltbahn in das Weidenwäldchen und schlief längsseits an einem heruntergestürzten Ast. Und zwar tief und fest. Erfahrung zählt. Niemand kann in einer mondlosen Nacht einen in eine dunkle Decke gerollten Mann von einem Baumstamm unterscheiden.

In der feuchten, von süßen Düften durchzogenen Morgendämmerung lag ich da und ging alles noch einmal durch. Das Long Down – da war es natürlich, wo er sich versteckt hatte, mit einer traumhaften Aussicht auf den Pfad, die Gartenpforte und die Haustür. Er hatte keine Veranlassung, dort eine ungemütliche Nacht zu verbringen. Er würde in London schlafen oder wo immer er in Logis war und am Morgen zurückkehren. Warum sollte er nicht? Es lag nichts gegen ihn vor. Er konnte mir oder einem Polizisten mit jedem Anschein eines guten Gewissens einen guten Morgen wünschen.

Ich aß zum Frühstück das Innere eines Brotlaibes – mit einigem Zögern, aber ich war zu hungrig, um mäklerisch zu sein – und säuberte das Cottage und mich selbst. Um neun klingelte das Telefon. Ich ließ es läuten, während ich ein paar geschwinde Überlegungen anstellte – denn es gab niemanden auf der Welt, der mich anrufen konnte, außer Ian und meinem Feind. Nachdem ich vorsorglich hinter der Ecke zur Küche in Deckung gegangen war, schubste ich den Hörer mit einem langstieligen Flederwisch herab. Nichts explodierte, also meldete ich mich. Am anderen Ende war, zu meiner völligen Verblüffung, Tante Georgina.

»Aber wie um alles in der Welt, liebe Tante, wußtest du, daß ich hier war?«

»Und wenn du wußtest, daß du dort sein würdest,

mein lieber Neffe«, gab sie zurück, »warum hast du mir dann in drei Teufels Namen nicht deine Adresse mitgeteilt?«

Ich konnte an ihrer Stimme erkennen, daß sie ihren Rock hochgezogen hatte – so wie ein Mann, der im Begriff steht, Kniebeugen zu machen, die Hosen hochzieht – und sich auf einen langen Schwatz einrichtete. Es wurde schnell ersichtlich, wie der dunkle Verfolger meine Witterung aufgenommen hatte.

»Nachdem du mich an der Paddington Station abgesetzt hattest«, sagte sie, »fiel mir plötzlich ein, daß ich meine Stiefel und Reithosen hätte einpacken sollen.«

Ich bemerkte, sie mache in Breeches stets eine sehr gute Figur.

»Aber sie hätten vielleicht gewollt, daß ich Nur Jehan vorführe. Und ich konnte ja nicht wissen, ob sie nicht alle schrecklich schick und mondän sein würden. Also habe ich dem Admiral telegraphisch mitgeteilt, daß ich einen späteren Zug nähme, und bin nach Hause gefahren, um die passende Garderobe zu holen. Dann hat jemand vom Museum angerufen, um sich nach deiner Adresse zu erkundigen. Ich habe seinen Namen nicht verstanden. Klang so ähnlich wie Dr. Paffletrout. Aber deine Kollegen haben ja auch wirklich die ausgefallensten Namen, Charles.«

Dies hielt sie eine Zeitlang in Atem. Die Namen der internationalen Wissenschaft lieferten ihr immer Stoff für allerlei deftige Späße. Als sie den Faden wieder aufgriff, geschah es, um zu sagen, sie habe Dr. Pizzlefish dargelegt, daß sie meine Adresse nicht besäße, daß ich auf Reisen sei und sie ihr später mitzuteilen gedächte. Darauf hatte der Schreiner, der gerade am Telefon vorbeiging, die Information beigesteuert, die ich ihm unter vier Augen gegeben hatte, ehe Georgina und ich das Haus verließen. Da lag der Hase also im Pfeffer. Simpler ging es nun wirklich nicht.

Wie scharf uns unser aufopferungsvoller Beobachter observiert hatte, entzieht sich meiner Kenntnis. Vermutlich ziemlich scharf, oder er hatte im Laufe einer Routinepatrouille zufällig gesehen, wie wir im Taxi wegfuhren. Ich vermute, er folgte uns dann nach Paddington, verlor mich aus den Augen, als ich auf einen Bus aufsprang, um rechtzeitig zu meinem Zug in Euston zu gelangen, und heftete sich statt dessen Georgina an die Fersen. Als er sah, daß sie zum Haus zurückfuhr, eilte er schnurstracks in die nächste Telefonzelle und versuchte auf gut Glück, meine Adresse zu bekommen.

Aber ich muß noch mal zurückkommen auf die Stiefel und die Reithose und ihre Bedeutung, auch auf die Gefahr hin, es damit meiner Tante gleichzutun, deren Rede, wie die vieler intelligenter Frauen, erst in der Retrospektive Sinn ergibt. Ich meine, ihre Rede schien inkohärent, bis sie ihr Ziel erreichte – von dem aus alles, sofern man sich noch daran erinnerte, an seinen Platz rückte und Relevanz erhielt.

Zwei Tage nachdem die Zeitungen über den Tod des Briefträgers berichtet hatten, stattete ein Admiral Cunobel dem Haus einen Besuch ab. Er präsentierte feierlich sich selbst und seine Karte und äußerte sein Bedauern darüber, daß Georgina nicht anwesend war. Er hatte in den alten Tagen sowohl sie als auch meine Eltern gekannt.

Ich bat ihn herein und gab ihm einen Drink. Ich hatte damals noch nicht das Pamphlet erhalten, auf dem die Offiziersmesse von Buchenwald mit einem Kreuz markiert war, und war sicher – beinahe –, daß die Bombe nicht für mich bestimmt gewesen sein konnte. Folglich hatte ich keine Veranlassung, Fremden gegenüber vorsichtig zu sein.

Ich mutmaßte, er habe vielleicht etwas mit der Polizei zu tun. Doch dem war ganz und gar nicht so. Er war ernstlich um Georgina besorgt. Er hatte jeden Kontakt zu ihr verloren, bis er von dem Zoologen und seiner Tante las, die Reitunterricht erteilte. Er hatte befürchtet – obwohl er das nicht sagte –, unser einfaches Leben sei durch den Anschlag eventuell aus den Fugen geraten, und ich glaube, die bloße Vorstellung hatte ihn schockiert.

Er war ein selbstherrlicher alter Charmeur, den lange Jahre auf See vor den meisten modernen Denkströmungen – nicht-fachlicher Natur – bewahrt hatten. Wie er da mit seinem Pink Gin auf der Kante meines Schreibtisches saß, ähnelte er einer jungen Schildkröte, die begeistert ein neues Salatbeet erkundet. Die schnabelartige Kiefer- und Mundpartie, der faltige Hals und die ledrige Haut waren unverkennbar schildkrötenhaft, doch die Frische der fahlblauen Augen und des dunkelblauen Anzugs ließen vermuten, daß er sich noch immer gut amüsierte.

»Wir haben uns sogar schon einmal getroffen«, sagte er.

»Ich sollte mich daran erinnern, aber ...«

»Nein, sollten Sie nicht! Sie waren zwei Wochen alt. 1912 war ich Zweiter Marine-Attaché in Wien, und Ihre Frau Mutter war äußerst zuvorkommend zu mir. Das waren noch Zeiten, mein Junge! Nationalstolz war nur etwas für die Unterschicht! Ein Mann wählte die Seite, für die er anzutreten gedachte, wie ein Kricketspieler bei der Kreismeisterschaft. Der Kreis, in dem er geboren war, oder der Kreis, in dem er seinen Wohnsitz hatte – was immer ihm besser behagte, aber er mußte seiner Entscheidung treu bleiben. Ich hab Ihren Onkel Willi gekannt, der in der kaiserlichen Garde für den Zaren gekämpft hat, und Ihren Onkel Fritz, der sich selbst als Bayer bezeichnet hat und vor Verdun gefallen ist. Und Hildegard, die einen Griechen geheiratet hat und beinahe von beiden Seiten füsiliert worden wäre, weil sie Gefangenen zur Flucht verholfen hat. Und Ihre liebe Tante Georgina, die, wie ich Ihnen nicht verhehlen will, meine Frau geworden wäre, wenn sie sich nicht in ihren Cousin zweiten Grades verliebt hätte, den englischen Dennim. War das vielleicht ein Reiter! Und ein ganz reizender Bursche obendrein! Grundgütiger, er wäre jetzt dreiundsiebzig, wenn er nicht an der Somme seinen Verletzungen erlegen wäre!«

Er redete weiter und weiter, und ich äußerte mein Erstaunen darüber, daß er sich an alle Verästelungen meiner Familie erinnern könne.

»Mußte ich, mein Junge! Bin in jenen Tagen an so manche nützliche Information herangekommen. Wenn man nicht selber im Gestütbuch stand, mußte man wenigstens wissen, wer darin aufgeführt war. Ich weiß noch, wie ich Ihrer Frau Mutter damit in den Ohren gelegen habe. Es beruht alles auf mündlicher Überlieferung, sagte sie, und keiner von uns kann mehr als die Hälfte davon beweisen. Ich bringe Sie schon unter, sagte sie – Cunobel, von Kunobelinus. Shakespeares Kymbelin. Der älteste Stammbaum in Europa, wenn Sie nur imstande wären, ein paar fehlende Teile in das Puzzle einzufügen. Und ich will verdammt sein, wenn sie Georgina nicht dazu überredet hat, das Gerücht unter die Leute zu bringen! Heiliger Strohsack, die Cunobels sind eine solide kornische Familie, aber klein, klein! Aber so waren sie, Ihre Eltern. Jedem ihrer Freunde gaben sie, was sie nur geben konnten.«

Er war mir sehr sympathisch, und wir gingen zum Lunch in seinen Club. Dort wagte er es, nachdem er mich fürstlich bewirtet hatte, das Gespräch auf Georgina und die Bombe zu bringen. Es müsse ein Schock gewesen sein. Ob sie die Möglichkeit habe, sich irgendwo zu erholen? Er verdanke den Dennims die glücklichsten zwei Jahre seines Lebens. Ob es meiner Meinung nach wohl statthaft sei, wenn er an alte Freundschaftsbande anknüpfe?

Ich sagte, daß dem sicherlich nichts entgegenstehe, Georgina aber äußerst widerspenstig werden könne, sobald sie argwöhne, hinter ihrem Rücken werde etwas für sie arrangiert. Sie sei extrem stolz auf ihre Unabhängigkeit und schere sich nicht darum, ob sie als Dragoner erscheine. Das mache es leicht, mit ihr zusammenzuleben. Sie gestatte es weder, daß man ihre Privatsphäre verletze, noch dringe sie in die von irgend jemand anderem ein.

Der Admiral erklärte, daß er Junggeselle sei – was es natürlich undenkbar mache, daß Georgina unter seinem Dach wohne. Ich wagte nicht zu lächeln. Und auf gewisse Weise hatte er recht. Ungeachtet der Tatsache, daß sie über sechzig und er über siebzig war, sprühten beide dermaßen vor Vitalität, daß sich in jedem gesunden und normalen Dorf sofort eine sinnenfrohe Legende um sie gerankt hätte.

Nein, ihm schwebe vor, daß sie zwar sein Gast sein, aber beim Vikar wohnen solle – womit sie ihm zugleich einen großen Gefallen erweisen würde.

»Dem Mann steht das Wasser bis zum Hals«, sagte er. »Er könnte Hilfe gut gebrauchen.«

Ich wies darauf hin, daß Georgina einen fremden Vikar mit ihrem allgemeinen Auftreten und ihrer direkten Art möglicherweise ziemlich vor den Kopf stoßen werde.

»Hölle und Teufel, Junge, ich meine damit ja auch nicht, daß sie ihm die Chorhemden nähen soll!« stieß der Admiral hervor. »Er hat sich auf die Pferdezucht verlegt!«

»Mit einem Auge aufs Rennen?«

»Nein, nein, nein! Ein verrücktes Gemeindemitglied hat ihm einen verzogenen Araberhengst hinterlassen. Hält ihn auf der *Glebe*-Weide. Nicht einmal anständig eingezäunt! Eine lange Geschichte – aber der arme Kerl gibt sein ganzes Geld für Hafer aus, und er und seine Tochter müssen von Porridge leben. Nun, Georgi könnte die Sache vielleicht in geordnete Bahnen lenken. Ich mache mir schreckliche Sorgen um den Vikar, und ich kann nicht ein Auge auf alles haben, was im Dorf so vor sich geht.«

Als ich Georgina am Abend berichtete, daß Admiral Cunobel wegen ihr vorgesprochen und statt dessen mich zum Essen eingeladen habe, entdeckte ich einen jähen Flair und Duft von Weiblichkeit. Wie, weiß ich nicht. Sie wurde weder von Unruhe erfaßt noch kicherte sie. Ich mutmaße, daß sie sich sofort in einem Ballkleid aus dem Jahre 1912 sah und das Bild wie durch Projektion übertrug. Sie war ein sehr hübsches Mädchen gewesen.

Sie lud den Admiral zum Tee ein. Das war eine Zeremonie. Ihre und meine Freunde nahmen gelegentlich eine Mahlzeit mit uns ein, aber wir verzichteten auf jeden Prunk und Protz; sie aßen, was auf den Tisch kam, und tranken zum Zeichen der Gastlichkeit ein oder zwei Glas Wein. Doch ungefähr zweimal pro Jahr lud Georgi jemanden förmlich zum Tee ein. Sie polierte das silberne Tee-Service, backte eine Anzahl winziger Törtchen und zwei große Kuchen, schnitt papierdünnes Butterbrot in weiß und braun, und richtete jeden Gabelbissen, der zum richtigen Teekult des niederen Landadels gehört, einzeln an. Die Illusion war komplett. Man erwartete förmlich, daß das Dienstmädchen in schmucker Haube und Schürze das Silbertablett und die Muffins hereinbringen würde, und es bereitete schon Mühe, sich zu erinnern, daß man es nicht wirklich gesehen hatte.

Bis zum Nachmittag der Teegesellschaft hatte ich den Brief meines österreichischen Freundes erhalten und wußte, was mir blühte. Ich war ängstlich bestrebt, aus London herauszukommen und genügend Raum zur Selbstverteidigung zu haben. Ich wollte unbedingt, daß die Einladung des Admirals angenommen würde, da ich Georgina nicht alleine im Haus zurücklassen konnte. Von unbekannten Risiken einmal ganz abgesehen, waren Segeltuchabdeckungen, Staub und Baugerüste deprimierend. Die von der Bombe angerichteten geringfügigen Schäden hatten offenbart, daß das viktorianische Balkenwerk an der Vorderseite des Hauses verrottet war und erneuert werden mußte.

Peregrine Cunobel führte das Wort mit vollendetem Takt. Ich konnte sehen, wie er Admiral geworden war. Als sich das Gespräch von 1912 gelöst hatte, lenkte er es ebenso zügig wie zielbewußt auf das Landleben und die Kirche.

»Wenn es bei einem Geistlichen nicht zum Existenzminimum reicht«, sagte er, »muß er tun, was er kann – Blumen für den Markt ziehen oder aus dem Pfarrhaus ein Fremdenheim machen. Meiner glaubt, er könne Pferde züchten.«

Und dann schilderte er uns den jungen Hengst, Nur Jehan, in so leuchtenden Farben, daß Georginas Neugier und sportlicher Ehrgeiz erwachten. Sie hatte Pferde gezähmt, die von dummen oder grausamen Besitzern zugeritten worden waren, hatte aber noch nie versucht, ein Pferd zu disziplinieren, das wie ein Haustier aufgezogen worden war.

Als ich hinzufügte, daß ich seit langem den Wunsch verspüre, eine ganze Kolonie von Eichhörnchen zu studieren, von der ich gehört habe, räumte sie ein, daß es im Haus einsam sein würde. Und fertig. Sie nahm Cunobels Einladung nach Chipping Marton an.

Jetzt rief sie aus dem Pfarrhaus an. Sie hoffte, daß ich für das Wochenende hinüberkommen und auf unbestimmte Zeit bleiben würde, falls es mir nicht langweilig sei. Der liebe Peregrine habe mir bereits geschrieben. Ich folgerte aus dem Adjektiv, daß sie sich bestens unterhielt.

Ihr beißender Bericht über die Aktivitäten des Vikars und von Nur Jehan war zwar recht kurzweilig anzuhören, doch ich fand es schwierig, Geduld zu bewahren, während ich die beiden Fenster, die das Telefon beherrschten, im Auge behielt. Sie kam nicht auf die Frage zurück, weshalb ich ihr meine Adresse nicht gegeben hätte – was typisch war –, und wollte wiederholt wissen, ob es mir denn auch gut gehe und ich es bequem habe, was völlig atypisch war. Ich schaffte es, hinsichtlich der Einladung eine definitive Zusage zu vermeiden. Ich hoffte, daß ich bis zum Wochenende ein freier Mann sein und der Polizei den Namen und die Beschreibung des Briefträger-Mörders gegeben haben würde.

Ich hatte das ziemlich sichere Gefühl, daß er die ganzen Vorteile, die er sich durch rasches Handeln verschafft hatte, nicht leichtfertig aufs Spiel zu setzen gedachte. Ich war ihm nur aufgrund des unvorhersehbaren Zwischenfalls mit dem Hund entronnen, und er konnte nicht ahnen, daß er überhaupt irgendeinen Verdacht erregt hatte.

Was als Ians plumpes Hin und Her von Ziege und Tiger begonnen hatte, fing nun an, größere Ähnlichkeit mit dem deutschen Geheimdienst-Schach zu haben, bei dem ein Spieler die Figuren seines Widersachers nie zu Gesicht bekommt. Ein Unparteiischer sagt ihm, ob ein Zug möglich ist, und wann er eine Figur geschlagen oder verloren hat. Hieraus muß er sich sein eigenes Bild davon machen, welche Felder besetzt sind und was für ein Muster der gegnerischen Aufstellung zugrunde liegt.

Wie sah das Bild des Feindes aus? Daß mir die Polizei vielleicht geraten hatte, ich solle mich verstecken, daß sie mir im Gelände aber bislang wenig oder keinen Schutz gewährte. In diesem Falle schwebte er in um so größerer Gefahr, je länger er säumte. Heute, Donnerstag, sollte er bei Einbruch der Nacht meilenweit von Hernsholt entfernt sein, unverdächtig und zufrieden, daß ich nicht mehr am Leben war.

Wie sah mein Bild aus? Daß er mich so weit in die Ecke getrieben hatte, daß ich es darauf anlegen mußte, einen Blick auf sein Gesicht zu erhaschen, ohne einen Angriff zu provozieren oder ihn aufzuschrecken. Letzteres war von allerhöchster Wichtigkeit. Ich wollte nicht, daß er sich zurückzog und Wochen oder gar Monate auf eine günstigere Gelegenheit wartete.

Falls er auf dem Long Down war und die Vorderseite des Hauses beobachtete, mußte es möglich sein, ihn von den Fenstern im Obergeschoß zu sehen. Vermutlich war er sich dessen bewußt und wagte es nicht, sich zu kratzen oder auch nur eine Fliege von der Nase zu pusten, solange er nicht wußte, wo ich mich befand.

Also ließ ich es ihn wissen. Ich trug einen Liegestuhl zur Vordertür hinaus, ging wieder hinein, um ein Buch, einen Tisch und einen Manuskriptstapel zu holen, und ließ mich im Schutz einiger Sträucher nieder – augenscheinlich, um zu arbeiten. Dann kehrte ich auf dem Bauch über den Graben und die Hintertür ins Haus zurück.

Hinter den Schlafzimmervorhängen verborgen, suchte ich den Long Down mit meinem Fernglas ab. Es war nicht das geringste von ihm zu sehen. Ich gab ihn auf. Vielleicht hatte ich seine Ausdauer übertrieben; vielleicht hatte er beschlossen, ebenso langsam und bedächtig vorzugehen wie in London. Ich begann, einen Hasen zu beobachten, der in einer Entfernung von rund zweihundert Metern am Horizont entlanghoppelte.

Nun ist es so, daß ein Hase erst im letzten Augenblick sieht, was sich vor ihm befindet, jedoch nahezu mühelos erkennen kann, was hinter ihm ist. Als er auswich, einen Haken schlug und zu seinem Futterpfad davonstob, wußte ich daher ganz genau, wo ihn etwas erschreckt hatte. Durch das Fernglas erkannte ich einen verschwommenen schwarzen Strich hinter dem wogenden Gras. Es war das obere Ende des Eingangs zu einem alten Luftschutzbunker.

Ich hatte ihn bei meiner eigenen Erkundung des Long

Down übersehen, da mein Interesse vor allem Wegen galt. Es bestand keine zwingende Notwendigkeit, die Stellen zu vermerken, von denen unter Umständen ein Angriff erfolgen konnte. Jedenfalls war der Bunker alles andere als auffällig. Man hatte ihn tief in den Lehm versenkt, und die Wölbung des Daches zeichnete sich nicht auf der Erdoberfläche ab. Möglicherweise war er für die VIPs von Sondereinheiten der Spionageabwehr gedacht, die auf dem Flughafen ankamen.

Ob sich mein eigener spezieller VIP im Moment darin befand, vermochte ich nicht mit Sicherheit zu sagen. Wenn er mit den Augen in Höhe der Grasnarbe auf den Stufen stand, konnte er hinausspähen, ohne groß Gefahr zu laufen, von mir oder irgend jemandem sonst entdeckt zu werden. Es war ein Glück, daß er nicht dabei gesehen werden wollte, wie er ein Gewehr herumtrug. Oder vielleicht fand er, ein Schuß auf zweihundert Meter sei denn doch zu riskant.

Nach einer Weile machte ich eine Bewegung aus, die auf einen Scheitel schließen ließ. Ich hätte mich von hinten an ihn heranpirschen können, doch ich hatte absolut nichts gegen ihn in der Hand. Die Person im Bunker konnte ebensogut ein Bischof a. D. sein, der eine Monographie über den Fortpflanzungszyklus des Feldhasen schrieb. Also wollte ich wissen, ob er eine Gelegenheit ergreifen würde, seine Absichten darzutun. Ich robbte wieder zu den Sträuchern und kehrte deutlich sichtbar mit dem Liegestuhl und meinen Papieren ins Haus zurück.

Geschäftig mit Notizbüchern und dem Fernglas hantierend und mich wie ein harmloser Naturforscher gebend, der zu einem Spaziergang aufbricht, ging ich zur Gartenpforte hinaus, umrundete den Garten und marschierte unweit seines Bunkers am Rande des Long Down entlang. Ich strebte auf einen etwa vierhundert Meter schnurgerade nach Westen führenden Feldweg zu, auf dem ich festzustellen vermochte, ob ich verfolgt wurde. Als ich mich dem Ende der geraden Strecke näherte, waren zwei Männer und eine Frau auf einem Fahrrad hinter mir. Einer der Männer war ein ziemlich großer Bursche und kam zügigen Schritts daher. Ich hoffte, daß er der Richtige war.

Der Feldweg brachte mich auf die Hauptstraße nach Aylesbury, die ich gut achthundert Meter entlangging. Er war noch immer hinter mir, aber das bewies nichts. Ich nahm eine Abbiegung nach rechts, die in einer sanften Steigung zu dem Dorf Stoke hinaufführte. Wenn er ebenfalls nach Stoke kam, würde dies ein klarer Hinweis darauf sein, daß er mir folgte, da meine Marschroute im Kreis verlief. Wer immer er sein mochte, er war vom Long Down gekommen, und der kürzeste Weg von dort nach Stoke führte über Hernsholt.

Ein rascher Blick durch die Blätter der Rainhecke zeigte, daß er zwei Kurven hinter mir war und rasch näher kam. Also hielt ich, als ich Stoke erreichte, vor der Kirche an, um einen jener gedrungenen, klobigen Kirchtürme zu bewundern, die die englische Landschaft bestimmen, ansonsten aber keinerlei ästhetischen Wert besitzen, und ging dann hinein. Ich hoffte, daß er ebenfalls ein Interesse an kirchlicher Architektur vorschützen und ich somit Gelegenheit haben würde, ihn mir genauer anzusehen. Doch er begnügte sich damit, zu warten.

Auf meinem Weg hinaus blieb ich stehen, um mit dem erstbesten Menschen, den ich zu Gesicht bekam, einen Schwatz anzufangen, damit ich beim Durchschreiten des Kirchhofes die Augen offen halten konnte, offenbar aber ins Gespräch vertieft war. Er entpuppte sich als der Totengräber, und zwar kein sehr fröhlicher. Er teilte mir mit, daß wir mitten im Leben vom Tod umfangen seien und daß überall dort, wo die blaue Tonerde nicht weiter als vier Fuß hinabreiche, der Einäscherung der Vorzug zu geben sei. Weil man dann sozusagen nur auf einen Knopf zu drücken bräuchte. Bis ich mich von den abergläubischen Vorstellungen einer österreichischen Kinderstube erholt hatte, schlenderten die Füße, die mir leise nachgetrottet waren, von der Kirche weg.

Ich hatte mir nicht überlegt, was nun geschehen oder wohin ich mich wenden sollte. Es lag auf der Hand, daß er mir nicht auf ewig durch ein Netzwerk von Feldwegen zu folgen vermochte. Wenn er nahe genug herankam, um zu erkennen, welche Abzweigungen ich nahm, würde er Verdacht erregen. Wenn ich ihn hinter mir herlaufen ließ, ohne ihn zu bemerken, würde ich es tun.

Für den Augenblick schien es das Beste zu sein, ihn abzuhängen. Was würde er dann unternehmen? Vermutlich zum Long Down zurückkehren oder vielleicht auch dem Cottage in meiner Abwesenheit einen Besuch abstatten und sich erneut der Speisekammer widmen. In beiden Fällen würde er den kürzesten Weg nehmen, und falls ich ihn überholen konnte, würde ich zumindestens imstande sein, sein Gesicht zu sehen.

Der Gedanke an die Speisekammer erinnerte mich daran, daß ich großen Hunger hatte. Ich kaufte im Dorfladen ein paar Kekse. Als ich herauskam, stand er am anderen Ende der Straße und schaute sich ein Gestell mit Ansichtskarten an, das im Eingang des Postamtes hing.

Als ich mich in seine Richtung wandte, ging er voran, wobei er den Weg einschlug, mit dem ich gerechnet hatte. Er wollte vielleicht, daß ich an ihm vorbeizöge. Hier, außerhalb von Stoke, verlief der Weg zwischen hohen Hecken und wurde wenig benutzt, insbesondere zur Mittagszeit. Er hätte es vielleicht nicht gewagt, sich die Zeit zu einem schwelgerischen Akt der Rache zu nehmen, aber eine schnelle Liquidierung und eine Flucht quer durch die Wiesen wäre ein Leichtes gewesen.

Jetzt endlich zahlte es sich aus, daß ich mich für offenes

Gelände entschieden hatte. Ich verschwand in den Hof eines Pubs und lief durch den Schankraum und den Küchengarten in eine dahinter gelegene Wiese. Dort warf ich im Schutz eines Heuhaufens einen raschen Blick auf meine topographische Karte. Wie ich es erwartet hatte, gab es keine Hindernisse, und das Terrain begünstigte mich. Wenn ich mich beeilte, konnte ich ihn überholen.

Ich war außer Atem und blutete von Stacheldraht und Weißdorn, als ich die Straße von Stoke nach Hernsholt erreichte. Ich fand einen Platz, der ebensogut wie seiner auf dem Long Down war. Ich konnte ihn dabei beobachten, wie er die Straße entlangkam, bis er eine Biegung erreichte, und dann konnte ich zur Hecke hinunterrutschen und ihn in einer Entfernung von zwei oder drei Metern auf ihrer anderen Seite an mir vorbeigehen sehen.

Ich aß in aller Ruhe meine Kekse, da es eine ganze Weile dauerte, bis er sich einfand. Er hatte vielleicht erraten, daß ich in den Pub gegangen war, und gewartet, daß ich wieder herauskäme. Schließlich sah ich ihn, wobei wir beide nur durch einen dünnen Schirm aus Ulmen voneinander getrennt wurden.

Der Mann, der da an mir vorüberging, entsprach in keiner Weise meinem geistigen Bild von ihm. Er hätte gegenüber von meinem Haus ein Zimmer beziehen können, ohne im mindesten Verdacht zu erregen. Gekleidet wie ein hochrangiger Beamter und mit Regenschirm und Aktenmappe ausstaffiert, wäre er mit einem Nicken durch jede polizeiliche Absperrkette gekommen, die mich zu meinem Schutz umgab. Isaac Purvis' Beschreibung seiner Person als der eines Gentlemans traf vollauf zu. Er gehörte zu dem, was man mit einem Modewort das Establishment nennt – obwohl mir noch niemand zufriedenstellend erklärt hat, was zum Teufel das Establishment denn nun eigentlich ist.

Sein Alter entsprach ungefähr dem meinigen, zwischen

vierzig und fünfundvierzig. Er trug einen braunen Tweedanzug aus erlesenem Tuch und eine etwas hellere braune Mütze. Sein Haar – soweit ich es zu sehen vermochte – war dunkel und an den Schläfen graumeliert. Er war ein Mann von kräftiger Statur, eins achtzig groß und gut und gerne seine fünfundachtzig Kilo schwer, bewegte sich jedoch leichtfüßig, was auf durchtrainierte Muskeln schließen ließ. Zu den unbedeutenden Einzelheiten – seine Nase war kräftig und ebenmäßig, seine Augen braun, und er hatte markante, zerzauste schwarze Augenbrauen.

Ich war sicher, daß ich ihn noch nie gesehen hatte. Ich hätte einen solchen Mann nicht vergessen, wie ausgemergelt er auch gewesen sein mochte, wenn er Häftling in Buchenwald gewesen wäre. Und seine Staatsangehörigkeit war, zumindest auf den ersten Blick, eindeutig britisch. Aber der Eindruck trog vielleicht. Ich konnte auch nicht sagen, warum. Möglicherweise sein Verhalten, obgleich allein auf weiter Flur. Ich wollte ein bißchen mehr Exzentrizität von ihm. Ein Engländer dieser Klasse spielt mit seinen Gedanken, wenn er alleine ist, und wahrt die Form nur, wenn ihn jemand sehen kann.

Andererseits hatte er nicht viele verschiedene Gedanken zum Spielen. Er hatte nur den einen. Ich habe noch nie einen so starren und konzentrierten Gesichtsausdruck gesehen; er hätte nur eine einzige Wegbiegung hinter mir hersein können. Und der Sprung, wenn er aufholte, wäre so tödlich wie der jedes Tigers – erbarmungslos, denn dieser Mann glaubte, diejenigen zu richten, die vom Gesetz nicht zur Gänze des Todes für würdig befunden worden waren. Dennoch reichte ein allgemeines Motiv nicht zur Erklärung solcher Geduld und Hingabe aus. Es mußte zweifelsohne ein präzises und persönliches Motiv geben. Wie sah es aus? Ich hatte damit gerechnet, es zu erkennen, sobald ich ihn zu Gesicht bekam, doch das tat ich noch immer nicht.

Es war zu diesem Zeitpunkt, daß ich einen Plan faßte, teils, weil ich mich in der Nähe eines der Dachsbauten befand, die mir als Vorwand für meinen Aufenthalt im Bezirk dienten, teils, weil es mir ungemein widerstrebte, eine weitere Nacht im »Bau« zu verbringen.

Es war meine Absicht, ihn unverletzt – oder nur leichtverletzt – zu fangen. Das Belastungsmaterial für das Strafverfahren wegen des Briefträgermordes kam allmählich zusammen. Er mußte in meiner Vorstadt gesehen worden sein; und hier stellte er mir schon wieder nach. Wenn man das Ganze jedoch aus der Sicht eines abgespannten Polizei-Inspektors betrachtete, gab es noch immer keinen anderen Beweis als das Wort eines ehemaligen Gestapo-Offiziers, der höchst verdientermaßen Gespenster sah und keinen einleuchtenden und zwingenden Grund nennen konnte, warum er von jemandem verfolgt wurde, der nicht in Buchenwald war – ja, oder von jemandem, der dort war.

Wenn dieser Kerl von untadeligem Stand und Charakter war – und diesen Eindruck erweckte er bei mir –, konnte er nicht verhaftet, sondern nur verhört und dann vorsichtig beobachtet werden, während seine Beschreibung an die deutsche Polizei weitergeleitet wurde. Das reichte nicht. Das würde ihn nicht außer Gefecht setzen und mich von meiner Angst befreien.

Eindeutige Beweise. Eine Anklage, aufgrund derer er im Gefängnis einbehalten werden konnte, während eine umfassende Untersuchung seiner Person vorgenommen wurde. Das war es, was ich brauchte. Und wenn er sich freundlicherweise noch einmal umblicken würde, um festzustellen, ob ich hinter ihm die Straße entlangkam, glaubte ich es auch bekommen zu können.

Ich gab ihm drei Minuten, dann kletterte ich durch ein Loch auf die Straße und folgte nach. Ich fühlte mich ziemlich sicher. Er hatte keine Veranlassung, herumzutrödeln oder gar umzukehren. Was er zu tun hatte, bevor er mich endgültig abhaken konnte, war, sich gemütlich neben einer Reihe von Tannen über und zur Rechten der Straße niederzulassen. Von dort konnte er wahrscheinlich Stoke und mit Sicherheit mich sehen, wie ich ahnungslos heranschlenderte und direkt in den Schuß aus der Hecke lief, vor dem ich in der Nacht zuvor solche Angst gehabt hatte.

Ich tat ihm nicht den Gefallen, die ganze Strecke zurückzulegen, sondern schwenkte nach links in einen Feldweg. Das Gelände war offen. Wenn er oben zwischen den Tannen war, konnte er alle meine Bewegungen durch sein Fernglas verfolgen – ein äußerst kostspieliges Exemplar, um das ich ihn beneidete –, bis ich das schützende Gestrüpp erreichte, wo sich der Dachsbau befand.

Es war eine typische Dachsbehausung, unter einem verfilzten und etwa zwanzig Meter langen Wirrwarr aus Dornsträuchern und Bromberranken, die im rechten Winkel zu einem schlammigen Bach verlief. Wenn ich wirklich die Absicht gehabt hätte, die zwei oder drei dort lebenden Familien zu studieren – es gab zu viele Wildwechsel für ein ungestörtes Beobachten –, hätte ich den Bach überquert und mich auf den feuchten Boden zwischen den Binsen gekauert, um ihnen beim Trinken und vielleicht sogar beim Spielen zuzusehen. Doch das war keine geeignete Stelle, um die Ziege für den Tiger anzupflocken.

Am anderen Ende dieses dichten Pflanzenwalles, und ein paar Schritte davon entfernt, stand eine einzelne, verkrüppelte Erle. Ich schnitt und bog einige Äste so zurecht, daß in dem Baum ein Hochsitz entstand. Um den Sinn und Zweck meines Tuns unmißverständlich klarzumachen, setzte ich mich darauf und saß Probe. Ich zückte auch mein Notizbuch und kritzelte einzelne Bemerkungen über Dachspfade und Scheuerbäume hinein. Die ganze Zeit war ich sorgsam darauf bedacht, in Sicht der Tannen auf der Anhöhe zu bleiben.

Doch meine Vermutung, daß er sich dort befand, erwies sich als falsch. Meine Vermutung, daß er mich beobachtete, war richtig. Das war bezeichnend für alle unsere Züge, sowohl für die seinen als auch für die meinen. Es gab zu viele »wenns«, und jeder von uns neigte dazu, eine Dame mit einem Bauern zu verwechseln.

Während ich mit der Erle beschäftigt war, störte etwas die Vögel stromaufwärts, wo die Ufer überwuchert waren. Ich gab nicht darauf acht. Ein paar Minuten später ging ich auf die andere Seite der Dachsbehausung, fand einen Platz, wo der Pflanzenwuchs spärlich war, und suchte den Bach mit meinem Fernglas ab. Es stand außer Frage, daß er da war, und er war nicht von den Tannen heruntergekommen, oder ich hätte ihn bemerkt. Er mußte da auf mich gewartet haben, wo die Straße über den Bach führte – ein wahrhaft trefflicher Ort für die vorläufige Beseitigung einer Leiche. Als ich in den Fußpfad bog, war ich gefährlich nahe dran gewesen.

Solange er mich nur sah, kümmerte es mich nicht, von wo er mich sah. Ich hoffte, daß ihn dieses ganze Herumbosseln an dem Baum nicht verwirren würde. Er wirkte wie die Sorte Mensch, die einen Dachsbau erkennen kann – mochte er ihn auch für ein Fuchsbau halten – und begreift, daß ich die Absicht hatte, das, was sich auch immer dort tummeln mochte, nach Sonnenuntergang von der Erle aus zu beobachten. Es war höchst unwahrscheinlich, daß ihm die Wahrheit dämmerte: nämlich daß die Erle nicht zum Ausguck taugte, und daß ich sie ausgewählt hatte, weil man sich auf der von mir nicht einsehbaren Seite des Baues mit solcher Leichtigkeit an mich heranpirschen konnte.

Schließlich machte ich mich stromabwärts davon und stellte es ihm anheim, in Muße zu untersuchen, was ich vorgehabt hatte. Als ich aus seinem Blickfeld war, schlug ich ein schärferes Tempo an, da mir nur eine halbe Stunde blieb, um mich zu einem Treffen mit Ian einzufinden, dessen Hilfe unabdingbar war.

Ich gelangte rechtzeitig zu der Brücke und stand gerade im Begriff, hinunter zu dem Weidenstrunk zu gehen und die Schleppe aus toten Wasserpflanzen zu entfernen, die in der langsamen Strömung wogte, als ich den alten Isaac Purvis erblickte, der geruhsam die jungen Brennesseln auf dem grünen Randstreifen der Straße senste. Sein Fahrrad lehnte an der Hecke – ein Wunder, wie es der alte Knabe schaffte, mit einer in eine Sackleinwand gewickelten Sense auf dem Rücken meilenweit zu radeln –, und er schien eine Arbeit angefangen zu haben, mit der sich die ländliche Bezirksverwaltung getrost bis Juli hätte Zeit lassen können.

Er stützte sich auf seine Sense, als er mich an der Brücke zögern sah, und seine ganze Positur stellte eine einzige Einladung dar, mich zu ihm zu gesellen und mit ihm zu unterhalten.

»Die Brennesseln haben es dieses Jahr wohl eilig, Mr. Purvis«, bemerkte ich.

»War eigentlich beim Grasmähen«, antwortete der alte Mann, »'n gutes Stück weiter hinten, auf der andern Seite von der Brücke.«

Er wartete mit schelmischen Augen darauf, gefragt zu werden, warum er den Platz gewechselt habe. Also fragte ich.

»Sie postiern sich an der Straße, Purvis, hat Colonel Parrow gesagt, und wennse den Professer sehn, gebense ihm das da!«

Er ließ ein aus einem Notizbuch gerissenes Blatt Papier so unauffällig in meine Hand gleiten, als gebe er unter der Nase eines Polizisten einen Wettzettel ab.

Ich habe das Gefühl, daß Du mich heute vielleicht sehen möchtest. Ich bin um halb fünf an der Brücke. Es gibt einen weiteren Bericht über den Mann, von dem Dir Ferrin erzählt hat, und ich versuche, Näheres über ihn herauszufinden.

»Sehr freundlich von Ihnen, Mr. Purvis«, sagte ich.

»Waren diese Buren, mit denen alles angefangen hat«, bemerkte er kryptisch. »Hätten nie wieder was von denen gehört, wenn da nicht Hitler und der Kaiser gewesen wären.«

Diese Äußerung mußte ich erst einmal verarbeiten. Es wohnte ihr eine Art verrückter Logik inne, da die britische Überheblichkeit und Schwäche im Burenkrieg – so lautet zumindest meine ureigenste Meinung – beide zum Teil für 1914 verantwortlich waren.

»Sie haben in Südafrika gekämpft?« fragte ich.

»Ja. Freiwillige Kavallerie. Und meine Eingeweide sind nicht mehr dieselben wie vorher.«

Ich pflichtete ihm bei, daß der Feldzug grauenvoll gewesen sein müsse.

»Hab mir Typhus geholt, die ganze Einheit. Und ich werd Ihnen verraten, was mich kuriert hat, auch wenn Sie's nicht glauben. Also, ich reit gerade so dahin, kann mich nur mit Müh und Not auf meinem Gaul halten, als plötzlich einer von diesen verdammten Buren auftaucht und mir 'n Bauchschuß verpaßt. Und wie ich ins Lazarett komm, hör ich den Doktor sagen: tja, jetzt brauchen wir uns keine Sorgen mehr machen wegen die Perferation, der is' schon perferiert. Ich hab das zwar nicht so richtig kapiert, ich hab aber trotzdem Halleluja gesagt wegen mein' Dusel, und so wurd ich kuriert. Wo also Colonel Parrow zu mir sagt: das ist 'ne Frage der Atomie, Purvis, hab ich gesagt: tja, unsereins kriegen sie eben nicht zu fassen, Colonel, die Buren nicht, und die Amerikaner schon zweimal nicht.«

Es sah so aus, als habe Ian gedacht, ein Zoologe sei nicht genügend melodramatisch für sein Dorf. Wenn Atomie das war, was ich vermutete – es schien eine ausgezeichnete Losung zu sein –, war ich offenkundig ein Professor mit einem nicht näher spezifizierten Interesse an nuklearer Zellteilung.

»Was halten Sie von diesem großen, dunklen Mann, der wissen wollte, wo die Nash Road ist?« fragte ich, sobald ich ein Wort einwerfen konnte.

»Ein freundlicher Gentleman«, sagte Isaac Purvis, als sei das ungefähr die äußerste Grenze, bis zu der er sich vorwagen könne. »Hat mich irgendwie an den alten Worrall erinnert.«

»Wie meinen Sie das genau?«

»Der alte Worrall, der die Farm gegenüber hatte von da, wo Sie wohnen. Ich hab für ihn gearbeitet, als Fuhrmann, vor dreißig Jahren, seh ihn noch so deutlich vor mir wie jetzt Sie. War freundlich wie immer, als sie seinen Ältesten in die Klapsmühle gesteckt haben, man hätt meinen können, daß es ihm gar nichts ausmacht. Aber irgendwann hat er zu mir gesagt: Dafür wird mir der Herrgott bezahlen, Isaac.«

»Und was ist passiert?«

»Nichts. Was hätte denn passieren sollen? Ich hab seine Augen gemeint. Wie die Augen vonner Witwe, wenn der Paster ihr sagt, daß Trauer gut für sie is'.«

Dieser plastische Vergleich erweckte mein unsinniges Schuldgefühl, das von Angst und Zorn erstickt worden war, zu neuem Leben. Der arme Teufel – wenn er glaubte, daß ich dieselbe Art von Kreatur war wie Sporn und Dickfuss, hatte er ein Anrecht darauf, mich zu töten. Wie lange ist es her, daß Rache als Tugend eines Mannes von Ehre galt? Nur drei Jahrhunderte?

Ich fragte Isaac Purvis, ob er Grund zur Annahme habe, daß der große, dunkle Mann ein Ausländer sei.

»Tja, ich hab ihn bloß einmal gesehen, und das ist drei Tage her. Ich habe ihm gesagt, was er wissen wollte. Und wie ich ihn gefragt hab, ob er der neue Leichenbestatter ist, wo Mrs. Bunn was mit verhandeln will, da hat er nur nein gesagt.«

»War mir schon klar, daß er's nicht is'. Schließlich hat er ja bloß 'n Spaziergang gemacht, sozusagen. Aber ich hab mir später gesagt, also, hab ich mir gesagt, wenn das jetzt wirklich einer von diese Gentlemen is', die das nicht eilig haben und zu Fuß gehn, wo's mit 'm Auto viel besser geht, dann hätt er doch wohl gern gewußt, was Mrs. Bunn mit dem Leichenbestatter am Verhandeln is'. Also würd ich nicht sagen, daß er kein Ausländer ist, und ich würd auch nicht sagen, er ist einer.«

Mr. Purvis war bereit, bis um fünf Uhr über den Nationalcharakter der Engländer zu diskutieren – worunter er die Bewohner von Buckinghamshire und Northamptonshire verstand. Das war vielleicht etwas lange, um plaudernd im Freien zu stehen, wenn ich nicht wußte, wohin unser Gentleman gegangen war, aber ich wollte einen so nützlichen Verbündeten nicht verletzen, indem ich ihm das Wort abschnitt.

Um halb fünf kam Ian. Wir fuhren in seinem Auto weg. Er wirkte ein wenig kalt und militärisch, da er es nicht schaffte, einen gewissen Jim Melton zu finden, nach dem er gesucht hatte. Die einzige Zeit, zu der man sicher sein konnte, den vermaledeiten Mann anzutreffen, folgerte ich, war, wenn er sich ins Amtsgericht begab, um ein Bußgeld für irgendein geringfügiges Vergehen zu zahlen, oder wieder herauskam; und wenn man ihn dann nicht auf den Stufen des Gerichtsgebäudes abpaßte, verschwand er. Eine beneidenswerte Gabe, wie ich fand.

Ian wollte, daß ich ihn nach Buckingham begleitete und anschließend irgendwo gemütlich mit ihm zu Abend aß. Als ich ihm sagte, er solle das Auto am Straßenrand abstellen und sich mit mir unter einem zweckdienlichen Heuhaufen niederlassen, meinte er, daß er nicht verstehen könne, weshalb ich dieses Pfadfindergehabe für nötig hielte. Es kostete Mühe, mich daran zu erinnern, daß er nichts von den aufreibenden letzten vierundzwanzig Stunden wußte.

Ich erzählte ihm meine Geschichte von dem Zeitpunkt an, als ich in der Nacht zuvor das *Haunch of Mutton* verlassen hatte. Er unterbrach mich nicht. Er war schon immer ein geduldiger und geübter Zuhörer, obwohl man nie wußte, welches Donnerwetter am Schluß über einen hereinbrechen mochte.

»Aber du hattest ihn doch praktisch im Sack!« stieß er hervor. »Warum zum Kuckuck hast du ihn nicht in seinem Bunker oder auf der Straße überwältigt?«

Ich erinnerte ihn daran, daß ich nicht zu schießen wagte. Es gab keinen Beweis, um zwischen dem harmlosen Wanderer im braunen Tweedanzug und dem Hund oder irgendeinem Anschlag auf mich eine Verbindung herzustellen. Es würde mir eventuell furchtbar schwerfallen, etwas zu meiner Entlastung vorzubringen, wenn ich ihn tötete. Und einer von uns würde getötet werden, das stand so gut wie fest. Der Kerl war genauso unberechenbar und gefährlich wie ein verwundeter Tiger. Selbst wenn es mir gelang, ihm ein Loch in die Schulter oder die Waffe aus der Hand zu schießen – und ich war zu lange aus der Übung, um mir einer dieser Möglichkeiten sicher zu sein –, würde ihn meine 22er nicht aufhalten.

»Du brauchst unverzüglich vollen Polizeischutz«, drängte Ian. »Ist dir denn dein Leben völlig gleichgültig?«

»Ganz und gar nicht. Ich habe noch eine Menge Arbeit über das gemeine Eichhörnchen vor mir.«

Man hat mir gesagt, daß es das sei, was ich geantwortet habe. Es ist nicht sehr wahrscheinlich, aber möglich. Zu dieser Zeit fand ich, daß mein Henker ein gut Teil pervertiertes Recht auf seiner Seite habe. Dieselben Erinnerungen, die ihn heimsuchten, spukten, zehn Jahre danach, auch in meinem Kopf immer noch herum. Also liebte ich damals das Leben nicht um seiner selbst willen. Da ich ein gesundes Tier war, hatte ich Angst vor dem Tod. Tatsächlich war ich nie weit vom Rand der Panik entfernt. Das versteht sich von selbst; ich brauche es nicht noch einmal ausführlich zu beschreiben. Aber es fiel mir schwer, einen guten Grund anzuführen – abgesehen von dem Eichhörnchen –, warum ich leben sollte.

Ich bat ihn, die Polizei für den Augenblick zu vergessen. Was ich bräuchte, sei ein Zeuge, am besten er selbst. Und dann zeichnete ich ihm die Kartenskizze, die ich hier wiedergebe:

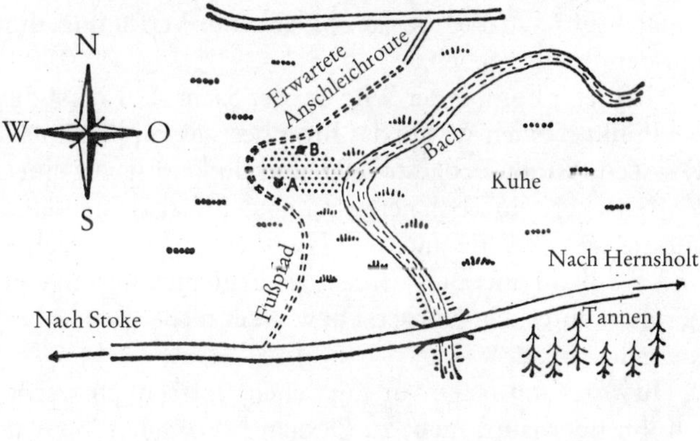

»Wir locken ihn im allerletzten Tageslicht in einen Hinterhalt«, erklärte ich. »Das ist die Zeit, zu der er kommen wird, da er später nicht mehr genug sieht, um zu schießen. Hier ist der Plan:

Ich sitze bei Punkt A in der Erle und gebe vor, Dachse zu beobachten. Er wird nicht den Pfad nehmen, der von der Stoke-Hernsholt-Straße abzweigt, da ich ihn dort sehen könnte, sobald er mich sehen kann. Er geht davon aus, daß ich diesen Landstrich für ein gutes Versteck halte und mich ziemlich sicher fühle – aber ich sollte mich auch wieder nicht so sicher fühlen, daß ich nach Einbruch der Dunkelheit einen Unbekannten an mich herankommen lasse.

Er wird nicht über den Bach kommen, da die Ufer sumpfig sind und er eine Menge Lärm machen würde. Also wird er aus nördlicher Richtung den Pfad herunterkommen. Er hat weiches Gras unter den Füßen, und er ist den ganzen Weg über vor der Erle verborgen. Also braucht er nur seine Hand um den Rand dieses Gestrüppstreifens zu strecken, wo der Dachsbau liegt, um mich aus einer Entfernung von fünf Metern mit absoluter Sicherheit aus meinem Baum zu katapultieren. Wenn niemand dem Schuß Beachtung schenkt – und warum sollte dies jemand tun? –, hat er die ganze Nacht zur Verfügung, um mir den Rest zu geben.

Aber jetzt kommt der Witz bei der Sache. Du wirst dir bei Punkt B einen Weg in das Brombeergestrüpp bahnen. Das Zeug ist alles abgestorben, und du kannst mit einer Gartenschere ein Loch herausschneiden. Leg deine Beine auf die weiche Erde unten im Hintereingang der Dachse und stopf dir ihr altes Streu – es liegt reichlich davon herum – unter den Körper. Du wirst es nicht allzu unbequem haben.

Du wirst ihn lange vor mir sehen. Tatsächlich werde ich ihn überhaupt nicht zu Gesicht bekommen, bis wir ihn haben. Wenn er seinen Revolver oder seine Automatik hebt, um zu feuern, forderst du ihn auf, die Waffe fallenzulassen und die Hände hochzunehmen. Er wird es nicht tun. Da bin ich mir sicher. Also wirst du ihm mit einer Zwölf-Millimeter eins aufbrennen müssen. Ich fürchte, daß er auf diese Entfernung unweigerlich eine Hand oder einen Fuß verlieren wird, und ich bin mir meiner Rechtslage nicht allzu sicher. Aber ich gehe davon aus, daß wir lediglich vertretbare Gewalt anwenden, wenn es an seinen Mordabsichten nichts zu deuteln gibt.«

Ian weigerte sich, ohne die Anwesenheit der Polizei mitzuspielen. Nur zu verständlich. Ich hatte keinen Grund – außer meiner eigenen Bedrängnis – zu der Annahme, er habe sich eine Art Kriegsmentalität bewahrt.

»Ich werde sofort den Chief Constable anrufen«, sagte er. »Er ist ein persönlicher Freund. Hat mit mir die Schulbank gedrückt.«

Ich erwiderte, daß ich keine Einwände habe, vorausgesetzt, der Chief Constable könne uns, binnen so kurzer Zeit, einen Polizisten besorgen, bei dem gewährleistet war, daß er vier Stunden lang nahezu reglos dalag und während der letzten zwei davon nicht einmal nach einer Mücke schlug. Was er uns schicken würde, würde ein Beamter sein, der wirklich äußerst gut darin war, in einem Wagen zu sitzen oder unauffällig an einer Straßenecke zu stehen.

»Aber er kann den Mann verfolgen«, sagte Ian, »wo du jetzt doch seine Bewegungen vorausgesagt hast.«

Ich konnte das nicht ernst nehmen. »Guten Abend, Sir, ich bin Polizeibeamter, und es ist meine Pflicht, Erkundigungen über Ihr Tun einzuziehen.« – »Ich genieße die Kühle des Abends, Wachtmeister.« – »Ihren Namen und Ihre Adresse?« – »Mit dem größten Vergnügen.«

»Und er wird sie ihm geben«, fuhr ich fort, »die richtige Adresse, wo er untergekommen *ist*, und den falschen Namen, dessen er sich dort bedient. Aber er kann nicht festgehalten werden. Und am Morgen wird er nicht da sein. Die Polizei kann überhaupt nichts unternehmen, solange sie nicht irgendeinen Beweis für ein Verbrechen hat.«

»Sie kann es verhindern.«

»Das kann sie in der Tat. Aber nur heute nacht. Und zwei Monate später geht der Beamte, der für mich verantwortlich ist, einem augenscheinlich respektablen Gentleman auf den Leim, der vorgibt, vom Finanzamt oder ein Notar in Sachen Kirchenländereien zu sein, und vor dem meinen einem halben Dutzend anderer Häuser einen Besuch abstattet.«

»Was ist mit der Beschreibung? Schwerer Körperbau? Dichte, schwarze Augenbrauen?«

»Das hat er vielleicht alles gar nicht. Ich zweifle bereits an der Echtheit der Augenbrauen. Und was das Gewicht betrifft – erinnerst du dich nicht mehr an Vasile Mavro und seinen aufblasbaren Bauch?«

Ian lächelte endlich.

»Vasile hat Wochen gebraucht, um so gehen zu lernen, als hätte er wirklich diesen Bauch«, sagte er. »Und dieser Bursche ist immerhin nicht von uns ausgebildet worden.«

»Ach, nein? Wenn er in Buchenwald war oder Freunde hatte, die drin waren, besteht eine sehr hohe Wahrscheinlichkeit, daß er von uns oder einer fast so guten Organisation ausgebildet wurde.«

»Aber dann kann er jede Landpolizei an der Nase herumführen!« rief Ian aus.

»Und Sondereinheiten auch – vorausgesetzt, daß er aus verwirrenden Motiven handelt und auf eigene Faust arbeitet, nicht für irgendeine politische Organisation. Betrachte das Ganze einmal so! Du hast doch diese Tigermetapher aufgebracht. Also, stell dir vor, daß er ein äußerst kluger Tiger ist mit einer Vorliebe für Menschenfleisch! Ich schätze, die Schwierigkeit besteht in erster Linie darin, einen Kontakt herzustellen und aufrechtzuerhalten. Dazu ist unbedingt eine entsprechende Lockspeise erforderlich. Und diese Lockspeise bin ich. Ich muß es sein, da wir keine andere kennen, die ihn reizen würde. Falls du oder die Polizei es mir nicht gestatten, ihn auf meine Art zur Strecke zu bringen, werde ich auf die seine getötet werden.

Und da ist noch ein weiterer Punkt! Ich würde gerne mit dem Tiger sprechen. Was, wenn ich der letzte auf seiner Liste bin? Die Morde an Sporn und Dickfuss sind nichts. Dafür würde ich ihm noch einen Orden verleihen. Wenn ich glaube, daß er nicht mehr weitermacht, wenn ich ihn davon überzeugen kann, wer und was ich wirklich war, liefere ich ihn vielleicht gar nicht an die Polizei aus.«

»Du hast den Briefträger vergessen«, protestierte Ian.

»Wenn er bestraft wird, macht das den Briefträger auch nicht wieder lebendig. Das könnte doch zwischen dem Tiger und seinem Gott bleiben, solange er uns nicht dazu zwingt, ihn ins Krankenhaus zu befördern.«

Es war dieses Argument – das schwächste von allen –, das Ian, wie ich meine, überzeugte. Er war von dem Zeitpunkt an ins Wanken geraten, da ich die offenkundige Wahrheit angetippt hatte, daß wir es mit jemand zu tun hatten, der während des Krieges ein Kollege oder Verbündeter gewesen war.

»Aber du wirst dich nicht auf deinen Anstand oder Hochsitz setzen, wenn ihn der Tiger in diesem Moment unter die Lupe nimmt«, sagte er.

»Warum nicht?«

»Dornen. Hast du nicht selbst gesagt, du hättest Reißzwecken in Erwägung gezogen?«

Ich versicherte ihm, daß dies bloße Panik gewesen sei. Niemand außer einem Pathologen könne mit einem Kratzer an der Oberfläche großen Schaden anrichten. Und es gäbe auf einer Erle sowieso keine Dornen, warum also unnötig Verdacht erregen, indem man dort welche anbrachte?

»Um welche Zeit gehe ich in Position?«

»Sagen wir einmal, daß er die Begehung des Geländes jetzt oder vor einer halben Stunde abgeschlossen hat.

Dann wird er etwas essen wollen, weil er auf seinen Lunch verzichten mußte. Je eher du in Position bist, desto besser, aber nicht später als sechs.«

Die Erwähnung von Mahlzeiten rief sofort den Truppenoffizier auf den Plan. Ian machte sich Vorwürfe, weil er nicht eher daran gedacht hatte, daß ich seit dem Mittag des Vortages nichts in den Bauch bekommen hatte – in Wirklichkeit hatte ich so allerlei verzehrt, wenn auch nur häppchenweise –, und bestand darauf, etwas zum Essen zu holen, ehe er zu den Dachsen unter die Erde kroch.

Da ich mich dem Ansinnen, die Polizei in irgendeiner Weise an der Sache zu beteiligen, nicht gänzlich verschließen konnte, einigten wir uns darauf, daß Ian seinen Freund anrufen und in vager, nörgeliger englischer Art und Weise durchblicken lassen solle, daß gegebenenfalls die Möglichkeit bestünde, daß er auf die Fährte des Päckchens gestoßen sei, das den Briefträger in die Luft gesprengt habe, und daß er eventuell eine Beschreibung des Tatverdächtigen liefern würde.

Das war nur vernünftig. Wenn der dunkle Gentleman, verletzt oder nicht, entkam, nachdem er uns seine Absichten offenbart hatte, war es eine unverfängliche Aufgabe für die Polizei, ihn zu Untersuchungszwecken festzuhalten, bis Ian ihn identifizieren konnte. Es ließ sich unmöglich vorhersehen, welche Richtung er einschlagen würde, aber da sein Verbindungsweg über das Long Down lief, hatte eine Funkstreife auf dessen anderer Seite eine Chance, ihn aufzugreifen. Ian wollte auch eine Streife an die Ecke beordern, wo die Straße aus Stoke nach Hernsholt hineinführte. Er dachte, er könne dies alles auf der Basis alter Jugendfreundschaft bewerkstelligen, ohne allzuviel preiszugeben.

Seine Farm war nur etwa drei Meilen entfernt, so daß er um halb sechs mit einem kalten Brathähnchen und einer Flasche Wein zurück war. Er hatte es geschafft, es so einzurichten, daß zwei Funkstreifen, im Zuge ihrer normalen Tour, die vom Long Down ausgehenden Straßen zwischen neun und Mitternacht überwachen und dabei ein Auge auf geparkte Autos haben würden. Er konnte die Polizei nicht dazu bewegen, das Hernsholter Ende der Straße aus Stoke ebenfalls zu beobachten, und hatte für diese Aufgabe den unersetzlichen Isaac Purvis eingeteilt – mit der strikten Order, den großen Mann im braunen Tweedanzug in keiner wie auch immer gearteten Weise zu behelligen und sofort die Polizei anzurufen, falls er verletzt zu sein schien.

Ian würde sein Auto in Stoke lassen und sich von dort zu Fuß auf den Weg machen. Seine Bewegungen konnten von den Tannen oder vom Bach aus bis zur Dachsbehausung beobachtet werden, aber nicht weiter. Sobald er jenes Gewirr aus Dornsträuchern und Brombeerranken umrundet hatte, konnte er sich daranmachen, einen Einschlupf freizuhacken. Ich erinnerte mich mit ziemlicher Verspätung daran, daß er über fünfzig war, und riet ihm, alle Kraftanstrengungen, sofern denn welche nötig waren, mir zu überlassen. Er erwiderte, daß er ein hart arbeitender Landwirt und wesentlich fitter als gegen Ende des Krieges sei; er garantierte mir, daß er mich jederzeit hundert Meter weiter tragen könne als ich ihn. Nein, sein Haupteinwand gegen den Plan war, daß er mit einer Schußwaffe über den Grund und Boden von jemand anderem gehen mußte und für den Fall, daß er den Eigentümer traf, keine passende Ausrede parat hatte.

Ich aß mein Brathähnchen und trank die halbe Flasche. Kurz nach sieben gab es einen heftigen, erfrischenden Regenguß. Ich war froh, daß Ian, Landwirt oder nicht, sicher in der Dachsbehausung steckte, wohin kaum ein Tropfen durchdringen würde. Der Abend entpuppte sich als einer aus Gold und Grau; er war einer der arglosen englischen Sorte und nicht so grell wie der vorangegangene, der mir als schwarz und karmesinrot im Gedächtnis haftete.

Um halb neun brach ich auf und nahm von Norden herab den Pfad, da ich mich nicht der Straße aus Stoke anvertrauen wollte. Ian war in Position. Sein Schußfeld war tödlich, aber er hatte es sich ein wenig zu bequem gemacht. Das dunkle Loch unter den abgestorbenen Brombeeren war deutlich zu erkennen, als ich die erwartete Anpirschroute des Tigers entlangkam. Ich bog einen Zweig hinunter und band ihn unauffällig fest, so daß das Laubwerk über den Eingang der Röhre hing.

Dann ging ich um das Ende der Dachsbehausung herum und, wie zu vermuten stand, somit direkt ins Blickfeld meines Henkers, wenn er bereits zu den Tannen oder zur Brücke zurückgekehrt war. Von dem nächsten Fleckchen Deckung, das es auf dieser Seite gab, betrug seine Schußweite hundertvierzig Meter. Ich fühlte mich anfangs ein bißchen nackt, obwohl ich sicher war, daß er keine Aufmerksamkeit auf sich lenken würde, indem er ein Gewehr bei sich trug, und daß ich, wenn er das getan hätte, schon längst tot im Garten des Cottage gefunden worden wäre.

Ich kletterte auf die Erle und saß still. Die Sonne ging unter, und die Welt wurde blaßgrau. Es war solch eine vertraute Welt. Wie viele Male hatte ich meine sanften, nervösen kleinen Säugetiere unter exakt denselben Bedingungen beobachtet! Ich hörte Dachsjunge mit heller, abgehackter Stimme unter der Erde anmahnen, daß es Zeit zum Ausgehen sei. Sie ließen das sehr schnell wieder sein. Ein heftiger Knuff von Mutter hatte ihnen wahrscheinlich kundgetan, daß die Hinterpforte von zwei stinkenden Stiefeln blockiert war und es langer und vorsichtiger Erkundungen bedurfte, ehe man sich vorne hinausbegab.

Rebhühner riefen aus dem büscheligen Gras hinter

mir. Ein Steinkauz landete auf dem Weißdorn gegenüber mit etwas in den Fängen, das wahrscheinlich eine Spitzmaus war. Das war das einzige Anzeichen irgendeiner Gewaltsamkeit in der Jagddämmerung. Kühe waren seit dem Nachmittag auf die Weide auf der anderen Seite des Baches getrieben worden und trotteten gemächlich in kleinen Trupps dahin, während sie – friedlichstes aller Geräusche – einen letzten Bissen des saftigen Grases am Rand des Wassers abrupften und zermalmten.

Es schien kein Mond, und unter dem bedeckten Himmel dunkelte es früh. Ich sorgte mich nicht mehr wegen der Schußweite von hundertvierzig Metern; worauf es anzukommen begann, war, wieviel wir zwei Feinde um zehn zu sehen vermochten. Der Bach und seine sumpfigen Ufer schützten meine Vorderseite. Zu meiner Rechten war Weideland ohne besondere Merkmale, auf dem man alles, was sich vom Fleck rührte, erkennen konnte. Hinter mir wuchs verfilztes Gras auf einem flachen, aber unebenen Hang, der von den Pfaden der Schafe und Rinder durch den winterlichen Schlamm in höckerige Terrassen abgestuft war. Ich vertraute darauf, daß meine geschulten Ohren jedermann hören würden, der versuchte darüberzuschleichen; und zudem wurde dieser Abschnitt des Geländes ja zum Teil von Ian gedeckt. Zu meiner Linken war die schwarze Masse der Dachsbehausung, die mich überschattete und es unmöglich machte, etwas zu hören oder zu sehen. Je dunkler es wurde, desto größer wurde meine Gewißheit, daß mein Mörder die Gelegenheit, die ich ihm da bot, nicht verpassen und daß die Falle zuschnappen würde. Ich rechnete jeden Augenblick damit, Ians Anruf und Schuß zu hören.

Der Tiger ließ sich Zeit. Ich fragte mich erneut, wieviel er von Naturforschern wußte. Für den unwahrscheinlichen Fall, daß ein Dachs auf meiner Seite aus dem Bau gekommen wäre, hätte ich nur seine weiße Zeichnung gesehen. Es gab keinen erdenklichen Grund, auf der Erle zu bleiben, ausgenommen ich wollte Blitzlichtaufnahmen machen. Und ich trug keine Kamera bei mir.

Um mich abzulenken, widmete ich einen Teil meiner Aufmerksamkeit den Dachsen. Einer hatte womöglich den Bach überquert und verfolgte mit gewohnter Sturheit seinen Kurs, da eine Kuh ein lautes Muhen ausstieß und sich wegbewegte. Das ließ in meinem Kopf eine Frage aufsteigen, aber dann war das Verhalten der Kühe wieder völlig normal. Ich konnte hören, wie das Grasen allmählich nachließ und sie sich eine nach der anderen hinlegten. Zwei oder drei folgten dem Verlauf des Baches, und ich konnte lediglich ihre schwarzen Rümpfe auf der anderen Seite des Wassers sehen. Außerhalb meines Blickfeldes, unmittelbar unterhalb der Dachsbehausung, patschte ein weiteres durch den sumpfigen Untergrund, passierte sodann meine Vorderseite und verschwand.

Hierauf trat absolute Stille ein. Ich hörte, wie Ian vorsichtig die Stellung wechselte. Ich wußte, was das leise Rascheln bedeutete, aber der Tiger konnte sich unmöglich darüber im klaren sein – das heißt, wenn er überhaupt irgendwo in der Nähe war und nicht gerade seinen Kaffee nach dem Essen genoß oder im »Bau« auf mich wartete. Ich beschloß, daß ich mit diesem Cottage nichts mehr zu schaffen haben wollte. Es wäre eine gute Ausgangsbasis für einen Angriff gewesen, wenn mir der Feind ausreichend Zeit gegeben hätte, ihn und sein Treiben zu beobachten, aber es war völlig ungeeignet zur Verteidigung.

Ich begann mich schläfrig zu fühlen und wechselte die Stellung. Es war egal, wieviel Lärm ich dabei machte, solange ich nur überzeugend wirkte. Die Muskeln an der Unterseite meiner Schenkel schmerzten vom Aufliegen auf einem schmalen Ast, also zog ich die Füße an und kauerte mich mit dem Kinn auf den Knien zusammen. Aus der Ferne muß ich wie ein großer, unförmiger Vogel ausgesehen haben, der gefährlich nahe über dem Boden aufgebaumt hatte.

Es war diese Bewegung, die mich rettete. Aus dem Augenwinkel sah ich, wie sich der Umriß des unteren Endes der Dachsbehausung verhärtete, loslöste und im Sturmschritt angriff. Es wäre vielleicht gerade genug Zeit gewesen, um zu schießen, aber ich hatte nie beabsichtigt zu schießen. Aus meiner Hockstellung schnellte ich aus der Erle in die Luft und landete mit den Füßen voran auf der großen Kuppel aus Dornsträuchern und Brombeerranken, wie Meister Lampe, der sich in den Stechginster schlägt. Ich sank bis zur Brust ein, wobei ich die kleinen Furien der Dornen für den Moment überhaupt nicht wahrnahm. Ich dachte, ich gäbe ein besseres Ziel ab denn je, doch dem kann nicht so gewesen sein. Die längeren Zweige des Weißdorns gegenüber müssen mich verhüllt haben, obwohl ich deutlich durch sie hindurchsehen konnte.

Ian stieß einen gellenden Schrei aus und mühte sich, aus seiner Röhre herauszukommen. Die große, verschwommene Gestalt unter der Erle sprang zurück, offenkundig bestürzt, daß eine weitere Person anwesend war. Ein halbes Dutzend Schritte, und sie war wieder mit dem Dunkel am unteren Ende der Dachsbehausung verschmolzen, wo sie zu zaudern schien. Dann hörte ich sie durch den Bach waten. Ich hatte gerade genug Zeit und Geistesgegenwart, um Ian, der zu drei Vierteln aus seinem Loch heraus war, zuzuflüstern, er solle laut vom Vergraulen der Dachse sprechen und mich fragen, was zum Teufel ich eigentlich glaube, was ich da tue.

Ich brauchte zehn peinvolle Minuten, um mich mit Hilfe der Gartenschere zu befreien. Ich konnte mich nicht in die Höhe stemmen, und ich konnte mich nur stückchenweise hinabsinken lassen. Als ich zuletzt, am ganzen Körper mit Kratzern übersät, auf dem Boden stand, mußte ich mich mit den Füßen voran durch Ians Loch hinauszwängen.

Warum der Tiger der naheliegenden und zu erwartenden Anpirschroute mißtraut haben sollte, wußte ich damals nicht, aber ich war auf der richtigen Spur, als ich mich fragte, wieviel er von Naturforschern und ihren Gewohnheiten wußte. Wie er gekommen war, lag auf der Hand. Er hatte sich sehr langsam und vorsichtig unter die Kühe gemengt und sie, ohne sie je in Unruhe zu versetzen, nach und nach zum Wasser hinabgedrängt. Das war, wie Ian hervorhob, nicht gerade leicht. Es war ein weiterer flüchtiger Hinweis darauf, daß Isaac Purvis' Gentleman tatsächlich Land besaß oder bestellte.

Als eine der Kühe durch den aufgeweichten Untergrund patschte, hatte er den Bach unter der Deckung ihrer Schritte überquert und ein Stückchen Land an der südöstlichen Ecke des Dachsbaus erreicht, das frei von Büschen und vor der Erle verborgen war. Ich hatte diesen entscheidenden, kleinen Wiesenabschnitt völlig übersehen. Selbst wenn am Nachmittag Kühe auf der Weide gewesen wären, bin ich sicher, daß mir ihre Verwendungsmöglichkeiten nie in den Sinn gekommen wären.

Sicher auf der anderen Seite angekommen, hatte er eine Zeitlang gewartet, um meine Silhouette auszumachen. Die Entfernung von dem einen Ende der Dachsbehausung bis zum anderen war nachts für eine Pistole zu groß. Er mochte sie ein halbes Dutzend Mal in Anschlag gebracht und wieder gesenkt haben, ehe er beschloß, daß er es sich nicht leisten konnte danebenzuschießen. Als ich die Beine bewegte, dachte er, daß ich am Aufbrechen sei und seine Gelegenheit vertan sein würde. Also stürmte er vor. Ich hatte keine Zeit, mich aus dem Baum fallen zu lassen und loszulaufen.

Während wir im Schlamm nach seinen Fußspuren suchten, entdeckten wir am Bachufer zwischen den Brombeeren eine Stelle, wo die abgestorbenen Blätter angekohlt waren und noch immer schwelten. Hierfür gab es nur eine denkbare Erklärung. Er hatte bei seiner Flucht einen Augenblick innegehalten, um einen Papierfetzen aus seiner Tasche anzuzünden und in das verdorrte Gestrüpp zu stecken. Es hatte nicht funktioniert. Wenn er Zeit und eine Zeitung gehabt hätte, hätte es funktioniert. Der Wind stand richtig. Die abgestorbenen Brombeerranken und die alte, trockene Streu der Dachse hätten im Nu Feuer gefangen und die ganze Behausung in ein einziges Flammenmeer verwandelt, während ich noch immer darin feststeckte. Eine solche Konzentration von Grausamkeit und Haß ging uns beiden gehörig unter die Haut. Ich glaube nicht, daß ihm die Idee, die Brombeeren in Brand zu setzen, spontan in den Sinn gekommen sein konnte. Ich habe nicht den geringsten Zweifel daran, daß er dieses Ende für mich im Laufe des Nachmittags ausgeheckt hatte. Ein Schuß, der mich kampfunfähig machte, aber nicht tötete. Dann meine Füße fesseln und mich in das Gestrüpp schleifen. Dann in Muße das tote Pflanzenmaterial anzünden.

»Was meinst du, ist er immer noch in der Nähe?« fragte Ian.

»Nein. Er weiß ja nicht, was ihn auf seinem Weg vielleicht alles erwartet. Bei Gott, ich hoffe, die Polizei greift ihn auf!«

»Jedenfalls haben wir jetzt genügend Beweise.«

Aber hatten wir die? Ja, vorausgesetzt, daß es gute Gründe gab, ihn mit meiner Vorstadt und dem Briefträger in Verbindung zu bringen, und vorausgesetzt, daß die deutsche Polizei beweisen konnte, daß er zur Zeit der drei Hinrichtungen in Deutschland war. Wir selbst konnten nicht viel beweisen. Angenommen, er behauptete, daß er sich ebenfalls für Dachsbauten interessierte? Angenommen, er entschuldigte sich dafür, uns gestört zu haben und sagte, daß ich aus irgendeinem unbekannten Grund äußerst nervös wirkte? Er konnte durchaus damit durchkommen, wenn er eine gute Ausrede für seinen Aufenthalt in der Nachbarschaft hatte.

»Wenn er entwischt, werden wir für eine Weile nichts mehr von ihm hören«, sagte Ian.

Das war nur zu wahr. Ich wußte nicht, ob ich froh oder betrübt sein sollte. Es bedeutete, daß die Initiative erneut dem Tiger überlassen war und ich wieder ganz von vorne anfangen mußte.

Ich fuhr mit Ian nach Hause, dankbar, daß er Junggeselle war und ich somit niemandem etwas zu erklären brauchte. Der Grund, weshalb er nie geheiratet hatte, unterschied sich, glaube ich, nicht erheblich von dem meinen – während des Krieges hatte er zu sehr mit der Belastung, seine Agenten zu schützen und manchmal zu opfern, zu tun und danach mit zu vielen Schuldgefühlen.

Die Polizei hatte nichts zu berichten – kein Mann auf Schusters Rappen, kein an irgendeiner der vom Long Down wegführenden Straßen geparkter Wagen. Ians Freund, der Chief Constable, meinte offenbar, daß man Vorahnungen besser Scotland Yard überließ.

Issac Purvis hatte sich da schon geschickter angestellt, indem er sich an den Gartenzaun eines Cousins lehnte und bedächtig seinen Priem kaute. Um halb elf war der dunkle Gentleman ohne sonderliche Eile an ihm vorbeigegangen. Beim Erreichen der Randbezirke von Hernsholt hatte er sich nach rechts, also vom Dorf weggewandt, wodurch sich mit ziemlicher Bestimmtheit sagen ließ, daß er der sicheren, menschenleeren Weite des Long Down zustrebte und beabsichtigte, dieses über den Pfad zu erreichen, der um den unteren Teil meines Gartens herumführte.

Ich schlief an jenem Freitagmorgen richtig aus und blieb dann noch etwas im Bett liegen, um mir zu überlegen, inwieweit Stolz und Scham – in meinem Fall schwer voneinander zu unterscheiden – für diesen eigenmächtigen Versuch, mich zu schützen, verantwortlich gewesen waren. Dennoch hatte ich so kurz vor einem Erfolg gestanden. Mit diesem Rückzug aufs Land, mit der Auswahl meines eigenen Geländes für den Hinterhalt und dessen Plazierung und Bestückung mit einem Köder war ich näher daran gewesen, den Mörder zu identifizieren, als dies Polizisten je vermocht hätten. Und obwohl ich es nicht geschafft hatte, war es nicht schlechter um mich bestellt als vorher.

Ian war nach Towcester gefahren, um ein paar Mastkälber zu kaufen, also schaute ich auf einen Sprung im *Haunch of Mutton* vorbei, teils, um ruhige menschliche Gesellschaft um mich zu spüren, teils, um den Kontakt zu Ferrin aufrechtzuerhalten.

»Im Saloon hätten Sie es bequemer«, sagte er. »Sie sehen müde aus.«

Mein Verstand arbeitete träge. Ich sah keinen Grund, warum man mich wie eine vornehme alte Dame behandeln sollte, die ihren Drink vielleicht nicht im Schankraum nehmen wollte. Aber ich folgte gehorsam meinem Bier und dem Wirt in den sogenannten Saloon – einen kleinen Raum mit einem Tisch und vier peinlich sauberen Stühlen, Vasen voll künstlicher Blumen auf dem Kaminsims und einem Brauereikalender dazwischen, der protzig eine verschämte junge Frau in höchst unglaubwürdiger Unterwäsche zur Schau stellte.

»Hier drinnen sind Sie ungestörter«, betonte Ferrin. »Wenn ich ihn erwischen kann, gibt es da jemanden, der vielleicht mit Ihnen reden will. Und dann vielleicht auch wieder nicht.«

Binnen einer Viertelstunde kehrte er mit einem bäurischen kleinen Mann zurück, dessen Gang und Gebaren auf einen Landarbeiter hinwiesen, dessen scharfgeschnittenes Gesicht und leidlich städtische Bekleidung aber eher im Einklang mit einem kleinen Viehhändler oder dem Kanzlisten eines Auktionators standen.

»Das ist Jim Melton. Jim, das ist der Professor«, sagte Ferrin, während er Meltons steifen Whisky neben meinen Bierhumpen stellte. »Wenn Sie was wollen, läuten Sie.«

Ich bot eine Zigarette an und ließ das Gespräch um das Wetter und die Schnittreife des Grases kreisen, bis ich das Gefühl hatte, daß den Konventionen der südenglischen Höflichkeit Genüge getan worden war. Dann wagte ich zu sagen, daß Colonel Parrow am Vortag nach ihm gesucht habe.

»Damit braucht mir der Colonel nicht zu kommen«, sagte Jim Melton finster.

Ich ließ anklingen, daß es lediglich eine Gewohnheit aus Armeetagen sei und nichts zu besagen habe.

»Ist ja meine Rede. Das besagt überhaupt nichts! Donnerstag in einer Woche um halb vier, Mr. Melton? Wie soll'n vielbeschäftigter Mann wie ich wissen, wo er am Donnerstag inner Woche ist? Da is' Ferrin hier schon anders. Wennde das nächstemal vorbeikommst, Jim, sagt er.«

»Das *Haunch of Mutton* ist Ihre Geschäftsadresse?« fragte ich.

»Ja und nein. Hängst vom Geschäft ab. Aber ich tu Mr. Ferrin immer gern einen Gefallen – besonders, weil er mir gesagt hat, daß die Polypen gern alles wüßten, was Sie so wissen, Professer.«

Es war klar, daß Ferrin all die Tugenden eines stellvertretenden Kommandeurs besaß. Er nahm die Weisungen seines Vorgesetzten entgegen und schmückte sie ohne mit der Wimper zu zucken mit dem Zierrat aus, der dem Geschmack des jeweiligen Empfängers entsprach.

»Nicht, daß ich irgendwas gegen die Polypen hätte«, fuhr Jim Melton fort. »Schließlich bezahlen wir sie, nicht? Das hab ich letzte Woche auch zu unserem Schupo gesagt, als er mir wieder mal 'ne Ladung zugestellt hat. Das ist genau das, wofür ich dich bezahle, Jack, habe ich gesagt. Aber du liegst wie üblich schief.«

»Und war dem so?«

»Jack ist nicht dumm«, erwiderte Jim Melton unverbindlich. »Aber er kennt das Gesetzbuch lange nicht so gut wie ich.«

Ich läutete und ließ unsere Gläser nachfüllen. Mr. Melton war eine Zeitlang still, wobei er mich mit versteckten Blicken beobachtete, die nicht unhöflicher waren als die eines Vogels.

»Wenn mir Ferrin nicht gesagt hätte, daß Sie 'n Professer sind«, sagte er, »würde ich ja 'n Eid darauf ablegen, daß Sie 'n Wildhüter sind, und zwar vom Scheitel bis zum Zeh.«

Ich lachte ob seines Scharfsinns in mich hinein und erklärte, was ich wirklich war – weder das eine noch das andere, aber ein bißchen von beidem. Dann erinnerte ich mich daran, daß Ian oder Ferrin jenem alten Soldaten, Isaac Purvis, Wissenschaftsmärchen aufgetischt hatten.

»Ich beschäftige mich mit dem Blutbild der kleineren Säugetiere«, sagte ich geheimnisvoll. »Spaltungsprodukte in der Milch erbringen keinen unwiderlegbaren Nachweis.«

Zu meinem Erstaunen wußte Jim Melton anscheinend, worüber ich sprach – mehr als ich selber.

»Das waren diese Atombomben, die die Karnickel hingemacht haben«, sagte er. »Man hat es Myxomatose genannt, und ich sage: das ist von diesen ganzen Atomprodukten gekommen, die ihnen durch die Löffel in die Gehörgänge gerieselt sind. Ich sollte 'ne Entschädigung kriegen. Fallenstellen war so 'ne Art Nebenberuf für mich.«

»Na, das eine oder andere Stück Wild werden Sie doch sicher noch immer erwischen?«

Mr. Melton gab sich schockiert, ließ dies aber sein, als er sah, daß ich es nicht war.

»Ja, schon«, räumte er ein. »Aber wohlgemerkt, das sag ich Ihnen bloß, damit Sie sehen, daß ich Ihnen vertrau. Und ich hab auch nichts mit diesen Drecksbanden aus London am Hut, die in einer Nacht alle Fasane wegputzen. Ich bin 'n vernünftiger Mensch. Einer für den Kochtopf, und einer für meine Auslagen.«

Ich läutete erneut nach Ferrin. Ich habe den anständigen, auf eigene Faust arbeitenden Wilderer immer respektiert und seine Dienste in Anspruch genommen, falls sie denn in Anspruch genommen werden konnten. Jim Melton war ein nützlicher Verbündeter.

»Schon mal was von Fred Gorble gehört?« fragte er, als weitere Getränke auf dem Tisch standen.

»Nein.«

»Fred kauft Sachen, ohne groß Fragen zu stellen, klar? Lebt in 'nem Wohnwagen auf 'm kleinen Waldstück, das ihm selber gehört, mit 'n paar alten Ställen und so drauf, wo keine richtige Straße hingeht. Ich vermittel ihm ab und an 'n ehrliches Geschäft, was 'ne nette Abwechslung für ihn ist.

Dienstag abend bin ich da rauf, um ihm vonner Ladung Alteisen zu erzählen, mit der er vielleicht was anfangen könnte, und wie ich mich umguck, seh ich 'n Pferd im Stall, das ich eigentlich nicht hätte sehen sollen. Hübsches Pferd das, sag ich. Gehört mir nicht, sagt er. Wem dann, frag ich, weil ich nämlich draußen in Blixworth 'n spätes Mädchen kenn, die 'n friedliches Pferd sucht, das nicht die Welt kostet. Schlag dir das Pferd aus 'm Kopf, Jim, sagt er – das hast du nicht gesehen.

Tja, ich denk mir, wenn das kein Jagdpferd ist, dann freß ich 'n Besen, aber was hat er in der Schonzeit mit 'm

Jagdpferd vor? Wenn wir Winter gehabt hätten, hätt ich gewußt, daß er es unterstellt, bis die Farbe ab ist. Also frag ich mich, was das wohl zu bedeuten hat. So wie Sie das auch täten. Und wie ich mich von Fred verabschiede, geh ich nicht weit, sondern schleich mich sozusagen hinten um das Wäldchen rum. Ich beobachte, wie er sich mißtrauisch nach mir umguckt, aber sein Argwohn legt sich schon bald wieder.

Tja, und dann seh ich folgendes, und ich würd mir nichts dabei denken, wenn Ferrin nicht gesagt hätte, daß Sie sein Freund sind und daß Sie den Polypen nicht abnehmen, daß die *Ihnen* alles erzählen, genausowenig, wie Sie Lust dazu haben, *denen* alles zu erzählen.

Kommt doch so um halb zehn 'n Kerl daher und geht bei Fred zur Hintertür rein. Zieht sich Stiefel und Breeches und 'ne Melone an und reitet los. Komische Zeit für 'n Ausflug, denke ich mir. Und das ist alles, was ich weiß.«

»Als Sie gesehen haben, wie er bei Gorble zur Hintertür hineingegangen ist«, fragte ich, »hätte er da vom Long Down kommen können?«

»Von Ihrem Ende nicht, das auf keinen Fall. Aber vom anderen Ende schon.«

»Wie war er gekleidet, bevor er sich umgezogen hat?«

»Das konnt ich in der Dämmerung nicht erkennen. Aber es war 'n großer Bursche, mit 'ner Mütze auf 'm Kopf.«

»Irgendwelches Gepäck? Ein Rucksack auf dem Rükken?« fragte ich, da ich nicht begreifen konnte, wie er es geschafft hatte, bei Fred Gorble die Reitsachen aus- und den braunen Tweedanzug anzuziehen.

»'n zusammengerollter Umhang auf seinem Sattel, als ich ihn gesehen hab«, fügte Jim Melton an.

Das reichte. Alles, was er in der Rolle mitzuführen brauchte, waren Schuhe, eine Hose, die zu seinem Jackett paßte, und einen Kragen und eine Krawatte, um den Platz seines Halstuches einzunehmen.

Dieser unbezahlbare Agent bestand nun darauf, für die nächste Runde aufzukommen. Steife Whiskys schienen auf ihn keinerlei Auswirkung zu haben. Ich für mein Teil war bis zur Halskrause mit Bier gefüllt; aber Ians Brauerei schien nicht ganz das zu sein, was Ferrin behauptet hatte. Als er ausgetrunken hatte, nickte mir Jim Melton zu, verschwand durch die Küchentür des Pubs, ging um den Hinterhof herum auf die Straße und folgte dieser bis zum Schankraum. Er hatte ganz offensichtlich die Angewohnheit, niemanden etwas von seinen Betätigungen oder Aufenthaltsorten wissen zu lassen.

Sobald Ian nach Hause kam, erzählte ich ihm die Geschichte. Er ging geradewegs zum Telefon, um sich zu erkundigen, ob in der vorangegangenen Nacht an einer der Funkstreifen ein Reiter vorbeigekommen war.

»Dieser vermaledeite Melton!« wetterte er, während er auf die Antwort wartete. »Ich habe eine geschlagene Woche lang versucht, ihn ausfindig zu machen, um ihm zu sagen, daß er die Augen offenhalten soll. Verdammter kleiner Strolch! Kommt er dir nicht auch wie der Idealtypus eines Doppelagenten vor?«

Das tat er nicht. Jim hatte keinen Sinn für Eigendünkel. Alles, was er vom Leben wollte, war die Erlaubnis, zwischen seinen Wurzeln herumzuscharren und unbemerkt zu bleiben.

»Was hat er denn im Krieg gemacht?« fragte ich.

»Für das Landwirtschaftsministerium Ratten gefangen – nachdem er den Psychiatern weisgemacht hatte, daß er jedesmal, wenn er einen Knall hört, Anfälle bekommt.«

»Und die Dörfler haben ihn nicht verraten?«

»Die doch nicht! Der Streich hat sie fünf Jahre lang erheitert.«

Ich konnte sehen, daß Jim Melton für Ian auf ewig ein

Buch mit sieben Siegeln bleiben würde. Er hatte das Gemüt eines altmodischen mitteleuropäischen Bauern. Jede und alle Büberei war verzeihlich, solange sie die Obrigkeit zum Gespött machte. Die Meltons sind das letzte Überbleibsel des Feudalsystems, das es in England noch gibt.

Der Rückruf vom Chief Constable wurde durchgestellt. Ja, eine der Funkstreifen war einem gutgekleideten Mann auf einem Pferd begegnet und hatte ihm keine Aufmerksamkeit geschenkt.

»Haben sie angehalten?« fragte ich.

Nein, sie hatten nicht angehalten – ihn nur beim Vorüberfahren im Scheinwerferlicht gesehen.

Der dunkle Gentleman hatte seine gründlichen Kenntnisse von Land und Leuten so gut er konnte ausgespielt. Hetzjagden mit den berühmten Meuten von Whaddon und Grafton waren der Wintersport des Bezirks und Pferdezucht ein blühendes örtliches Gewerbe. Männer in Autos und zu Fuß waren es vielleicht wert, beobachtet zu werden, doch bei einem gutgekleideten Herrn auf einem Pferd würde man davon ausgehen, daß er kein Interesse an vulgären Verbrechen hatte. Er würde nicht einmal die Neugier eines in der Stadt aufgewachsenen Polizisten erregen, wohingegen sich ein örtlicher Landwirt zumindest fragen würde, wo zum Teufel er um diese Nachtzeit auf einem Pferd herkam oder hinwollte.

Er mußte Fred Gorbles Wohnsitz bei seiner ersten Erkundung des Distrikts entdeckt haben – da es ein unvorstellbarer Zufall gewesen wäre, wenn sie sich bereits gekannt hätten. Dann kam er seelenruhig dahergeritten, schätzte ihn ab, erzählte ihm eine gute Geschichte und vereinbarte, sein Pferd im Stall zu einem Preis unterzustellen, der Gorbles Stillschweigen gewährleisten würde. Die Auswahl eines Pferdes als Beförderungsmittel zwischen seiner Ausgangsbasis und den Pirschgängen zum

Long Down war schlichtweg genial. Sollte ein unglücklicher Zwischenfall im »Bau« entdeckt werden, ehe er aus dem Distrikt heraus war, konnte er unbefangen an der Polizei vorbeigaloppieren oder, im schlimmsten Falle, wie ein Postkutschenräuber querfeldein entfliehen.

»Also, jetzt aber sofort zur Polizei!« sagte Ian energisch. »Sie können sich auf seine Fährte setzen und seine Identität ermitteln. Wo hat er das Pferd gemietet? Wo ist er untergekommen?«

»Er hat das Pferd unter einem falschen Namen gemietet«, antwortete ich, vielleicht etwas ungeduldig. »Und wo immer er auch untergekommen ist, jetzt hält er sich dort nicht mehr auf. Er ißt heute vielleicht sogar in deinem Club zu Mittag – ohne seine hervorstechenden schwarzen Augenbrauen.«

»Schon gut, Charles, schon gut! Aber wie ist er gereist? Taxichauffeure, Fahrkartenkontrolleure, Autokennzeichen überprüfen – das alles macht die Polizei doch Tag für Tag.«

»Ja. Sie wird seine Spur bis zu einem bestimmten Punkt zurückverfolgen. Aber seine Identität ermittelt sie nie.«

»Er ist kein Übermensch!«

Ich gab zu, daß er das nicht war. Er war nur darauf trainiert – und ich war es ebenfalls –, Polizei zu erkennen, im voraus zu fühlen und zu meiden. Damals nahm ich nie ein Taxi in der Nähe meines Ausgangspunktes. Ich nannte dem Fahrer stets ein plausibles Ziel, das nahe bei, aber nicht das eigentliche Ziel war. Ich fuhr nie zweimal dieselbe Route. Es wäre kein Problem, den Weg des Mannes bis zur Euston Station zu rekonstruieren, und es würde sich eine gähnende Leere auftun, nachdem er den Bahnhof verließ.

»Aber du kannst doch nicht nichts tun!« stieß Ian hervor und fügte dann hinzu, da er spürte, daß es mit verzweifelten Appellen allein nicht getan war: »Du darfst nicht nichts tun!«

Ich bat ihn, die Situation aus dem Blickwinkel meines Gegners zu betrachten – der weder wissen konnte, daß ich den betäubten Hund entdeckt hatte, noch, daß ich ihn verdächtigte. Folglich ergab der Hinterhalt als Hinterhalt keinen wirklichen Sinn.

»War es denn überhaupt einer?« fuhr ich fort. »Gut, ich hatte einen Freund dabei, den er nie hat ankommen sehen. Und er hatte noch irgendeinen weiteren triftigen Grund – ich weiß auch nicht, welchen –, argwöhnisch zu sein. Also muß er um seiner eigenen Sicherheit willen davon ausgehen, daß ich ihn erwartet habe. Und deshalb steht es völlig außer Frage, daß er für den Augenblick aus dem Bezirk verschwunden ist und seine Spuren verwischt hat.

Aber es gibt auch ein paar gute Argumente gegen die Annahme, daß es ein Hinterhalt war. Der Freund war bei mir, weil ich nicht gerne alleine bin. Der Freund schrie und mühte sich herauszukommen, hat aber nichts gesagt, das definitiv beweisen könnte, daß ich nicht friedlich meiner Arbeit nachgegangen bin und Dachse beobachtet hab. Während der ganzen Zeit, die er hier gewesen ist, hat er keinen Hinweis für die Anwesenheit von Polizisten mit oder ohne Uniform gehabt. Das Auto, das ihn auf der Straße überholt hat, hatte nicht mehr zu bedeuten als jede andere umherfahrende Funkstreife.

Was ist also sein nächster Zug in diesem Spiel, bei dem er das andere Brett nicht sehen kann, der Unparteiische aber ›Schach‹ gesagt hat? Seine Entscheidung hängt von meinem Verhalten ab. Es liegt auf der Hand, daß ich selbst mir darüber im klaren bin, daß ich das Ziel eines Mordanschlages gewesen bin, egal mit welcher Ausrede ich meinen unbekannten Freund auch immer abgespeist haben mag. Demzufolge muß ich Nerven zeigen und davonlaufen. Das ist das sicherste Mittel, um ihn dazu zu bringen, die Verfolgung aufzunehmen.«

Ian wollte nicht hören. Er kehrte immer stärker den Truppenoffizier heraus. Er bestand darauf, die ganze Geschichte der Polizei zu erzählen und daß ich bei ihm bleiben solle, während sie ihre Nachforschungen anstellte.

»Ich habe den ganzen Tag darüber nachgedacht, was wohl geschehen wäre, wenn ich letzte Nacht gezwungen gewesen wäre, diesen Kerl mit einer Schrotladung vollzupumpen«, sagte er. »Ich weiß, daß er es verdient hat. Aber die Polizei hätte genau über unser Vorhaben Bescheid wissen müssen.«

»Und es untersagt oder verpfuscht.«

»Das ist ihr Problem.«

»Meins leider auch.«

»Na schön. Aber es ist gegen den gesunden Menschenverstand, und es ist gegen meine – meine –«

Ich war sicher, daß er »Befehle« sagen würde.

»– Gegen meine Prinzipien. Ich kann dir keine Hilfe mehr gewähren, Charles, es sei denn, du gestattest mir, die Polizei auf dem laufenden zu halten.«

Ich sagte, ich hätte ihm ein Dutzend Mal erklärt, warum ich das nicht tun würde. Weil ich mich dagegen verwahrte, bewacht zu werden. Weil ich nicht wollte, daß mein Schatten befragt wurde, verschreckt das Weite suchte und Monate später zurückkehrte, wenn ich ihn nicht erwartete. Weil dies eine Privatangelegenheit zwischen mir und ihm war.

»Für die man dich höchstwahrscheinlich öffentlich zum Tode verurteilen wird.«

Das sei meine Sache, erwiderte ich. Würde er versprechen, die Polizei aus dem Spiel zu lassen, wenn ich nie mehr etwas von ihm erbat?

Er stimmte dem zu. Er war sehr unglücklich, blieb aber hartnäckig. Es war alles meine Schuld. Ich hätte erkennen müssen, daß er nicht mehr derselbe Mann war wie im Krieg und daß er für ihn, wie für den Rest von uns, zu einer bloßen Episode geworden war, die die Kontinuität eines geregelten Lebens unterbrochen hatte. Wie ich bereits angedeutet habe, haftete uns beiden die besondere Bestialität jener Episode noch immer zu sehr im Bewußtsein. Es ist hart für einen Mann mit ausgeprägtem Gefühl für Mitleid und Menschlichkeit, wenn er die Moralbegriffe eines rücksichtslosen Gangsters aufgezwungen bekommt. Aber er hatte eine vorgezeichnete Laufbahn – einen kontinuierlich verlaufenden Weg, der ihn vom niederen Landadel in die Armee und zurück zum niederen Landadel führte. Ich hatte nichts dergleichen.

Also mußte ich wohl oder übel auf eigene Faust weitermachen. Gegen Ian empfand ich nicht den leisesten Groll. Ich hatte ihn in äußerst unfairer Weise in meine Angelegenheiten hineingezogen, indem ich jenes Fünkchen Romantizismus, das noch in ihm glomm, ausgenützt hatte; der Punkt, an dem ihm mein Plan unweigerlich als schiere Verantwortungslosigkeit erschien, war schnell erreicht. Aber ich konnte nicht umhin, mich zurückgestoßen zu fühlen. Was ich wollte, war ein Ding der Unmöglichkeit – den Krieg wiederholen und, wenn man so will, die Gewißheit haben, daß ich wenigstens in London in Ehren stand und Vertrauen genoß. Und London und Ian waren ein und dasselbe gewesen.

Ich wußte nicht, was ich tun sollte. Auf der Stelle zu treten und vorsichtig zu sein war das einzige, was ich tun *konnte*. Ich beschloß, für die Nacht zu meinem Cottage zurückzukehren. Ganz gleich, woher auch immer mein Gegner seine Auskünfte bezog, konnte er schwerlich etwas über die eine Nacht herausfinden, in der ich bei Ian geblieben war; aber wenn ich länger verweilte, kam er mir vielleicht auf die Spur. Ich wollte nicht, daß er erfuhr, daß ich mich am Dachsbau in der Begleitung eines so einflußreichen Freundes befunden hatte. Ians Vergangenheit war in weiten Kreisen bekannt.

Die ganze Umgebung von Hernsholt erschien mir jetzt rätselhaft und unfreundlich; wie so vieles im Herzen Englands verweigerte sie sich einer Definition. Wald, wenn man sie aus der Froschperspektive betrachtete. Die harmloseste Flur, wenn man sie aus einem Baumwipfel in Augenschein nahm. Wie sollte ich innerhalb dieser subtilen Einfriedungen von Leben einerseits, von Weideland andererseits zu Werke gehen? Ich bewunderte diesen grausamen Teufel, der fand, bei lebendigem Leib geröstet zu werden, sei der richtige Tod für mich. Er war imstande, sich eigenmächtig und unverzagt einen Weg durch Subtilitäten zu bahnen, abgesichert von seinem Geld und – dessen war ich nun gewiß – einer unerschütterlichen gesellschaftlichen Position.

Meine eigenen Affinitäten zu Jim Melton, überlegte ich mißmutig, waren wahrscheinlich enger als zu Ian und seinesgleichen – aber ob das nun daher rührte, daß man mich dazu erzogen hatte, über die Mittelklasse und ihre zwanghafte Fixierung auf gesetzliche Formalitäten zu lachen, oder daher, daß ich ein Fisch auf dem Trockenen war, vermochte ich nicht zu entscheiden.

Der Gedanke an Jim Melton erinnerte mich daran, daß er besser als nichts war; tatsächlich war er vielleicht sogar besser als alles andere sonst. Ich ging zu Ferrin hinüber und fand ihn im Garten hinter seinem Pub mit dem Bau eines Gewächshauses beschäftigt, obwohl es sein Gemüse fraglos einmal nötig gehabt hätte, vom Unkraut befreit zu werden. Er war diese Art von Gärtner.

Ich fragte ihn, wo ich Jim Melton finden könne.

»Vorherbestimmung ist das, und zwar in Reinkultur«, gab er trocken zurück. »Je länger ich hier in der Gegend lebe, desto sicherer werde ich, daß niemand außer mir einen freien Willen hat. Der Blitz soll mich treffen, wenn ich deswegen nicht eines Tages an die *Church Times* schreibe! Als Sie gegangen sind, hat Jim zu mir gesagt, daß Sie schon ziemlich bald nach ihm fragen würden, und wenn Sie das täten, solle ich Sie rüber zu seiner Bude schicken.«

Er gab mir Jims Adresse. Es war ein Gemeindewohnhaus aus gelbem Backstein, das an der Straße nach Stony Stratford stand. Ich hätte eigentlich erwartet, daß er in einer baufälligen Wildhüterhütte mitten im Nirgendwo hauste.

»Der doch nicht!« sagte Ferrin. »Da müssen Sie schon lange warten, bis Sie Jim dabei erwischen, wie er in irgendein altes Gemäuer zieht, wenn er 'ne neue Bleibe ergattern kann, wo noch dazu der Steuerzahler die halbe Miete für ihn berappt.«

»Ich brauch ein oder zwei Stunden seiner Zeit. Das wird vermutlich teuer werden, oder?«

»Das muß Jim entscheiden. Aber ich will nicht damit hinterm Berg halten, Mr. Dennim, daß Sie ihm sympathisch sind.«

»Ich frage mich, wieso.«

»Ist Ihnen schon mal 'n Tier über den Weg gelaufen, mit dem Sie nicht klargekommen sind?«

»Zig Mal.«

»Eins, das Ihnen das mit dem Klarkommen freigestellt hat, wenn Sie verstehen, was ich meine.«

Das tat ich. Es war ein guter Vergleich. Ich trete zahmen Tieren bestimmt nicht zu nahe, und ich habe bemerkt – obwohl die Beobachtung wertlos ist, da sie sich nicht statistisch belegen läßt –, daß meine Gegenwart von wilden Tieren, selbst wenn sie ruchbar ist, ohne weiteres akzeptiert zu werden scheint. Aber ich will jetzt nicht wie eine liebe alte Dame klingen, die behauptet, daß alle ihre Katzen sie lieben. Weshalb um alles in der Welt sollten sie das auch *nicht*?

»Also, Jim, der denkt nicht«, fuhr Ferrin fort, »nicht im Sinne von dem, was Sie und ich denken nennen würden. Sicher, er hält große Stücke auf seine Bequemlichkeit und ist schwer auf Draht, wenn es um einen Handel geht. Aber er könnte Ihnen ebensowenig erklären, was in ihm vorgeht, wie seine Dohle.«

Die Dohle begrüßte mich als erste, als ich Jim Meltons Gartentor öffnete. Sie ging wutentbrannt auf meine Fußgelenke los, hackte auf die Hand ein, die ich hinunterhielt, und stakste dann über meinen Arm direkt auf meine Schulter.

Zwei kleine weibliche Meltons, die damit beschäftigt waren, einen Puppenwagen mit Wasser zu füllen, schauten dem voll Interesse zu.

»Obacht auf Ihr Ohr, Mister«, sagte die eine.

Das klang verdächtig nach einem Losungswort für die Dohle, die mich prompt heftig kniff.

»Hat bloß ›verdammt‹ gesagt«, klagte das andere kleine Mädchen enttäuscht.

»Was meinen Besucher denn sonst so dazu?« fragte ich.

Es wurde mir gesagt. Ich hätte mich nicht danach erkundigt, wenn ich zu erahnen vermocht hätte, was aus jenen Rosenmündern alles hervorsprudeln würde.

»Ich habe mir schon gedacht, daß Sie vielleicht vorbeikommen, Professer«, sagte Jim Melton, während er hinter dem Haus hervortrat.

Die Dohle tanzte auf meiner Schulter und wiederholte den Ausdruck, den sie gerade vernommen hatte. Die Laute waren nicht wirklich verständlich, obwohl man das Wort »Hurensohn« in etwa heraushören konnte.

»Und wenn ich einer bin, was hat das dann in drei Teufels Namen mit dir zu tun?« sagte Jim. »Kümmere dich um deinen eigenen Kram! Mutter!«

Mrs. Melton kam zur Haustür heraus. Sie war merkwürdig gekleidet, sie trug ein arg schmuddeliges, aber ziemlich gutsitzendes Kostüm. Die Jacke war länger, als es der Mode entsprach, und erinnerte schwach an 1914. Ihr mit grauen Strähnen durchzogenes, gelbbraunes Haar hatte denselben Farbton wie ihr Gesicht, ausgenommen das Rot auf ihren Wangenknochen. Die Jacke und das Kolorit wiesen deutlich auf englisches Zigeunerblut hin.

»Ich kann Ihnen leider keinen Drink anbieten«, sagte Jim entschuldigend. »Sie läßt keinen Tropfen ins Haus.«

Mrs. Melton und ich gaben einander die Hand und lächelten uns an. Das Alkoholverbot war vermutlich eine weise Maßnahme. Dann klärte sie die Miss Meltons mit ein paar passenden Bemerkungen über den Sprachgebrauch in der Gegenwart von Gentlemen auf. Das Wasser in dem Puppenwagen erwies sich als Zeitexperiment; es war leichter, das Bad zum Hündchen zu bringen, als das Hündchen, das das nicht leiden konnte, zum Bad. Aber der Wagen leckte. Ich erinnerte an das alte Heilmittel aus dem Märchen, wo man das Löchlein mit Moos zupfropft und mit Lehm überstreicht. Mrs. Melton, die gerade dabei war, zu den üblichen Ausführungen einer Mutter über das Spielen mit Wasser überzuleiten, ließ sie aus Höflichkeitsgründen ungesagt.

Mit all dem schien den Präliminarien Genüge getan, also kam ich, als ich mit Jim allein war, direkt zur Sache.

»Wo hat er das Pferd gemietet?«

»Tja, das ist genau das, was ich mich auch gefragt hab, nachdem Sie und ich unseren kleinen Schwatz gehabt haben«, erwiderte Jim, »weil ich nämlich Ihnen *und* mir ’n Gefallen tun würde, wenn ich genug über das Pferd wüßte, um dem späten Mädchen draußen in Blixworth zu sagen, daß es friedlich ist und sie nicht allzu teuer kommt.«

Er blinzelte mir zu wie ein Pferdehändler aus dem vorigen Jahrhundert und wartete auf Fragen. Ich sagte, er kenne vermutlich sämtliche Mietstallungen, von denen man bequem zu Fred Gorbles Anwesen reiten könne.

»Allerdings. Und deswegen hab ich auch gleich gewußt, wo das Pferd nicht her is'. Also habe ich geraten, woher denn. Volltreffer beim zweiten Mal! Er hat das Pferd bei den Boscastle-Ställen in Woburn gemietet.«

Jim hatte dort kurz nach dem Mittagessen vorbeigeschaut. Da er eine lupenreine Ausrede für Nachfragen hatte, war er imstande gewesen, ebensoviel Interesse für den Mieter zu bekunden wie für das Pferd.

Der gutgekleidete Gentleman hatte seinen Namen mit Mr. fforde-Crankshaw angegeben. Er hatte einiges Aufhebens um die Schreibung mit zwei »f« gemacht, ansonsten aber ein bescheidenes und natürliches Auftreten an den Tag gelegt. fforde-Crankshaw war ein hübscher Einfall, dachte ich – vom Schriftbild her beeindruckend, aber nicht zu beeindruckend.

Er hatte das Pferd unter dem Vorwand gemietet, er wolle abnehmen. Jeden Morgen erschien er gegen zehn, ritt aus und kam vor Einbruch der Dunkelheit zurück. Da er gut zahlte, ein erfahrener Reiter war und sein Tier stets pfleglich behandelte, machte sich der Besitzer der Mietstallungen keine Sorgen und hätte ihn seine Pferde – weil es ihm an Fachkräften mangelte – sogar mit Freuden umsonst bewegen lassen.

Gewöhnlich bestellte er sich telefonisch ein Taxi und nahm um halb elf einen Zug nach London. Doch Mittwoch nacht war er erst weit nach elf zurückgekehrt und hatte erklärt, daß er bei Freunden diniert habe und das Pferd gut versorgt gewesen sei; dann war er mit einem Taxi nach Watford gefahren und dort vermutlich in einen Zug gestiegen.

Letzte Nacht – Donnerstag nacht – war es noch später geworden, ehe er dahergeritten kam. Nachdem er gesagt hatte, daß er eventuell ein paar Tage ausbleiben würde, hatte er sich kurzerhand aus dem Staub gemacht, während das Pferd abgesattelt wurde. Die Stallungen wußten nicht, wie er nach London zurückgekehrt war, und nahmen an, daß ihn ein Freund im Auto mitgenommen hatte.

Daran fand ich nichts besonders Rätselhaftes. Es war durchaus opportun für ihn, zu verschwinden und seine Spuren zu verwischen, wenn er nicht genau zu sagen vermochte, welchem Hinterhalt er entronnen war und ob es sich dabei überhaupt um einen Hinterhalt gehandelt hatte. Ich mutmaßte, daß er zur A5 marschiert war und sich auf dieser Straße hatte heimkutschieren lassen – obwohl es riskant erschien. Dort, wenn überhaupt irgendwo, war es, wo die Polizeisperre sein würde.

»Wo ist der Spaten, Dad?« fragte die älteste Tochter dazwischen.

»Hinten im Schuppen. Unter den Maulwurfsfallen.«

»Nein, da isser nicht. Und wir wollen ’n bißchen Lehm stechen, wie ’s uns der Gentleman gesagt hat.«

»Tja, wenn er da nicht ist, dann isser da, wo ihr kleinen Teufel ihn liegengelassen habt. Letzten Samstag haben sie alle ihre alten Puppen in ’n Lagerfeuer geworfen«, fuhr er fort, »und solange an der Mistgabel rumgekokelt, daß ihnen ihre Ma mal laut und deutlich sagen mußte, daß sich Mädchen nicht wie Satansbraten aufführen. Jedenfalls nicht, bevor sie bei den Höllteufeln sind.«

Mrs. Melton rief uns alle zu Würstchen und Stampfkartoffeln hinein; die Dohle war auf dem Tisch und half beim Pürieren. Mrs. Melton stellte keine Fragen. Sie konnte genauso diskret sein wie ihr Mann. Die beiden müssen sich ihrer Töchter ebenfalls sicher gewesen sein, da sie sich nicht darum kümmerten, was vor ihnen enthüllt wurde.

»Ich möchte ja zu gerne wissen«, sagte Jim, »mit welcher Ausrede er dem alten Fred Gorble gekommen ist, um sein Pferd dort den ganzen lieben Tag lang unterzustellen. Der und seine zwei kleinen ›f‹s! ’n großes A würd besser passen!«

»Ich krieg das schon aus Fred raus«, bemerkte Mrs. Melton.

Zwischen Mr. und Mrs. Melton mußte seit langem eine Übereinkunft hinsichtlich ihrer jeweiligen Operationssphären bestanden haben. Ihr Angebot schien ihm, ohne ein weiteres Wort, die Augen zu öffnen.

»Frauen!« rief er. »Fred ist nicht dumm, und er steht genauso ungern vor Gericht wie jeder andere auch. Als dieser fforde-Crankshaw angeritten gekommen is’, hat er bestimmt so imposant ausgesehen wie der oberste Jagdleiter selbst und nicht wie jemand, der ’n Verbrechen plant, das unsereins wirklich ’n Verbrechen nennen würde. Was wird er Fred also schon erzählt haben? Natürlich, daß es um ’ne Frauensperson geht! Deshalb dürfte niemand merken, daß er sich dort drüben rumtreibt, und besonders nich’ ihr Mann. Ich werd meine bessere Hälfte zu Fred rüberfahren, und sie kriegt das aus ihm raus, wie sie’s angekündigt hat.«

Nach dem Abendessen setzte Mrs. Melton einen riesigen Hut auf, und wir gingen durch den Küchengarten zum Schuppen – einer Vorrats- oder Munitionsbaracke, die Jim aus Armeebeständen erworben hatte und jetzt als Garage und Scheune benutzte. Ihre lange Achse verlief im schiefen Winkel zum Wohnhaus, und das Tor ging mehr oder minder zur Straße hinauf.

Drinnen waren Haufen von nützlichem Gerümpel und ein unglaubliches Fahrzeug mit einer glänzenden Motorhaube – es war schwarz, gewaltig und sah aus, als habe ein Hobby-Bastler einen königlichen Landauer zu einem Kleintransporter umgebaut.

»Ist ’n Leichenwagen«, erklärte Jim. »Schluckt ’n bißchen viel Benzin. Aber das kann ich von der Einkommenssteuer absetzen. Ich bin nämlich Landwirt, klar? Hab mehr als fünf Morgen, ehrlich, so da und dort.«

Mr. und Mrs. Melton stiegen ein, und der Leichenwagen schoß auf die Straße hinaus. Es war Jims Methode, in seine Garage hinein- und aus ihr herauszufahren, und das stellte vielleicht den Grund für den Winkel dar, in dem er sie aufgestellt hatte. Zweifelsohne kompensierte er seine Abneigung gegen den Militärdienst mit der Vorstellung, daß er ein Cowboy in Eile sei oder ein Kurier, der dem König eine Nachricht brachte.

Ich wurde zurückgelassen, um die Miss Meltons zu unterhalten. Ein Schauer trieb uns hinein und begrenzte die Zahl der Lustbarkeiten, mit denen ich aufwarten konnte. In dem Haus fand sich kein einziges Buch, also wandten wir uns einem Malkasten zu. Karikaturen von Autoritätspersonen in der Gestalt von Schullehrern und Polizisten fanden soviel Anklang, daß für eine Stunde bis auf Empfehlungen, das Gesäß größer oder die Nase röter zu machen, Stille herrschte.

Unser Frieden wurde von dem durchdringenden Begrüßungsruf der Dohle gestört. Der Vogel schien tüchtige Dienste als Wachhund zu leisten, bis der neue Welpe heranwuchs. Eine der Miss Meltons blickte zum Vorderfenster hinaus, doch es war niemand da. Es hatte gerade wieder heftig zu regnen begonnen, und wuchtige Gewitterwolken hatten eine frühe Abenddämmerung gebracht.

»Üben – das tut er«, sagte sie, »außer jemand hat den Spaten zurückgebracht.«

»Dad hat ihn versteckt, damit wir ihn nicht kaputtmachen können«, erwiderte die andere verächtlich. »Wer geht schon anderthalb Meilen, um sich 'n Spaten auszuleihen?«

Niemand, räumte ich ein. Aber wenn jemand bereits hier war und den Spaten sah, konnte ich mir einen Verwendungszweck dafür vorstellen. Doch das war ausgeschlossen. Ich konnte im Haus der Meltons nicht aufgespürt werden. Die Verbindung zwischen mir selbst und Jim war vollkommen unauffindbar – es sei denn, der dunkle Fremde war überhaupt nicht nach London gefahren und an ebendemselben Tag in Hernsholt umhergestreift. Und ich wußte, daß dies nicht zutraf. Es wäre unverzüglich eine Meldung an Ferrin eingegangen, und von Ferrin oder Ian an mich.

»Gibt es hier in der Nähe so etwas wie eine Müllhalde oder eine Sandgrube?« fragte ich.

»Oben auf dem Hang hinter dem Schuppen. Richtig prima Sand. Dad verkauft Ihnen 'ne Fuhre, wenn Sie welchen brauchen.«

Ich stand auf und zog die Vorhänge zu. Das Spotten einer Dohle und fehlende Spaten bewiesen rein gar nichts. Nichtsdestotrotz gedachte ich nicht hinauszugehen, bis Jim wieder bei uns war. Wenn in der Zwischenzeit jemand an die Tür klopfte und um Schutz vor dem Regen bat – es gab keinen denkbaren Grund, warum er das nicht sollte –, würde ich mich gezwungen sehen, die Kinder aus dem Zimmer zu bringen und ihn dazu aufzufordern, die Hände oben zu behalten, während wir miteinander sprachen.

Es war fast zehn, ehe die Meltons zurückkehrten – mit derselben Technik. Ich hörte Jim nie auch nur herunterschalten. Er brachte den Leichenwagen sozusagen auf der Hinterhand zum Stehen, mit knapp zehn Zentimetern zwischen der Stoßstange und einer Schubkarre.

Mr. und Mrs. Melton waren kraft doppelter Whiskys vollkommen gelöst und kicherten über ihren Erfolg. Bei der Ankunft vor Gorbles Behausung hatte Jim standhaft an seiner Rolle als Fahrer festgehalten und gesagt, daß er nicht mit hineinkäme, da ihm seine Alte nicht verraten wolle, worum es eigentlich gehe, und ihm das sowieso schnuppe sei.

Sobald sie mit Fred alleine war, erzählte ihm Mrs. Melton, daß sie von einer Dame eine dringliche Botschaft für er-wisse-schon-wen habe. Gorble zeigte sich nicht überrascht, was bewies, daß sie auf der richtigen Fährte war. Er sagte, der Gentleman komme nicht wieder.

Mrs. Melton hatte sodann die Zigeunerin mit dem zweiten Gesicht gemimt und nach ein paar vagen Orakelsprüchen geraunt, daß die Sache noch ein schlimmes Ende nehmen würde. Sie erfand einen Ehemann, der am Samstag unerwartet vom Assisengericht zurückkäme. Ich entnahm ihrem undeutlichen Geglückse, daß er nicht auf der Anklagebank gesessen hatte, sondern einer der Richter Ihrer Majestät war.

Dies erschreckte Gorble so, daß er nicht wußte, was er tun sollte. Er gab zu, daß er eine Nachricht übermitteln könne, weigerte sich jedoch. Es sei nicht der Mühe wert, sagte er. Der Gentleman habe ihn gut bezahlt, und es stünde noch mehr Geld in Aussicht, wenn alle Anordnungen befolgt würden. Fred erwartete einen Anruf – er verriet nicht, woher oder wann – und durfte den Mund nur aufmachen, um Antwort auf zwei Fragen zu geben: Ja oder Nein.

Schließlich, um sie loszuwerden, erzählte er ihr, wie die zwei Fragen lauteten. Hatte irgend jemand Erkundigungen eingezogen? Wohnte ein gewisser Jemand noch immer dort, wo er sich unlängst eingemietet hatte?

»Ah, der im ›Bau‹! stieß Mrs. Melton hervor.

Es stellte Gorble offenbar zufrieden, daß sie mehr über die Sache wußte als er. Er sagte, daß er keine Lust dazu habe, in Hernsholt herumzuschleichen und dumme Fragen zu stellen, und würde sie die Informationen für ihn besorgen?

Die beiden taten meine Dankesbeteuerungen mit einer Handbewegung ab und entschuldigten sich, weil sie unterwegs eingekehrt waren. Sie sagten, ich sei bestimmt heilfroh, daß sie nun endlich wieder da wären.

»Wir ham ihn nich' geärgert«, protestierte die ältere Tochter. »Wir ham viel Spaß gehabt.«

»O ja. Im Schuppen. Das war nicht zu übersehen«, sagte Jim streng. »Ihr werdet euch noch mal gemein weh tun, wenn ihr weiter in diesem Krempel rumwühlt.«

»Was ist denn mit dem Schuppen?« fragte ich.

»Ne Segeltuchplane ist runtergerissen, und n Blumentopf ist hin.«

»Das wollen wir uns doch mal ansehen.«

Sobald ich Jim draußen hatte, sagte ich ihm, daß wir überhaupt nicht in den Schuppen gekommen waren, und hielt ihn davon ab, direkt zu ihm hinüberzumarschieren.

»Haben Sie das Tor abgesperrt, als Sie den Wagen abgestellt hatten?«

»Hab ich. Glauben Sie, da ist jemand drin?«

Es war höchst unwahrscheinlich; aber wenn der Regen einen Beobachter unter das schützende Dach des Schuppens getrieben hatte, hätte ihm Jims ebenso plötzliche wie ungestüme Rückkehr sicherlich einen Heidenschrekken eingejagt. Er hatte keine Zeit, um sich durch das Tor davonzumachen, hätte aber zwischen dem an der Rückseite kunterbunt herumliegenden Krimskrams untertauchen können.

»Schalten Sie das Licht an«, sagte ich, »und bleiben Sie dann, wo Sie sind. Und sagen Sie nichts, das verraten könnte, was wir vorhaben – tun Sie so, als wollten wir nur schnell ein Brett holen.«

Ich verschwieg ihm, daß ich seine Aussage brauchte, falls ich gezwungen war, zu meiner Verteidigung zu schießen. Ich wußte, er mißtraute der Bank für Zeugen ebenso wie der für Angeklagte.

Jim schaltete das Licht an, und ich ging mit der Hand in der Tasche durch sein Lager. Auf dem Boden lag tatsächlich ein zerbrochener Blumentopf, und eine Segeltuchplane war – falls dies nicht ihr angestammter Platz war – auf zwei aufrecht stehende Drahtrollen gefallen. Hinter ihnen war eine mögliche Deckung für einen Mann, vorausgesetzt, daß niemand nach ihm Ausschau hielt.

»Das hier tut es schon«, sagte ich und zog aus einem Stapel lose übereinandergeschichteter Holzreste ein Brett von vier mal zwei Zentimeter hervor.

Wir gingen hinaus und machten das Tor zu. Und dennoch fühlte ich meinen Feind. Das ist schwer zu erklären. Ich vermute, daß einen nur lange, in einem Zustand unaufhörlicher nervlicher Anspannung verlebte Jahre den Unterschied zwischen einer außer Kontrolle geratenen Phantasie und dem recht verläßlichen Instinkt des Gehetzten zu lehren vermögen.

Jedenfalls war der Instinkt stark genug, daß ich nach einem logischen Grund zu seiner Rechtfertigung suchte. Ich fragte, wie die Stallungen in Woburn aussahen.

Jim beschrieb ein viktorianisches Bauernhaus, dessen Rückwand auf einen Hof hinausging, der auf den anderen drei Seiten von Pferde- und Kuhställen mit je einem Heuboden als Obergeschoß gesäumt war.

»Als Sie sie dazu gebracht haben, Ihnen etwas über fforde-Crankshaw zu erzählen, wo genau standen Sie da?«

»Direkt unter dem Giebel mit der Uhr drin.«

»Was ist denn dort oben?«

»Nichts außer Ratten, würde ich meinen.«

Es war eine weit hergeholte Theorie; aber wieso hatte Mr. fforde-Crankshaw unverrichteter Dinge das Weite gesucht, während man noch dabei war, sein Pferd abzusatteln? Wenn er namentlich oder anhand einer Beschreibung gesucht wurde, würden die Mietstallungen der letzte Ort sein, an dem ihn die Polizei vermutete. Und wenn er beschlossen hatte, sich dort einen Tag lang zu verstecken, konnte er wahrscheinlich alle Besucher beobachten, die in den Hof kamen, und möglicherweise sogar mithören, was sie sagten.

»Als Sie sich mit den Burschen dort unterhalten haben, haben Sie ihnen da Ihre Adresse gegeben?«

»Die kennen sie«, erwiderte Jim. »Mensch, hab ich das nicht doch? Ich hab 'ne schöne Fuhre Mist gekauft, müssen Sie wissen. Champignonzüchter zahlen jeden Preis, wenn das Zeug gut abgelagert ist. Ja, sie hatten 'n neuen Arbeiter, und ich hab ihm den kürzesten Weg erklärt.«

Es ging auf. fforde-Crankshaw, der Gefahr gewittert hatte, aber bis zu einem gewissen Grad davon überzeugt gewesen war, daß er sie sich nur einbilde, mußte in große Versuchung gekommen sein, der Sache nachzugehen. Es hatte keine polizeilichen Untersuchungen gegeben, aber wer war Jim? Was steckte hinter seinem Interesse?

Es gab einen schwerwiegenden Einwand gegen dieses Bild vom Schachbrett meines Gegners. Er mußte geplant haben, die Heuböden über den Stallungen nach Einbruch der Dunkelheit zu verlassen. Dessen ungeachtet hatte er sich am hellichten Tag auf den Weg gemacht. War das möglich, ohne gesehen zu werden und Fragen herauszufordern?

»Was ist hinter dem Giebel mit der Uhr?«

»Da hat der frühere Besitzer gewohnt«, antwortete Jim, »bevor er bankrott gegangen ist, weil er sein ganzes Geld in die Pflanzenzucht gesteckt hat, und 'ne Fliege machen mußte. Auf der anderen Seite von den Ställen stehen seine ganzen exotischen Bäume und Rhododendren.«

Das paßte ebenfalls. Es war nun lohnenswert, die einzige greifbare Tatsache zu überprüfen, die meine Hypothese beweisen konnte – das heißt, es mußte getan werden, selbst wenn nichts dabei herauskam. Ich sagte Jim, er solle an Ort und Stelle bleiben, und ich würde seinen fehlenden Spaten für ihn ausfindig machen. Ich hätte ihn gerne an meiner Seite gehabt, aber das war kein zumutbares Risiko für einen Familienvater – obwohl ich ziemlich sicher war, daß der Tiger nicht zur Sandgrube zurückgekehrt sein würde, da er von dort mittlerweile überhaupt nichts mehr sehen konnte.

Ich kroch den Hang hinter dem Schuppen hinauf und streckte meinen Kopf vorsichtig über den Rand der Einsenkung. Auf dem Boden der Sohle, gut zweieinhalb bis drei Meter unter mir, war nichts als der nackte Sand, und das Licht reichte noch immer aus, um jeden Gegenstand auf der ebenen Oberfläche zu erkennen. Der Spaten war tatsächlich da.

Um noch mehr zu sehen, hätte ich mich mit einer Taschenlampe hinunter begeben müssen. Das wäre ein Spiel mit dem Feuer gewesen, da ich ja nicht wissen konnte, was sich auf der gegenüberliegenden Seite der Vertiefung befand; also begnügte ich mich damit, den nassen, zusammengebackten Sand in einem Radius von knapp einem Meter unter die Lupe zu nehmen. Ich entdeckte frische Fußabdrücke – von einem ziemlich spitzen Schuh, der mit Sicherheit niemandem aus der Melton-Familie gehörte. Für das Gewicht des Tigers war es ein kleiner Fuß. Die Spuren führten direkt auf den Schuppen zu, bis sie von den Furchen meiner Knie und Unterarme verwischt wurden.

Es war alles sehr interessant, aber von keinem unmittelbaren Nutzen. Tiger folgt einem plötzlichen Impuls, Jims Haus zu erkunden, geht dabei aber mit gewohnter Umsicht vor und tut dies von oben. Findet zweckdienliche Sandgrube als Beobachtungsposten. Die Eingebung zahlt sich aus, da er dort noch nicht lange auf der Lauer liegt, als er mich auch schon daherkommen sieht. Wird vom Spaten angezogen, dem er sich nähern kann, ohne gesehen zu werden. Ein schwerer Fehler, obwohl es zweifelsohne hilfreich wäre, wenn man meine Leiche erst nach einer Woche fände. Sucht vor Regen im Schuppen Zuflucht. Hätte sich leicht aus der Affäre ziehen können, indem er erklärte, daß es genau das gewesen sei, was er getan habe. Aber seine Rekonstruktion meines uneingesehenen Schachbretts ist besorgniserregend. Und Jim ist immer noch ein Rätsel. Also geht er, als er beinahe erwischt wird, zuerst einmal auf Tauchstation und macht sich dann aus dem Staub.

»Ihr Spaten ist in der Sandgrube«, sagte ich zu Jim. »Holen Sie ihn morgen früh.«

»Nicht jetzt?«

»Nicht jetzt.«

»Als Sie in den Schuppen gegangen sind, ist mir aufgefallen, daß Sie Ihre Hand die ganze Zeit in der Tasche gelassen haben«, sagte er. »Also, es geht mich ja nichts an, was Sie da drin haben. Und was mir Ferrin erzählt hat, war alles erstunken und erlogen. Und ich und der Colonel, wir kommen nicht miteinander klar. Aber wenn Sie sich oben im ›Bau‹ einsam fühlen, brauchen Sie es bloß zu sagen.«

Ich versicherte ihm, daß ich dort nur diese eine Nacht verbringen würde und es wenig wahrscheinlich sei, daß man mich behellige.

»Und was soll die Frau Fred erzählen?« fragte er.

»Daß niemand Nachforschungen über den Reiter eingezogen hat und ich den ›Bau‹ in großer Eile verlassen habe.«

Ich nahm sein Angebot, mich nach Hause zu fahren, dankbar an und verabschiedete mich von Mrs. Melton und den Kindern. Die Fahrerkabine des Leichenwagens war luxuriös ausgestattet. Es war ein bemerkenswertes Fahrzeug. Alle Fensterquadrate in der Karosserie, wo sich Milchglas befunden hatte, waren fein säuberlich ausgefüllt mit sich überlappenden Brettern, die mit Winkelträgern an den schwarz-goldenen Säulen befestigt und einem dazu passenden schwarzen Lack gestrichen waren. Das Dach bestand aus dickem Segeltuch auf geschweiften Latten. Der Wagen stellte einen Kleintransporter dar, der sich gut dazu eignete, lebendes Inventar oder jedes von Jims weniger reputierlichen Schnäppchen unauffällig zu befördern.

»Ich hab die Kiste spottbillig gekriegt«, sagte er. »Für gebrauchte Leichenwagen gibt's keinen Markt. Und der Kerl hat 'n paar schöne Ulmenbretter für den Umbau draufgegeben.«

Ich vermied es, mich als Silhouette gegen die nackten Glühbirnen auf der Veranda und im Schuppen abzuzeichnen und drückte mich tief in meinen Sitz, bis wir draußen auf der Straße waren. Dabei war ich aus irgendeinem Grunde sicher, daß der Tiger keinesfalls in der Nähe sein konnte, obwohl mein Verstand, der mittlerweile sehr müde war, nicht einzusehen vermochte, worauf ich diese Gewißheit gründete.

Während wir auf Hernsholt zufuhren, ging ich die Wahrscheinlichkeiten noch einmal durch und stieß schließlich auf das, was mich beunruhigte. Wenn der vor dem Regen Zuflucht Suchende sich bei Jims plötzlicher Ankunft hinter jenen zwei Drahtrollen verborgen hatte, wie war er dann überhaupt wieder aus dem Schuppen herausgekommen? Er hatte keine Möglichkeit zu fliehen, ohne von Mr. und Mrs. Melton bemerkt zu werden, und Jim hatte das Tor hinter sich abgesperrt. Also war irgend etwas so falsch und unglaubhaft wie ein Zaubertrick.

Und dann sah ich es. Durch dieses ganze Aufdröseln des Unverständlichen war ich von dem abgelenkt worden, was so klar und naheliegend war. Ich ließ mich unverzüglich vom Vordersitz gleiten und preßte soviel von meinem Körper auf den Boden des Führerhauses, wie ich nur irgend konnte, wobei ich einen Finger auf die Lippen legte, um Jim zu bedeuten, daß er sich nichts anmerken lassen solle.

»Fahren Sie zum nächsten beleuchteten Straßenabschnitt und Polizeirevier«, flüsterte ich. »Halten Sie unter keinen Umständen an! Auch nicht, wenn mir irgend etwas passiert!«

Er warf mir einen erstaunten Blick zu. Ich wies mit dem Daumen auf die glänzenden schwarzen Bretter hinter dem Fahrersitz. Er überlegte eine Sekunde und begriff, was ich meinte. Es gab nur einen Platz, wo fforde-Crankshaw sein konnte. Als er hörte, daß wir zum Schuppen zurückkehrten und das Tor aufsperrten, hatte er sich leise in den Leichenwagen geflüchtet. Und er war immer noch darin – mit nichts als einem hölzernen Paneel zwischen mir und seiner Waffe.

Es gab kein Mittel, um meinen ganzen Körper zu sichern. Wenn er in Höhe meines Herzens und meiner Lunge durch die Trennwand feuerte, würde er danebenschießen; aber wenn er dorthin zielte, wo sich meine Taille befinden sollte, würde er mich fast unweigerlich am Kopf oder an der Schulter treffen. Ich habe mich noch nie so schutzlos ausgeliefert gefühlt. Vom Gas zu gehen oder gar stehenzubleiben kam nicht in Frage – das, dachte ich, würde ihm genau die Gelegenheit verschaffen, auf die er wartete, um mich abzuservieren, hinauszuspringen und zu verschwinden. Es war ziemlich unwahrscheinlich, daß er in Aktion trat, solange Jim konstant mit siebzig Sachen über die Landstraße raste. Der einzige Trost war der, daß ich, wenn er mich verfehlte, genauso schnell zum Führerhaus hinauskonnte wie er zur Flügeltür an der Rückseite und ihm dann endlich ohne Furcht vor dem Gesetz den Fangschuß geben konnte.

Die Situation war über alle Maßen brenzlig. Jim hatte sich ostwärts gehalten, und in zwei oder drei Minuten würden wir auf die A5 treffen. Er würde unter Umständen in der Lage sein, sich direkt in den Verkehr einzufädeln, ohne anzuhalten, aber damit konnten wir nicht rechnen. Zu dieser Nachtzeit war zwischen London und den westlichen Midlands gewöhnlich eine endlose Schlange von LKWs unterwegs.

Es war die Hupe des Leichenwagens, die uns durchbrachte. Sie hatte einen tiefen, eindrucksvollen Klang – schwermütig, aber respekteinflößend genug, um zu gewährleisten, daß alle Fernfahrer auf die Bremse traten und den Stümper verfluchten. Jim hielt an der Kreuzung für eine Sekunde an. Er konnte nicht rechts nach Bletchley abbiegen, wie wir es vorgehabt hatten, aber er konnte – gerade eben noch – nach links schwenken und Richtung auf Stony Stratford nehmen, wobei er einen LKW in die Straßenmitte drängte und hinter uns eine Reihe zorniger Lichtsignale zurückließ. Es ist gut möglich, daß wir den Eindruck von Verbrechern machten, die gerade mit einem Haufen Lohntüten das Weite suchten.

»Nur noch eine Ampel vor uns«, flüsterte Jim. »Ich fahr drüber, wenn Sie 's sagen. Aber wenn Sie sowieso zur Polizei wollen, warum so eilig?«

Ich erklärte, daß ich nicht wagte, ihm eine sichere Chance zum Hinausspringen zu geben.

»Wie dick sind diese Bretter?« fragte ich.

»Dick genug, um ihn drinzubehalten.«

»Er braucht nur die Hintertür zu öffnen.«

»Kann er nicht.«

»Wieso nicht?«

»Weil innen kein Griff ist. Die Passagiere brauchen keinen, oder? Nicht, wenn der Sarg richtig zugenagelt ist.«

Ich weiß noch, daß ich eine belfernde Lache anschlug, die wohl zum Teil hysterisch war. Der Tiger saß also ebenso hilflos fest, als ob er ein wirklicher Tiger gewesen wäre! Es würde ihm nichts nützen, wenn er tötete. Nichts würde ihm irgend etwas nützen. Er war in einer glatten, schwarz lackierten Falle auf dem Weg zum Käfig oder zum Tierpräparator.

Die Lampenreihe an der Hauptstraße von Stony Stratford war bereits zu sehen, als wir von einem Polizeiauto überholt wurden, das vor uns stehenblieb und Jim ein Zeichen zum Anhalten gab.

Zwei der Beamten nahmen uns in die Zange; einer stellte sich vor meine Tür und einer vor die von Jim. Sie waren ganz offensichtlich gewillt, alles, was wir auch sagen mochten, in Abrede zu stellen. Was hat die britische Polizei dazu gebracht, diese neue Form gelangweilter Brutalität anzunehmen? Ist sie ihr von der Unterwelt aufgezwungen worden oder hat sie sie aus ausländischen Filmen übernommen? Jedenfalls vertraute ich nicht darauf, daß die beiden Beamten meine Geschichte ernst nehmen würden. Ich wollte einen Inspektor an einem Schreibtisch.

Zuerst beschuldigten sie Jim, an einem Halt-Zeichen nicht angehalten zu haben. Als er darauf bestand, daß er angehalten habe, bemühten sie sich nicht weiter, ihn zu einem Eingeständnis zu bewegen, sondern ermahnten ihn lediglich, sich in Zukunft vorzusehen. Es war ziemlich offenkundig, daß der Lastwagenfahrer, der uns gemeldet hatte, kein Unmensch gewesen war und sich damit begnügt hatte, über unser Fahrverhalten und unser verdächtig aussehendes Fahrzeug herzuziehen.

Während sich der eine Jims Papiere ansah, befahl mir der andere, auszusteigen und den Wagen zu öffnen.

»Öffnen Sie ihn selbst!« sagte ich. »Und bleiben Sie dabei hinter der Tür!«

Der Wagen war leer. Ein Teil des Segeltuchdaches hing lose herab, sauber mit einem Messer ausgeschnitten. Der Tiger war entkommen und dabei nicht einmal zu akrobatischen Einlagen gezwungen gewesen. Fugen und Kerben in den Eckpfosten, an denen einst die kunstvolle Überdachung befestigt gewesen war, stellten eine gute Kletterhilfe dar. Entweder an der Kreuzung mit der Hauptstraße oder jetzt, während uns die Polizisten eine Strafpredigt hielten, war er hinaufgestiegen, hatte leise und entschlossen den geeigneten Augenblick abgewartet und sich an der Rückseite des Wagens zu Boden gleiten lassen.

Ich blickte die Straße hinauf. Dort auf der anderen Seite war seine unverkennbare Gestalt, die schnell, aber ohne übermäßige Eile an den ersten Straßenlampen vorbeiging. Er winkte einem Bus, der vor ihm um eine Ecke bog. Der wartete natürlich nicht, doch das lieferte ihm einen Vorwand, um sein Tempo zu forcieren. Ich deutete auf ihn und habe vielleicht sogar meinen Mund geöffnet, um »Haltet ihn!« zu rufen. Aber mein Arm sank wieder herab. Was nützte das? Wie konnte ich diese großspurigen jungen Polizisten auf die Schnelle davon überzeugen, daß ich und nicht er der gesetzestreue Bürger war?

Und wessen konnte ich ihn schon anklagen? Ich hatte nicht den geringsten Beweis dafür, daß er jemals im Wagen gewesen war. Jim hatte sein Gesicht nie gesehen. Ich – nun, alles, was ich nach diesen angsterfüllten Tagen und Nächten im »Bau«, bei der Dachshöhle und auf der Straße beschwören konnte, war, daß ich ihn einmal dabei beobachtet hatte, wie er draußen auf dem Land friedlich spazierengegangen war. Nein, für meine eigene Sicherheit war es besser, wenn ich zu diesem Zeitpunkt nichts darüber verlauten ließ, daß ich ihn verdächtigte. Wenn wir uns wiedertrafen, konnte er mich nicht mehr überraschen, da ich sein Gesicht gesehen hatte und er sich darüber noch immer nicht im klaren war.

Ich wußte, daß sein Mut keine Grenzen kannte, ich wußte aber auch, daß seine körperliche Belastungsfähigkeit durchaus welche kannte, da er in meinem Alter war. Also sperrte ich, als mich Jim endlich am »Bau« abgesetzt hatte, die Tür zu, entspannte mich und verfluchte fröhlich die Konsequenzen. Ich war nahezu sechsunddreißig Stunden nicht mehr im Cottage gewesen. Der Brief von

Admiral Cunobel, den Tante Georgina erwähnt hatte, erwartete mich dort bereits; es war eine warmherzige, freundliche Einladung, wann immer ich wollte hinüberzukommen und solange ich konnte zu bleiben.

Ich fand, daß dem nichts entgegenstand, jedenfalls nicht für die Dauer einer Woche. Ich war zwar fest entschlossen, weder Georgina noch einen Fremden – selbst wenn er meine Wiege geschaukelt hatte – in meine Angelegenheiten zu verwickeln, aber es war unwahrscheinlich, daß mein Verfolger schon bald erneut damit beginnen konnte, meiner Fährte zu folgen. Ich wollte erst einmal gefunden sein. Seine verdeckte Aufklärung begann von neuem.

III

Versteckspiel

Am nächsten Morgen rief ich den Admiral an und unternahm eine jener typisch englischen Überlandfahrten, die ich so genieße. Es gibt keine Stille, die so vernehmlich in den Ohren singt wie die eines entlegenen Bahnhofs inmitten von Wiesen ohne Sicht auf ein Dorf, wenn der Lärm des abfahrenden Zuges verklungen ist.

Admiral Cunobel hatte zu seinem Alterssitz ein aus der Zeit Jakobs I. stammendes Gutshaus aus grauem Stein erkoren, das am südlichen Zipfel der Cotswolds stand, und er schien dort völlig in Dorfangelegenheiten und seinem Garten aufzugehen. Chipping Marton kam mir lebendiger vor als Hernsholt. Es war mit der Welt verbunden, während sich der Ort in den Midlands ungeachtet seiner geringen Entfernung von London in Wiesen und Feldern verlor. Seine ersten Bewohner hatten nicht bloß einfach ein weiteres sächsisches Haufendorf in die Gegend gestellt, sondern ihre soliden, steinernen Häuser im vollem Bewußtsein der Geographie erbaut. Wenn man auf der einen Seite hügelab ging, gelangte man zum Mündungsgebiet des Severn. Wenn man auf der anderen Seite hügelab ging, stieß man auf die Straße von London nach Bristol.

Der Admiral führte in dem Ort das Regiment. Er betrachtete es als seine Pflicht. Chipping Marton andererseits hatte keinerlei Verwendung für seemännische Disziplin, obwohl es Energie respektierte. Cunobel und sein Dorf schienen in einem Zustand gegenseitiger, aber gespannter Zuneigung zu leben.

Er fuhr mich vom Bahnhof zum Haus, gab mir einen Drink und brachte mich dann zum Pfarrhaus hinüber. Georgina war gerade in der Küche und enthülste Erbsen. Nur Jehan war ebenfalls in der Küche – seine ganzen anderthalb Meter Widerrist, ungefähr so getönt wie eine Siamkatze, außer daß sein prachtvoller Schweif satt cremefarben war. Er schnaubte Georgina mit gewichtiger Sentimentalität in den Nacken.

Georgina stieß seinen Kopf zur Seite und küßte mich auf beide Wangen, wobei sie eine unerwartete Wärme in ihre gewohnte förmliche Begrüßung legte.

»Mein lieber Charles!« rief sie aus. »Ich hoffe doch, ich habe dich nicht erschreckt.«

»Nicht im geringsten. Aber wenn du statt vor dem Waschbecken vor dem Ofen wärst und er dir einen Rempler gäbe ...«

»Was ich da am Telefon gesagt habe, meine ich. Es kam mir hinterher so vor, als hätte ich die Situation vielleicht etwas überspitzt dargestellt.«

»Georgi, man kann sie gar nicht überspitzt *genug* darstellen«, sagte der Admiral ungehalten.

Nur Jehan, der merkte, daß unsere Aufmerksamkeit abgelenkt war, nahm sich einen herzhaften Mundvoll aus der Schüssel mit den Erbsen und schnaubte den Rest auf den Boden.

»Bei bestimmten Dingen kann man das allerdings nicht«, erwiderte Georgi. »Ich dulde dieses verdammte Pferd nicht mehr in der Küche, und ich lasse den Riegel an der Hintertür gegen ein Steckschloß austauschen.«

»Das übernehme ich!« sagte der Admiral. »Ich schaue heute abend mit einem Schraubenzieher vorbei. Aber du kommst schon zurecht, Georgi – du bist noch immer zurechtgekommen! Wer mir leid tut, ist dieses Mädchen.«

»Welches Mädchen?« fragte ich.

»Benita, seine Tochter. Es ist nicht richtig, daß sie alle

drei Monate in London alles stehen- und liegenlassen muß, um hier in die Bresche zu springen.«

»Mir ist aufgefallen, Peregrine«, sagte meine Tante, »daß eine lange Dienstzeit hinter dem Mast, oder wie immer das heißt, verquere Anschauungen über Frauen hervorbringt.«

»Nun, meine Liebe, du mußt zugeben, daß sie immer wieder rausfährt, um hier in die Bresche zu springen.«

»Eine bloße Weigerung, sich ihrer Pflicht gegenüber sich selbst zu stellen, die darin besteht, Karriere zu machen. Miss Gillon, Charles, hat höchst vernünftigerweise einen Beruf ergriffen, anstatt sich damit abzufinden, eine verbiesterte alte Jungfer auf dem Land zu werden. Sie hat eine Begabung für vulgäre Zeichnungen und wird von Werbeagenturen beschäftigt.«

»Du meinst wohl eine vulgäre Begabung für's Zeichnen, Georgi.«

»Ich meine genau das, was ich sage, Peregrine. Ich finde einige ihrer Zeichnungen extrem vulgär und überhaupt nicht lustig. Sie ist von verlassenen Inseln besessen. Und ich wünschte wirklich, du würdest mich nicht unterbrechen. Benita mag London nicht. Und ich sehe mich zu dem Schluß gezwungen, daß sie nicht selten auch dann hierherkommt, um für ihren Vater in die Bresche zu springen, wenn es überhaupt keine Bresche gibt, in die sie zu springen braucht.«

Ich wurde von leisem Argwohn beschlichen. Meine Tante hatte nie ein Wort über die Tochter des Vikars gesagt oder war vielleicht so beiläufig über den Namen hinweggegangen, daß ich angenommen hatte, er gehöre irgendeinem loyalen Gemeindemitglied. Ich war etwas zu beschäftigt gewesen, um mich an das sichere Gespür des Admirals für die gesellschaftliche Konvention zu erinnern. Da er sich aufgrund des Nichtvorhandenseins irgendeiner weiblichen Verwandten weigerte, Georgina selbst zu beherbergen, war es nur logisch, daß der Vikar – von dem ich wußte, daß er Witwer war – diese unentbehrliche Frau bei sich unterbringen mußte.

Der Vikar des Admirals kam aus dem Garten und brachte eine Menge Dreck sowie ein paar vage und herzliche Entschuldigungen mit. Ich mochte ihn sofort. Er hatte fröhliche Augen und war von einer Aura fast bohèmehafter Zerstreutheit umgeben. Ich meine, daß seine Geringschätzung für die Dinge dieser Welt eher nonchalant als heiligenmäßig war.

Er war des Lobes voll über meine Tante, die, wie er sagte, einen ausgezeichneten Einfluß auf sie alle ausübte – auf sie alle. Nur Jehan schien es übelzunehmen, daß er mit inbegriffen war, oder hatte, was noch wahrscheinlicher ist, das Gefühl, daß der Klaps des Vikars beim Betreten der Küche nicht ausgereicht hatte. Er kniff seinen Besitzer sanft in die Schulter.

»Ein reinrassiger Araber aus persischer Zucht«, erklärte mir Matthew Gillon stolz. »Jemand aus meiner Gemeinde hat ihn aus Kerman mitgebracht, wo er Vizekonsul war. Nur Jehan kommt aus der Wüste von Kerman und wurde als Fohlen im Familienzelt aufgezogen, was dort, soviel mir bekannt ist, durchaus den Gepflogenheiten entspricht. Deshalb brachte es mein Freund, als er sich hier niederließ, auch nicht übers Herz, ihn außerhalb des Hauses zu halten. Ich glaube nicht, daß er das wünschte. Seine beiden Söhne waren im Krieg gefallen, und der Hengst, fürchte ich, war alles, was ihm zum Liebhaben geblieben war. Ein einsamer Mann. Er verschied nach nur einem Jahr in unserer Mitte und hinterließ mir diesen dreijährigen Prachtburschen. Deshalb wollte ich Nur Jehans Gewohnheiten auch nicht allzu abrupt ändern. Der arme Kerl, der Verlust seines Vaters – seines Besitzers, meine ich – hat ihn tief getroffen.«

»Er ist überhaupt nicht dressiert«, sagte Georgina

streng. »Er entfernt sich von der Glebe-Wiese und erschreckt die Dorfkinder, von vorbeikommenden Autofahrern einmal ganz zu schweigen.«

»Ich treibe den Bau des Koppelzauns so schnell voran, wie mir das allein nur irgend möglich ist, Mrs. Dennim«, protestierte der Vikar schwach. »Und Sie selbst haben mir geraten, an die Gebühren für die Anmeldung als – äh – Beschäler zu denken.«

»Georgi, du willst mir doch nicht erzählen, daß du ihn bei diesem Unfug auch noch unterstützt!« brauste der Admiral auf. »Und das, obwohl du ganz genau weißt, daß dieser Jammerlappen von einem Hengst ...«

»Ich bin ganz und gar nicht einverstanden«, warf Tante Georgi ein. »Nur Jehan ist lediglich ein Spätentwickler, dessen Interesse noch nicht auf die richtige Art und Weise geweckt worden ist. Als lebenslanger Junggeselle solltest du das nachfühlen können.«

»Aber, verdammt noch mal, ich ...«

»Valparaiso fällt nicht ins Gewicht, Peregrine.«

»Himmeldonnerwetter!« sagte der Admiral, wobei sich der Farbton seines Gesichts noch mehr an den von Schildplatt anglich.

»Und wenn Mr. Gillon sich selbst und Nur Jehan nur endlich einmal richtig ernährt«, fuhr Georgina unerschüttert fort, »sehe ich keinen Grund, warum sie für das Dorf nicht ein großer Gewinn sein sollten. Nur Jehan ist eine würdigere Investition als Tomaten unter Glas.«

»Wie stellt er sich denn als Reitpferd an?« fragte ich, da jedermann darauf fixiert zu sein schien, den Araber zu behandeln, als wäre er ein preisgekrönter Rammler.

»Geritten zu werden«, erklärte Georgina, »ist eine der vielen Pflichten, Charles, die Nur Jehan nicht sonderlich goutiert. Und von Frauen läßt er sich überhaupt nicht reiten.«

Ich hielt das für höchst unwahrscheinlich – die Art von

romantischem Unfug, die bei Nichtwissenschaftlern Anklang findet. Aber wer war ich, um mit Georgina über Pferdeangelegenheiten zu streiten? Ich hatte mit siebzehn Jahren reiten gelernt. Darum hatte sich der ungarische Zweig der Familie gekümmert. Seitdem hatte ich Pferde nur benutzt, wenn sie gerade zur Verfügung standen und das praktischste Transportmittel darstellten.

»Sein früherer Besitzer fand es nicht weiter schwierig«, sagte der Vikar gelassen, »und ich tue das auch nicht.«

»Weil Sie ihn seinen Weg und seine Gangart immer selbst aussuchen lassen.«

Ich konnte sehen, daß nichts, nicht einmal der Zwang, von Porridge zu leben – falls das denn stimmte –, Matthew Gillon von Nur Jehan trennen würde. Er betete den Hengst nicht nur regelrecht an, sondern hatte auch eine stille und durchaus berechtigte Hoffnung auf künftigen Profit.

»Und schließlich, Peregrine«, fuhr Georgina fort, »wird der Vikar einen Stallburschen einstellen müssen. Man kann doch nicht von Benita erwarten, daß sie extra aus London hierherkommt, um den Stall auszumisten.«

»Das wirft auch einen Gewinn ab«, sagte ich, da ich mich an Jim Melton und den Leichenwagen erinnerte.

Cunobel funkelte mich an; doch ehe er Zeit hatte, darauf hinzuweisen, daß er, Hölle und Teufel, nicht einmal die Unkosten für das Stroh decken würde, gesellte sich Benita Gillon zu uns in die Küche. Ich war auf meine eigene Vorstellung von einer Gebrauchsgraphikerin gefaßt gewesen und erwartete, denke ich, daß sie den Stall entweder in übertrieben bunten Kleidern ausmisten oder der Ansicht sein würde, daß die Bresche, in die sie für ihren Vater sprang, eine Menge unnötigen Schmutzes rechtfertigte. Doch bis auf das modisch glatte Blondhaar, das ihr dezent gebräuntes Gesicht einrahmte, vermochte ich nichts an ihr zu entdecken, das den Einfluß von London verriet. Sie gehörte dorthin, wo sie war. Ich konnte gut verstehen, daß sie jeden Vorwand benützte, um in ihr Dorf zurückzukehren.

Wir hatten kaum Zeit für ein paar Worte gehabt, als Tante Georgina den Admiral und mich auch schon strammstehen und wegtreten ließ. Wie ich vermute, hatte sie beabsichtigt, Benita ein paar Stunden später vorzuführen, wenn sie alle drei zum Essen herüberkamen, und wähnte, die direkte Ankunft aus dem Stall rücke das Mädchen in ein unvorteilhaftes Licht. Doch dem war ganz und gar nicht so. Benita wuchs so anmutig aus ihren schweren Gummistiefeln empor wie ein graziler junger Baum aus einem Topf.

Die Behaglichkeit des Admirals wurde von Frank gewährleistet – natürlich gleichfalls ein Marineprodukt. Er war Smutje, Steward, Bursche und Leiter des Abwehrdienstes. Frauen wurden an Bord gelassen, um zu waschen und die Böden zu schrubben, um Pasteten, Marmelade und Mixed Pickles zu machen und die Speisekammer mit Grundnahrungsmitteln zu füllen, da dies, wie Frank hervorhob, nun einmal ihre gottgewollte Aufgabe war. Was er wirklich von ihnen wollte, war intimerer Dorfklatsch, als man ihn im Pub zu hören bekam.

Als wir zurückkehrten, sah ich, wie Frank seinem Arbeitgeber vertraulich etwas ins Ohr flüsterte.

»Natürlich hat er keinen, Junge!« dröhnte Cunobel – es war seine Gewohnheit, jedermann unter sechzig mit »Junge« anzureden. »Was soll er denn mit einem Smoking anfangen? Er kann doch nicht im Frackhemd Eichhörnchen beobachten, mh?«

»Dachse«, korrigierte ich ihn, da ich nicht sicher war, ob er wußte, daß die Gegend um Hernsholt ein höchst unwahrscheinlicher Aufenthaltsort für das gemeine Eichhörnchen war.

»Dachse oder Ratten«, sagte er ungeduldig, »alles dasselbe! Dieser Junge ist ein alter Narr! Wenn wir allein sind, muß ich mich zum Abendessen anziehen wie einer dieser vermaledeiten Hohlköpfe im Dschungel, die Benita für die Sherrysüffler malt. Und der Sherry ist unter aller Kanone! Pah! Er weiß ganz genau, daß ich mich nicht in Schale werfe, wenn wir Gäste haben! Glaubt wohl, ich könnte nicht mit der Zeit gehen!«

Das Abendessen verlief äußerst zufriedenstellend; Georgina benahm sich wie weiland am Hof von Franz Joseph, und der Admiral und ich hatten vor Ankunft der Gäste genügend tief ins Glas geschaut, um in vertretbarem Maße jovial zu sein. Benita war ungemein zuvorkommend und betonte, sie habe von meiner Tante soviel über mich gehört und mein Buch über Eichhörnchen gelesen. Sie hatte das wirklich – denn sie erklärte mir, daß meine Beschreibung der Funktion des Schwanzes beim Hüpfen von Ast zu Ast irreführend sei.

»Benita, meine Liebe, Mr. Dennim ist eine Autorität«, sagte ihr Vater.

Der Blick, den sie mir zuwarf, war entzückend. Er suggerierte, während er die Grenzen des Schicklichen wahrte, daß wir beide Profis seien und mit den ungeziemenden Einwürfen von Dilettanten Geduld haben müßten.

»Das Ganze spielt sich so ab . . .«, sagte sie.

Sie lieh sich vom Admiral einen Stift und von mir einen Umschlag. Mit einem Dutzend flinker Striche erfaßte sie die Fiederung des Haares und den Winkel des Schwanzes zum Körper. Ich gestand unverzüglich ein, daß sie recht hatte und ich das, was mir zu Augen gekommen war, sehr schlecht beschrieben hatte.

Benita selbst zu beschreiben ist noch schwieriger. Ihr wahres Interesse, soweit ich es erklären kann, war eine Art sensueller Geographie. Sie vergötterte ihre eigene Landschaft, Höhenzüge und Täler, bei jedwedem Wetter.

Wenn man sich eine hochgewachsene Elfe oder Waldnymphe vorstellt – nicht ihre äußerliche Erscheinung, sondern was in ihrem Kopf vorginge, wenn es sie gäbe –, dann bekommt man ein ungefähres Bild von Benita.

Ich meine damit nicht, daß sie eine Art Rima war. Weit gefehlt. Sie war alles andere als ein Naturkind. Sie hätte sich beim Beobachten von Eichhörnchen ziemlich schnell gelangweilt. Aber wenn das Beobachten von Eichhörnchen ein traditionelles Hobby in den Cotswolds gewesen wäre, hätte sie alles über die Leute gewußt, die ihm frönten, warum sie ihm frönten und wo.

Ein anderes Beispiel. Man hätte sie fast als ein wandelndes Bestimmungsbuch für Gräser bezeichnen können. Dies ging fraglos auf das Vergnügen zurück, das ein junges und ziemlich einsames Kind dabei empfunden hatte, die weiche Grasnarbe der Cotswolds unter den Füßen zu spüren und das Leben in den Tälern durch die dünnen, wogenden Halme am Rand der Steilhänge zu beobachten. Aber es führte dazu, daß sie schließlich das Verbreitungsgebiet sämtlicher Gräser und die Vorlieben von Schafen und Kühen kannte.

Und jetzt merke ich, daß ich da eine Sammlerin von Bruchstücken nutzlosen Wissens beschreibe. Doch das trifft es auch nicht. Und so kehre ich zu meiner romantischen Vorstellung von ihr als einer Nymphe zurück – eines Wesens, das die kollektive Seele von zehn Quadratkilometern Landschaft in sich trug. Man sagt mir, daß dies alles ja ganz hübsch sei, daß ich die Töchter von Geistlichen aber nicht verstehe. Trotzdem vermag ich mir nicht vorzustellen, was sie dazu veranlaßte, eine Gebrauchsgraphikerin in London zu werden. Es bestand nie die geringste Gefahr, daß sie, wie Georgina sagte, eine verbiesterte alte Jungfer würde.

Während der Tage, in denen ich vom Admiral und seinem Frank verhätschelt wurde, bekam ich Benita natürlich ziemlich häufig zu Gesicht und erinnerte mich auf den laienhaften Schulritten mit Nur Jehan an manch anderes aus meiner Jugend. Ich weigerte mich, auch nur einen einzigen Gedanken an die Zukunft zu verschwenden. Wenn der Tiger auf jene schnelle Angriffstaktik vertraut hätte, mit der er am Cottage beinahe erfolgreich gewesen war, hätte er mich erwischt.

Das soll nun nicht heißen, daß mir ein solches Ende willkommen gewesen wäre; doch ich war mir völlig darüber im klaren, daß mir die Einsamkeit des Todes weniger ausgemacht hätte als den meisten meiner Mitmenschen. Die kleine Welt, in die ich da geraten war, war an der Oberfläche so heimelig, so wirklich für ihre Bewohner und dennoch so gänzlich unerreichbar für mich. Die Ferne, die ich empfand, rührte nicht allein von den zwanzig Jahren zwischen mir und Benita her. Ich sah sie alle miteinander als geliebte Schauspieler auf einer Bühne, der ich, der einzige Besucher in dem riesigen, verlassenen Zuschauersaal, nie auch nur nahezukommen vermochte. Ich hätte ein Krüppel sein können. Ich vermute, daß ich in gewisser Hinsicht einer war.

Tante Georgina schien es nicht eilig zu haben, in unsere Vorstadt zurückzukehren. Die Inkompetenz, mit der die Gillons eine so wertvolle und unerwartete Hinterlassenschaft wie Nur Jehan behandelten, erzürnte sie genauso wie Cunobel. Nichtsdestotrotz weigerte sie sich strikt, dem Vikar einzureden, er solle sich von ihm trennen. Der liebe gute Peregrine hatte sie darum gebeten, zu ihm zu kommen und die Sache in geordnete Bahnen zu lenken, und sie war fest dazu entschlossen, dies selbst dann zu tun, wenn sie sowohl die Haushälterin als auch den Stallknecht spielen mußte.

Als sie eines Abends zur geselligen Aperitifstunde mit dem Admiral und mir zusammensaß, wies sie eindringlich darauf hin, daß die Kirche zu gesegneteren Zeiten von dem Vikar von Chipping Marton erwartet hatte, daß er sich ein Pferd und eine Kutsche hielt, und ihm zu diesem Zweck einen Stall und fünf Morgen Weideland zur Verfügung gestellt hatte. Es sei absurd, sich damit zu begnügen, ersteren als Hühnersteige zu benutzen und von letzteren lediglich eine Heuernte einzufahren und zu verkaufen.

»Aber das elende Biest will untertags einfach nichts von seinem Stall wissen und bleibt nur über Nacht darin, Georgi!« protestierte Cunobel.

»Aber natürlich. Der Stall riecht noch immer nach Hühnern. Wir werden dort alle eine Woche lang unsere Mahlzeiten einnehmen, Peregrine, wenn wir ihn auf keine andere Art zurücklocken können. Nur Jehan ist es wert, daß man ein paar Unannehmlichkeiten auf sich nimmt. Er wird langsam bekannt.«

»Herrgott noch mal, er ist die Witzfigur von Badminton bis Banbury!«

»Ich habe nicht übel Lust, ihn auf der westenglischen Leistungsschau in Bath zu zeigen.«

Ich schrieb diese erstaunliche Äußerung dem Einfluß des alten Madeiras zu, den der Admiral hatte auffahren lassen. Es war eine hinterhältige Angewohnheit von ihm, meiner Tante immer wieder zu ihrem feinen Gaumen zu gratulieren. Der alte Charmeur versuchte sic in der Illusion zu wiegen, daß die Zeit 1912 stehengeblieben sei. Und er schaffte es auch. Obwohl er nur über begrenzte finanzielle Mittel verfügte, waren seine Besitztümer, während so vieler Jahre im obersten Führungsstab angehäuft, von verschwenderischer Pracht. Das Arbeitszimmer, in dem wir saßen, hätte das eines Generalgouverneurs sein können.

»Er wird dich lächerlich machen, Georgi! Er läßt dich kurzerhand über seinen Schweif schlittern und wird dann zum Präsidenten hinübertraben und sich zu ihm in die Loge setzen!«

»Aber sie wollen ihn sehen.«

»Wer hat das gesagt?«

»Einer der Schirmherren der Leistungsschau, Peregrine.«

»Welcher? Dem werd ich helfen, sich mit so einer Rakete einzulassen!«

»Er hat mir nicht gesagt, wie er heißt, jetzt wo ich darüber nachdenke. Ein großer, dunkler Mann. Noch keine fünfzig, würde ich sagen, aber recht angegraut und sicher seine neunzig Kilo schwer. Er fragte, ob ich Mrs. von Dennim sei. Weiß der Himmel, wo er das *von* her hat! Charles hat es nie mehr benutzt, seit er englischer Staatsbürger ist, und mein Mann hat von Anfang an darauf verzichtet. Er hatte eine ganz reizende ungezwungene Art! Ich muß ihm schon einmal irgendwo begegnet sein.«

»Kannst du dich noch daran erinnern, wo?« fragte ich.

»Komisch, daß du das sagst, Charles! Ich habe hin und her überlegt. Ich habe sein Gesicht schon einmal gesehen. Oder vielleicht einen Bruder.«

»Beim Einkaufen? Oder in der Reitschule? Oder in unserer Straße?«

»Irgendwo da. Aber es ist nur eine Ähnlichkeit. Ich bin sicher, daß er es nicht selber war.«

»Ich glaube, ich kenne den Kerl, den du meinst, Tante Georgi«, fuhr ich fort, da ich keine andere Wahl hatte. »Er muß mittlerweile schlohweiß sein. Hatte er nicht schwarze Haare und deutlich hervortretende Augenbrauen?«

»Zu Hause?« erwiderte sie, ziemlich verwirrt. »Ja. Mag sein. Aber du weißt ja, wie irgendwer uns an irgendwen erinnert.«

»Wo war das, als er dich angesprochen hat?«

»Drüben hinter Didmarton, Charles, als ich Nur Jehan spazierengeführt habe.«

Der Admiral hatte sein Glas abgestellt und saß wutschäumend in seinem Stuhl. Er hatte noch grimmigere Augenbrauen als die falschen, die jener reizende Schirmherr der westenglischen Leistungsschau in Bath zuweilen trug. Meine Tante, die ein wenig bleich geworden war, bedachte ihn für dieses eine Mal mit einem Blick, der eher einer Bitte denn einem Befehl gleichkam.

»Den Teufel werd ich!« brüllte Cunobel. »Man kann es sich doch an den fünf Fingern abzählen, warum der Junge gefragt hat. Ich finde es verdammt albern, daß niemand endlich Farbe bekennt! Himmeldonnerwetter noch mal!«

»Mein lieber Charles«, sagte meine Tante und gewann dabei ihre gewohnte Fassung zurück, »die Dennims haben schon immer die ärgerliche Angewohnheit gehabt, sich als die Beschützer der weiblichen Familienmitglieder aufzuspielen, und wir wissen alle ganz genau, daß wir nichts, aber auch gar nichts tun können, wenn ihr einmal beschlossen habt, euch wie ein Haufen fahrender Ritter zu benehmen, die bei Nacht und Nebel die Stiefel auf Hochglanz bringen. Damit will ich es gut sein lassen und lediglich hinzufügen, daß ich keine Sekunde lang an deine Eichhörnchen geglaubt habe.«

Ich gab vor, dem nicht folgen zu können. Ich wies darauf hin, daß man meine Beobachtungen in der Regel als präzise und meine Theorien als interessant, wenngleich anfechtbar einstufte.

»Jetzt aber Schluß mit dem Herumgedruckse!« donnerte der Admiral. »Du läßt mich die Sache auf meine eigene Art und Weise regeln, Georgi! Verdammt, ich bin der älteste Freund, den der Junge hat, und ich hätte dir schon alles über seine Sorte erzählen können, als ich noch Seekadett war! Ihre Tante wollte sagen, daß sie weiß, daß die Bombe für Sie bestimmt war und Sie sich deshalb in Ihren ›Bau‹ zurückgezogen haben.«

Völlig absurd, sagte ich. Wenn ich gedacht hätte, daß

die Bombe für mich bestimmt gewesen sei, wäre ich unter Polizeischutz zu Hause geblieben, anstatt mich auf dem Land bloßzustellen. Und was könne es denn schon für ein denkbares Motiv geben?

»Wir beide kennen das Motiv genauso gut wie Sie.«

»Peregrine!« flehte meine Tante.

»Ich werde *nicht* den Mund halten, Georgi. So etwas ist mir mein ganzes Leben noch nicht untergekommen! Da seid ihr euch so innig zugetan und laßt die Fakten schön brav außen vor! Hol's der Henker, Junge, ich hab das Mädchen weinen gesehen!«

Eine weinende Georgina war undenkbar. Aber ich wußte noch immer nicht, woran ich war.

»Ich geb Ihnen mein Ehrenwort, Sir, daß mir keinerlei Grund bekannt ist, warum jemand den Wunsch verspüren sollte, mich zu töten«, sagte ich. »Und wenn Sie oder meine Tante einen kennen, so teilen Sie ihn mir bitte mit.«

»Rache natürlich – bei einer Vergangenheit wie der Ihren.«

Georgina übernahm das Kommando.

»Als du aus dem Krankenhaus gekommen bist, Charles, habe ich mich mit deinem Colonel Parrow unterhalten. Ich habe es dir gegenüber nie erwähnt. Wir hielten es beide für das beste, daß du alles vergißt.«

Das Undenkbare wurde vor meinen Augen Wirklichkeit. Sie weinte tatsächlich.

»Meine Schuld, Georgi!« versicherte ihr der Admiral mit deutlich leiserer Stimme. »Ich hätte das Thema nicht zur Sprache bringen sollen! Aber, Hölle und Teufel, ein von Dennim bei der Gestapo! Gibt es denn nichts, was diesen Spionagemenschen heilig ist? Ich würde sie einen wie den anderen als Kriegsverbrecher aufknüpfen! Ich habe während meiner Zeit bei der Admiralität oft genug gesehen, wie der Hase läuft. Kanaillen! Schnappen sich einen hellen, unbescholtenen Jungen und klopfen ihn weich! Verdammt, die andere Seite wird ihn ja bloß erschießen, wenn sie ihn in die Finger kriegt, wofür es prompt auch noch eine Auszeichnung gibt! Und dieses schmutzige, erbärmliche Spiel schimpft sich dann Abwehr! Man hat ein Recht, einen Mann in den Tod zu schicken, aber man hat keines, ihm so etwas anzutun!«

Der aufrichtige Gefühlsausbruch des Admirals zeitigte Wirkung. Ich vermag nicht zu sagen, was in meinem Kopf vorgegangen war. Ich weiß noch, daß ich drauf und dran war, jenes unerträgliche Haus, das meine Schmach entlarvt hatte, für immer zu verlassen. Doch dieser Protest eines ehrenwerten Kämpfers, daß der dem Feind zugefügte Schaden niemals den der einzelnen Person zugefügten Schaden entschuldigen könne, war, obschon für damalige Verhältnisse exzentrisch, außerordentlich tröstlich.

Seltsamerweise war es meine erste Regung, meine Abteilung in Schutz zu nehmen. Es sei Hitlers Schuld gewesen, nicht die ihre, daß ich bei der Gestapo gelandet war.

»Es gab ein Recht«, sagte ich. »Vielleicht nicht in früheren Kriegen, aber in dem letzten Krieg, in dem unsere gesamte christliche Zivilisation auf dem Spiel stand, gab es keine Grenzen für das, was man verlangen konnte. Wir haben uns um des Glaubens willen an den Teufel verkauft, und es hängt nun von dem Gott in unserem Inneren ab, ob wir auf ewig an den Vertrag gebunden sind. Und niemand kann uns helfen.«

Als ich das gesagt hatte, spürte ich, daß es viel zu dramatisch war und in meinem Fall nicht der Wahrheit entsprach. Ich entschuldigte mich bei Georgina.

»Wieviel hat dir Ian denn erzählt?« fragte ich.

»Dein werter Ian«, sagte sie ungehalten, »hat mir so wenig erzählt, wie es irgend ging. Und er wäre nicht einmal damit herausgerückt, wenn ich nicht darauf bestanden hätte, daß er mir erklärt, warum du deine Auszeichnung abgelehnt hast. Aber ich habe ein Jahr später auch mit der Olga Coronel gesprochen, die du gerettet hast.«

»Konntest du sie davon überzeugen, daß ich nicht ganz der war, der ich zu sein schien?« fragte ich.

Diese Frage, die ich vielleicht mit einem Unterton von Bitterkeit gestellt habe, ließ die gute Georgina sofort zu ihrer altgewohnten Form auflaufen.

»Charles, in allem, was Frauen betrifft, bist du ungemein begriffsstutzig«, verkündete sie. »Glaubst du wirklich, daß sie, eine der scharfsinnigsten und intelligentesten Frauen, denen ich je begegnet bin, nach fünf Minuten mit dir nicht erkannt hat, daß du kein korrupter Gestapo-Offizier, sondern ein selbstloser Agent warst, der unter britischer Direktive sein Leben riskierte?«

Sie erzählte mir alles, was Olga Coronel über mich gesagt hatte; es zeugte fraglos von Höflichkeit. Offenbar war sie eigens aus Belgien herübergekommen, um mich aufzusuchen und mir für Catherine Dessayes und sich selbst zu danken. Aber Georgina und die Psychiater dachten, daß es besser sei, wenn wir uns nicht träfen. Ich kann nicht sagen, ob das richtig oder falsch gewesen war. Es ist mir – zum Glück – nicht mehr in Erinnerung, wieviel Unannehmlichkeiten ich ihnen bis dahin bereitet hatte.

»Wollen Sie wissen, woran es bei Ihnen hapert, Junge?« sagte Cunobel. »Weil Sie keine freundschaftlichen Gefühle für sich selbst empfinden, glauben Sie, daß das auch niemand anderes kann.«

Ich mußte zugeben, daß daran durchaus etwas Wahres war. In den zurückliegenden turbulenten Tagen hatten mir Leute, die über mein Gesicht hinaus kaum einen Anhaltspunkt besaßen, um mich einzuschätzen, erstaunliches Wohlwollen entgegengebracht. Charles Dennim konnte dies nicht verstehen; doch ich vermute, daß es der junge Graf von Dennim zwanzig Jahre früher als selbstverständlich erachtet hätte. War das nun reiner Eigendünkel gewesen, oder hatte er seinen Mitmenschen ganz einfach vertraut?

»Also, jetzt erzählen Sie mal, was Sie seit dem Tod dieses armen Briefträgers so getrieben haben«, fuhr der Admiral fort. »Georgi, du genehmigst dir besser noch einen Madeira.«

Ich gab ihnen die reinen Fakten der Geschichte und stellte das Ganze als eine geradlinige, persönliche Untersuchung dar, die praktisch keinerlei Risiken barg. Ich bemerkte, daß Cunobel Georginas Glas zweimal nachfüllte und sie dies überhaupt nicht gewahr wurde.

»Verstehe«, sagte er schließlich zu mir und deutete dabei ein Blinzeln an. »Nun, Sie haben sehr gute Arbeit geleistet, und jetzt brauchen wir bloß noch dafür zu sorgen, daß die Polizei seine Identität ermittelt. Georgi, das war alles ein großer Schock für dich. Möchtest du dich ein wenig hinlegen, bevor du nach Hause gehst?«

Ich habe meine Tante noch nie so bewundert wie in diesem Augenblick. Sie erhob sich mit konzentrierter, maskuliner Würde steif von ihrem Stuhl.

»Ich habe seiner Mutter versprochen, daß ich mich um ihn kümmern würde, und das werde ich auch«, sagte sie.

»Ich wußte gar nicht, daß du sie nach 1914 noch einmal gesehen hast!« stieß der Admiral hervor, von seiner Verblüffung zu einer leichten Taktlosigkeit verleitet.

»Um ihr ein Versprechen zu geben, Peregrine, bestand für meine Schwester keinerlei Notwendigkeit, am Leben zu sein.«

Sie unterdrückte einen Schluckauf und schritt kerzengerade zur Tür.

»Ich werde mich jetzt für zehn Minuten zurückziehen, und ich werde nach Frank läuten, wenn ich irgend etwas brauche«, sagte sie.

Als wir sicher waren, daß sie es sich in dem Schlafzimmer neben dem meinen bequem gemacht hatte und wie ein Kind schlief, ließ mich Cunobel meine Geschichte noch einmal erzählen und entlockte mir die Wahrheit. Sein Verstand war noch immer so scharf wie seine Zunge, und er hatte recht, als er behauptete, er kenne meine Sorte. Er vermittelte mir das Gefühl, der Kapitän eines schnellen Kreuzers zu sein, der gerade von einer erfolgreichen Erkundungsfahrt zurückgekehrt war.

»Haben Sie das Schreiben von Ihrem Mittelsmann aus dem Wiener Justizministerium dabei?« fragte er.

Ich zog es aus meiner Brieftasche hervor und gab es ihm mit der Warnung, daß es in Deutsch sei.

»Und was glauben Sie, haben Zweite Marineattachés vor 1914 in Wien gemacht?« schnaubte er. »Sie haben sie nicht dorthin geschickt, um Walzertanzen zu lernen! Ihre Frau Mutter und Georgi fanden mein Deutsch damals so lustig wie eine Varieténummer. Aber als ich zwei Kriege hinter mir hatte, hätte ich für Großadmiral Raeder die Befehle schreiben können!«

Er setzte seine Brille auf und las den Brief zweimal ganz langsam durch.

»Als Sie sagten, Sie wüßten nicht, warum jemand den Wunsch verspüren sollte, Sie zu töten, dachte ich schon, Sie wollten sich nur herausreden«, bemerkte er. »Aber jetzt verstehe ich, was Sie meinen. Warum Sie? Warum dieser Sporn, Dickfuss und Weber, wenn es Dutzende anderer genauso mieser Dreckschweine gab? Und außerdem sind Sie sicher, daß dieser Kerl zu Ihrer Zeit weder mit noch ohne seine Augenbrauen in Buchenwald war. Niemand kennt seine Identität. Niemand kennt seine Motive. Und wenn Sie sich nicht auf die Hinterbeine gestellt hätten, würde auch niemand sein Gesicht kennen.«

»Finden Sie, daß ich recht hatte?« fragte ich mit einigem Erstaunen, da ich erwartet hatte, daß er denselben Standpunkt einnehmen würde wie Ian.

»Recht? Natürlich hatten Sie recht! Ich bin davon überzeugt, daß die deutsche Polizei genauso tüchtig ist wie die unsere, und sie braucht sich auch keinerlei Zwang aufzuerlegen. Aber er hat sie geschlagen. Ich habe gerade genug Vertrauen in die Leute von Scotland Yard, um zu glauben, daß sie ihn erwischen würden, wenn er Sie umbrächte – besonders, wenn man bedenkt, was Ihr Colonel Parrow und ich ihnen alles erzählen könnten. Aber solange er das nicht tut, sind sie hilflos.

Sollen wir sie einschalten? Tja, das ist Ihre Sache, Charles. Es ist Ihr Leben. Anhand Ihrer Beschreibung könnten sie bestimmt seine ganzen Aktivitäten in Ihrer Vorstadt rekonstruieren und feststellen, wie und wann er Sie beobachtet hat. Dann werden sie natürlich Soho und North Kensington durchkämmen, weil sie das immer tun. Das wird ihnen aber nicht viel nützen, wenn der Gesuchte so angesehen ist, daß er selbst Chief Constable sein könnte. Trotzdem, nehmen wir einmal an, sie kommen dem richtigen Mann auf die Spur und richten sich darauf ein, ihn wegen des Mordes an dem Briefträger zu verhaften. Erzählen Sie mir bloß nicht, daß er den Braten nicht schon riechen würde, bevor sie auch nur dazu kämen, ihm einige wenige, höfliche Fragen zu stellen? Und dann? Dann ist er weg und wartet bis nächstes Jahr, um Ihnen eine vor den Bug zu knallen!

Ich will Ihnen was sagen, Junge! Ich glaube, Sie täuschen sich, wenn Sie sagen, daß er die Art von Mensch ist, der im Club an meinem Tisch zu Mittag essen könnte. Vom Typ her mag das zutreffen. Aber er kann in England nicht wirklich bekannt sein. Stellen Sie sich einmal vor, was passieren würde, wenn er das wäre! Da ist er also, pendelt alle Nase lang nach Woburn und schleicht in Ihrem Bezirk herum. Wenn er eine Menge Freunde hätte, würde er doch sicher früher oder später auch einem davon begegnen. ›Du lieber Himmel, Dick, was ist denn mit deinen Haaren und Augenbrauen passiert? Hast du den Friseur gewechselt?‹ Und dann spricht es sich wie ein Lauffeuer überall herum. Verstehen Sie, was ich meine?«

Er hatte fraglos recht. Also besaßen wir ein überzeugendes Bild von einem Mann, der England wie seine Westentasche kannte, aber hier nur sehr wenige Freunde hatte – oder aber so lange nicht im Lande gewesen war, daß ihn seine Freunde nicht ohne weiteres erkennen würden.

»Eine reine Vermutung, Charles!« fuhr er fort. »Zwecklos, damit zur Polizei zu gehen. Die will Fakten, wie ihr Wissenschaftler, nicht bloß intelligente Mutmaßungen. Aber auf diese Weise kann man keinen Krieg gewinnen – nicht einmal Ihren privaten. Alles, was man überhaupt nur vom Feind weiß, sind Mutmaßungen.«

Ich sagte, daß das Tempo und die Genauigkeit der Mutmaßungen auf der gegnerischen Seite schon an Hellseherei grenzten. Ich könne nicht begreifen, wie er es geschafft habe, binnen acht Tagen meine Fährte aufzunehmen und auch schon erste Erkundungen anzustellen.

»Das versteht sich von selbst! Ein Mann, dem die Angst im Nacken sitzt, sieht den Wald vor lauter Bäumen nicht. Haben Sie nicht gesagt, Ihr Isaac Purvis hätte ihn auf dem Rückweg von den Dachsen zum Long Down gesehen und seine Route würde ihn an Ihrem Cottage vorbeiführen? Nun, wo war da mein Brief an Sie?«

»Er lag im Hausgang in Türnähe auf dem Boden.«

»Massenhaft Zeit, um ihn über Dampf zu öffnen, während Sie in dem Brombeerbusch festsaßen!«

Ich bezweifelte das. Er hatte nicht massenhaft Zeit gehabt – allerhöchstens fünf oder zehn Minuten, und die würde er dazu benützt haben, um das Cottage zu umkreisen und sich zu vergewissern, daß es leer und unbewacht war, nicht um über Dampf Briefe zu öffnen. Es entsprach nicht seinem Naturell, unnötige Risiken einzugehen.

Abgesehen davon hatte Cunobel aber recht. Der Umschlag seines Briefes hatte etwas unansehnlich ausgesehen, was mich vermutlich stutzig gemacht hätte, wenn ich seinen Reinlichkeitssinn damals schon so gut gekannt hätte wie jetzt. Der Besucher hatte schlicht und einfach mit einem scharfen Messer die Lasche hochgehoben und sie danach wieder fest angedrückt. Wenn er irgendwelche ins Auge stechenden Spuren hinterlassen hätte, wäre er einfach mit dem Brief abgezogen, und ich wäre so klug gewesen wie zuvor.

Ich bat Cunobel um seinen freimütigen Rat – als meinen ältesten Freund, als den ich ihn wirklich zu empfinden begann.

»Wie steht es mit Ihren Nerven?« grunzte er.

Ich erwiderte, daß sie in Ordnung zu sein schienen, aber offenkundig meine Wachsamkeit beeinträchtigten.

»Schlafen Sie gut?«

»Gelegentlich.«

»Ist Ihnen schon jemals der Gedanke gekommen, daß Sie der Öffentlichkeit einen Dienst erweisen?«

Ich wollte nicht zugeben, daß ich einmal in einem Zustand blinder Panik auf einer harmlosen Straße dahingetappt war und mich mit ebendiesem Gedanken getröstet hatte.

»Nun, so verhält es sich aber. Wie viele Fehler hat er außer dem armen Briefträger noch gemacht, von denen wir nichts wissen? Es ist eine üble Geschichte, Junge. Ich habe bei der Admiralität einmal einen Fall erlebt, der auch nicht gerade von Pappe war. Anonyme Briefe von einem armen Teufel, der uns aufforderte, unseren Frieden mit Gott zu machen, weil er die Pflicht habe, uns alle zu erschießen. Er entpuppte sich als Fregattenkapitän im Ruhestand, der völlig den Verstand verloren hatte und sich sonst nie etwas davon anmerken ließ. Die Sonderabteilung von Scotland Yard hat sich mit seiner Aufstöberung verteufelt schwer getan.

Ich weiß noch, was mir der Leiter der Aktion gesagt hat. Politische Attentäter – pure Routinesache! Kriminelle Geisteskranke – lästig, aber sie gingen davon aus, daß sie sie über kurz oder lang erwischen! Was ihnen ziemliche Albträume bereitet, ist der potentielle Mörder, der mit Politik nichts am Hut hat, keinen Umgang mit Verbrechern pflegt, durch sein Verhalten nicht aus dem Rahmen fällt. Sobald man den Stachel, der ihm im Fleisch sitzt, einmal geortet hat, ist es nicht weiter schwierig, seine Identität zu ermitteln! Aber wenn man keinerlei Hinweise auf seine Motive hat und er einigermaßen ausgebufft ist, legt er eine beträchtliche Anzahl von Männern lahm, da man sie zu simplen Überwachungsaufgaben einteilen muß.

Tja, in einem Fall wie dem Ihren würde die Sonderabteilung meines Erachtens nach versuchen, dem Kerl eine Falle zu stellen. Einen Köder auslegen. Also genau das tun, was Sie auch tun. Aber die Sache würde nie über die Bühne gehen, ohne daß hinter jedem Busch ein Ordnungshüter hockt. Ihre Methode ist besser, aber sie gefällt mir nicht. Sie bleiben weiter schön bei mir, Charles. Er kann hier nicht sehr viel gegen Sie ausrichten. Lassen Sie uns kaltes Blut bewahren und abwarten, ob er einen Fehler macht!«

Das war nur zu wahr. In Chipping Marton war ich selten allein, und meine Aktivitäten unterlagen keiner Regelmäßigkeit. Jener Schirmherr der westenglischen Leistungsschau konnte sich nur als Beobachter betätigen. Er hatte wenig Möglichkeiten zu einem Angriff, ohne gesehen zu werden. Solange ich mich beim Admiral aufhielt, war unser Spiel bis auf weiteres unterbrochen, und ich konnte mich ausruhen.

Aber Ruhe ist eine Frage des Gefühls. Es gelang mir nicht, richtig abzuschalten. Und dies war um so peinvoller, als ich wußte, daß ich zum ersten Mal seit zwanzig Jahren alle Voraussetzungen zum Glücklichsein besaß. Da war eine neue, innige Wärme zwischen Georgina und mir. Da war die Dressur von Nur Jehan. Da war meine Freude an dem Kind, Benita – eine getrübte Freude, da ich mir selber gegenüber betonen mußte, daß sie, im Vergleich zu einem Mann von dreiundvierzig Jahren, ein Kind war. Und das alles vergällt, weil ich mich nicht ohne eine entwürdigende Kleinkaliberpistole in meiner Tasche bewegen konnte!

Benita hatte kaum Interesse an Pferden. Sie konnte natürlich reiten. Darum hatte sich der örtliche Pony-Club gekümmert, noch bevor sie zwölf wurde – und ihr zugleich eine nachhaltige Abneigung gegen den Pferdekult und seine Priesterinnen eingeflößt. Tante Georgina mit ihrer nüchternen, aus dem neunzehnten Jahrhundert entlehnten Einstellung war eine Ausnahme gewesen. Sie tat übertriebenen Enthusiasmus mit einem Achselzucken ab und hielt an dem schlichten Grundsatz fest, daß ein vernünftiger Mensch über die Vorgänge in seinen Stallungen genau unterrichtet sein müsse, so wie der moderne Autofahrer genug wissen sollte (es aber nicht tut), um seiner Werkstatt präzise Anweisungen zu geben.

Also ging Benita auf dem Land spazieren. In London, schlußfolgerte ich, nie. Ich konnte es, ohne unhöflich zu erscheinen, nicht vermeiden, sie auf diesen gelegentlichen Wanderungen zu begleiten, und ich wollte das auch gar nicht. Aber sie kam sehr schnell hinter meine Vorliebe für die offenen, windgepeitschten Höhen der Cotswolds.

Sie führte mein Gebaren auf ein wunderliches Leben und einen gefährlichen Krieg zurück. Soviel hatte ihr Georgina erzählt. Doch ob sie deshalb nun dachte, ich bräuchte einen Exorzisten oder Psychiater, konnte ich nicht sicher sagen, und sie, denke ich, ebenfalls nicht.

Eines Nachmittags sagte sie ruhig zu mir:

»Es ist nichts hinter Ihnen, Charles.«

Ich hatte zweimal über die Schulter geblickt, als wir die Sohle eines trockenen Tales entlanggingen. Der schüttere Stechginsterbewuchs der steilen Hänge wurde immer wieder von Wildpfaden mit einer geräuschdämpfenden Grasnarbe durchschnitten. Es war ein Leichtes, völlig unbemerkt in kurzen Sprints von oben herunterzukommen, bis die Schußweite nur noch zehn Meter betrug, und in meinem Rücken lächelte fortwährend jenes entschlossene, dunkle Gesicht. Um das, was vor mir lag, kümmerte ich mich nicht. Die Vögel hätten mich rechtzeitig gewarnt.

Ich entschuldigte mich für meine Unrast.

»Aber Sie sehen aus, als ob Sie wirklich etwas erwarteten«, sagte sie.

»Das ist bei einem Naturforscher immer so. Der Beobachter beginnt, den Beobachteten zu ähneln.«

»Fürchten sich Tiere denn die ganze Zeit?«

Ich antwortete, daß ich das nicht glaubte – jedenfalls nicht in unserem Sinn des Wortes –, daß Furcht aber nie weit von der Oberfläche entfernt sowie durchaus erträglich war und vielleicht sogar Genuß bereitete. Theoretisch muß alles, was die Art erhält, Genuß bereiten: die Paarung, das Stillen des Hungers und das Füttern der Jungen. Ein Hase etwa empfindet ein flagrantes Triumphgefühl, wenn er knapp entkommt; sein leichtfüßiger Galopp drückt eine fast schon arrogante Selbstsicherheit aus. Extreme Gefahr bereitet etlichen Soldaten Vergnügen – selbst kultivierten, feinfühligen Soldaten. Und gibt es in Amerika nicht junge Dummköpfe, die in der Mitte der Straße mit Autos aufeinander zurasen, um zu sehen, wer das Steuer als erster zur Seite reißt?

»Die ganze Zeit, rings um uns her«, sagte ich, »zieht der Tod seine Erkundungen ein.«

»Aber es ist das Leben, vor dem Sie sich fürchten«, gab Benita zurück.

»Weil ich mich umsehe?« fragte ich lachend.

Sie hielt dies lediglich für eine unbewußte Geste. Wenn ich mich so verhielte, als ob ich von etwas heimgesucht würde, sagte sie, dann nur, weil ich ständig auf mein Leben zurückschaute, anstatt nach vorn zu blicken. Der Vorwurf enthielt genügend Wahrheit, daß ich ihn ohne Verlegenheit hinnehmen konnte.

Doch die Heimsuchung war weiß Gott wirklich genug! Ich hatte dauernd das Gefühl, beobachtet zu werden, obwohl ich heute glaube, daß ich das zu diesem Zeitpunkt nicht wurde. Zumindest physisch nicht. Der Tod war in seinem Hauptquartier und sammelte die Berichte seiner Spitzel ein.

Nur Benita hatte etwas an mir auszusetzen. Ihr Vater nicht. Dazu hatte er auch keinen Grund. Das Bindeglied zwischen uns – das einzige Bindeglied, das ich zuließ – war Nur Jehan. Da er Georgina und Benita nicht gehorchte und Gillon auf seinem Rücken zu nachsichtig war, konnte nur ich damit beginnen, ihn zum Reitpferd auszubilden.

Es war wirklich nicht gerecht, den Vikar unpraktisch zu nennen. Woran es ihm mangelte, war Kapital, nicht gesunder Menschenverstand. Er war ein ungemein liebenswerter Mann, ungekünstelt, vollauf imstande, sich außerhalb der Kirche den Respekt seiner Gemeinde zu verschaffen und in der Kirche die nötige Aufmerksamkeit. Seine einzige Sorge – eine ernste Sorge – war das Pfarrhaus von Chipping Marton, das er nicht einmal in einem ordentlichen baulichen Zustand erhalten konnte. Er bestand zu Recht darauf, daß wenigstens der Garten genügend abwerfen solle, um die Kosten für das Gebäude zu decken.

»Mein lieber Dennim«, sagte er einmal zu mir, »Sie sind ein Mann von Welt. Als solcher finden Sie wahrscheinlich auch, daß es nur billig ist, wenn ich aus dem Pfarrhaus eine Pension mache oder meine Mußestunden, sofern ich welche habe, dazu benütze, irgendeinem harmlosen Gewerbe beziehungsweise einer Heimarbeit nachzugehen.«

Ich fand das nicht – und da ich wußte, daß er meine Auffassung teilte, sprach ich es offen aus.

»Die Grenze des Erlaubten«, fuhr er fort. »Ja, die hat man schnell erreicht. Vor zweihundert Jahren bestellte der Vikar von Chipping Marton das Land und ernährte so seine Familie. Wir heutigen Geistlichen haben dazu keine Zeit und offenbar auch nicht die Fertigkeit. Trotzdem, etwas hervorzubringen, etwas gedeihen zu lassen, etwas zu schaffen – soviel ist einem Diener des Schöpfers nach meinem Dafürhalten gestattet. Ich habe meine Freizeit mit einigem Erfolg auf Spezialzüchtungen verwendet. Man findet die *Gloxinia Rev. Matthew Gillon* in fast allen Gartenkatalogen, obwohl ich bezweifle, daß sie mir auch nur fünfzig Pfund eingebracht hat. Ich habe Tomaten und Erdbeeren angebaut, um Saatgut zu gewinnen. Admiral Cunobel war skeptisch, aber ich konnte Benita in London finanziell unterstützen, bis es sich herausstellte, daß die Sorten, die man mir empfohlen hatte, äußerst krankheitsanfällig waren. Ich denke, daß Nur Jehan zu jener Kategorie von harmloser Schöpfung gehört, die ich mir selber zugestehe. Mein Gewissen beharrt darauf, daß die Haltung eines so schönen Tieres zu Zuchtzwecken einen wertvollen Dienst für die Allgemeinheit darstellt.«

Das eigentliche Problem war, daß Gillon nie begriff oder es sich nicht leisten konnte zu begreifen, daß Kapital unerläßlich war, um die Ergebnisse seines Fleißes zu konsolidieren. Aber, eine Glückssträhne einmal vorausgesetzt, dies wäre es vielleicht gar nicht gewesen. Der Admiral, obwohl ein Spötter, hatte seinem Vikar bis zur Ankunft Nur Jehans nie etwas am Zeug geflickt. Erdbeeren und Tomaten konnten wenigstens nicht auf der Suche nach Zuneigung über die Dorfstraße hinabgaloppieren oder sich schwelgerisch in dem ungemähten Gras eines aufgebrachten Nachbarn wälzen.

Matthew Gillon war unnötigerweise dankbar und hegte immer große Furcht, ich könne meine Interessen seinen Angelegenheiten opfern. Er sammelte von seinen Gemeindemitgliedern unverdrossen schriftliche Naturbeobachtungen ein, da er glaubte, daß mir diese eventuell von Nutzen wären, und er drängte seine Tochter, die über alles, das sie wirklich hochschätzte, mit vollem Recht Stillschweigen bewahrte, mir die geheimen Plätze ihrer Kindheit zu zeigen.

Benita brachte meinem Beruf jedoch keine sehr freundlichen Gefühle entgegen, da sie ihm die jähen Anfälle von Zerfahrenheit zuschrieb, die unsere Gespräche unterbrachen. Und sie war nicht an Ursachen, sondern einzig an Wirkungen interessiert. Wenn man mit seinem Bleistift die wesentliche Mechanik einer Vogelschwinge und den fast unmerklichen Wandel in der Schattierung einfangen kann, der auf einer offenen Hügelfläche den Übergang von einer Grasart zu einer anderen markiert, sind bloße Worte nichtig und das Mikroskop irrelevant.

Manchmal ließ sie sich aber doch dazu herab, Informationen preiszugeben, und zwar mit der Art von Stimme, die man von einer Nymphe erwarten würde, die soeben von einem Zoologen mit einer dunkel getönten Brille überrascht worden ist. Eines Nachmittags, als ihr Vater und ich den Stall ausmisteten und sie Leder abseifte, bemerkte sie:

»Es gibt Eichhörnchen in der Wen-Acre-Schonung, wenn Sie welche beobachten wollen.«

Die Schonung bestand zu gleichen Teilen aus Koniferen und Buchen und lag am Ende des trockenen Tales, wo Benita und ich spazierengegangen waren – ein frühes und höchst erfolgreiches Versuchsprojekt der Forstbehörde, das sich ebenso natürlich in seine Umgebung fügte wie jedes andere Gehölz in den Cotswolds. Es verdiente seinen künstlichen Namen zu verlieren und der Wen-Acre-Wald genannt zu werden.

»Wie blind wir doch sind!« stieß Gillon hervor. »Ich bin diese Straße acht Jahre lang jede Woche entlanggefahren.«

Ich deutete darauf hin, daß es ziemlich unwahrscheinlich sei, daß er ein Eichhörnchen zu Gesicht bekäme, wenn er mit dem Auto am oberen Ende der Schonung entlangfuhr.

»Und letztes Jahr, Daddy«, fügte Benita hinzu, »waren sie sowieso noch nicht da.«

»Wirklich nicht? Na, die kleinen Racker haben die ideale Heimstatt gefunden. Du liebe Güte, ich habe seit der Zeit vor dem Krieg kein Eichhörnchen mehr gesehen! Ich werde ganz bestimmt anhalten, wenn ich dort morgen vorbeikomme.«

Als ich ihn am folgenden Abend sah, war er noch voller Begeisterung und Demut. Er hatte sich früh zu dem bettlägrigen alten Schäfer aufgemacht, den er allwöchentlich besuchte, und da er dabei am Oberrand der Schonung vorübermußte, war er eine Stunde unter den Bäumen umhergeschweift.

»Drei habe ich mit Sicherheit gesehen«, verkündete er, »und ich glaube, es waren sogar vier. Ich dachte, ich hätte auch den Kobel gefunden, mußte mir aber auf dem Heimweg eingestehen, daß es nur ein altes Elsternnest war.«

Er erzählte uns, wie er zwanzig Minuten lang völlig stillgehalten hatte – der Laie denkt immer, daß alles über zehn Minuten ein Wunder an Geduld darstellt – und daß eines der Eichhörnchen tatsächlich bis nahe vor seine Füße gekommen war, so zutraulich wie ein Grauhörnchen in einem Park.

»Ich bin ein großes Wagnis eingegangen«, fuhr er fort. »Ich habe ihm ein Stück von einem Keks angeboten. Es hat es in seine Pfoten genommen und gegessen, wobei es mich die ganze Zeit angesehen hat. Ich – ich war verblüfft! Und geschmeichelt! Was meinen Sie, Dennim, habe ich mir zuviel herausgenommen?«

»Ach, Daddy, das war das Haustier von irgend jemandem!« sagte Benita.

Es mußte natürlich ein Eichhörnchen gewesen sein, das von Menschenhand aufgezogen und dann freigelassen worden war. Aber ich wollte dem Vikar seine Vision von sich selbst als einem ergebenen Jünger des heiligen Franz von Assisi nicht verderben. Er konnte nämlich mit Fug und Recht stolz darauf sein, daß er sich vorsichtig bewegt und einen Eindruck von heiligenmäßiger Harmlosigkeit erweckt hatte. Ein zahmes Tier braucht nicht lange, um genauso wild zu werden wie seine freilebenden Artgenossen.

Ich konnte mich nicht der Versuchung erwehren, selber hinaufzugehen und mir die Eichhörnchen anzusehen. Ich ging allein, da es unmöglich gewesen wäre, Benita zu erklären, weshalb ich mir solche Mühe gab, Deckung bietenden Gebüschen auszuweichen, bis ich wußte, daß sich niemand darin verbarg. Es waren insgesamt vier, prächtige kleine Tiere, deren Schwänze etwas dunkler waren als es gemeinhin der Fall ist. Ich schaffte es ebensowenig wie der Vikar, die Kobel ausfindig zu machen. Normalerweise wäre das eine Herausforderung gewesen, und ich hätte ein paar Wochen darauf verwandt, das Familienleben der beiden Pärchen eingehend zu studieren. Aber ich war ungeduldig. Meine Zeit war vollauf ausgefüllt. Nur Jehan hatte soeben begonnen, im Ruder zu laufen, wie es der Admiral formulierte, und zwar auf bloßen Schenkeldruck.

Außer beim Abendessen bekam ich ihn selten zu Gesicht, da sich seine örtliche Gewaltherrschaft über sein eigenes Dorf und Pfarrhaus hinaus erstreckte und er all den üblichen geschäftigen Komitees angehörte, wo er mit seiner unverblümten Art ebenso gefürchtet wie unentbehrlich war. Er betrachtete es als seine Pflicht als Gastgeber, seinen Besuchern die mit diesen Aktivitäten einhergehenden Teegesellschaften und Mittagstische zu ersparen, so daß ich nicht schlecht staunte, als er mir mitteilte, daß ich ausdrücklich in eine Einladung von General Sir Thomas Pamellor mit eingeschlossen worden war.

»Wer ist das?« fragte ich.

»Der ranghöchste Kommißkopp der Grafschaft«, sagte der Admiral. »Aber er tischt einem den besten Lunch außerhalb Londons auf, wenn man seine Gesellschaft verkraftet.«

»Was ist denn mit ihm?«

»Er ist ein gräßlicher Langweiler, Junge, das ist mit ihm! Großer Gott, als Thomas seinen Abschied nahm, mußten sie zusätzliche Polizeikräfte anfordern, um die Feierlichkeiten in Whitehall zu überwachen! Es hatte solche Auswüchse angenommen, daß niemand, der in diesem Land irgendeine verantwortliche Position innehatte, mit einem Besucher aus Frankreich reden konnte, ohne daß Thomas vorher vorbeischaute und ihm auseinanderlegte, welche Bemerkungen er sich besser verkniff. Hol's der Henker, wenn es irgend etwas gibt, das wir und die Franzosen nach tausend Jahre Spiel und Spaß nicht voneinander wissen, ist dieser Schafskopf der letzte, der es herausbekommt! Aber sein Koch, Junge! Den darf man sich nicht entgehen lassen! Ein Jammer, daß wir Frank nicht mitnehmen können. Er würde vielleicht das eine oder andere aufschnappen.«

Sir Thomas Pamellor ließ mich sofort an eine frisch gefangene Garnele denken. Nicht, daß er klein war, aber von seinen Augenbrauen und seinem Schnurrbart standen in grotesken Winkeln Haare ab, und sein Kolorit war genau die richtige Mischung aus sandfarben und grau. Lady Pamellor war eine etwas kleinere Garnele, aber gekocht. Sie war leuchtend rosa und hatte ziemlich viel Rosa in ihrem Kleid. Sie glotzte ihren noch immer lebenden Gefährten voll Bewunderung an. Es gab nicht viel, was sie sonst tun konnte, da Sir Thomas alle sechs Gänge hindurch einfach nicht aufhörte, uns mit Auszügen aus seinen ungeschriebenen Memoiren zu traktieren.

»Ehrlich, ich habe nie einen Franzosen getroffen, mit dem ich nicht ausgekommen wäre«, sagte Pamellor. »Ich war damals zwar bloß ein Colonel, aber wann und wo immer es Schwierigkeiten mit den Franzosen gab, hat Churchill dieselbe Order ausgegeben: laßt Pamellor auf sie los!«

»Sehr richtig!« pflichtete ihm der Admiral schelmisch bei. »Du bist der letzte, bei dem sie argwöhnen würden, daß er in tiefen Wassern fischt.«

»Genau, Cunobel! Ein einfacher Soldat und eine einfache Verbindung. Davon kann es gar nicht genug geben. Alsdenn, *mon vieux*, hab ich immer gesagt, die britische Politik sieht so aus! Und ich habe sie ihm erklärt. Und die französische Politik sieht so aus! Und ich hab sie ihm auch erklärt. Dann brauchten wir nur noch unserer eigenen Wege zu gehen und die Sache ins Rollen zu bringen.«

»Er spricht ein solch *außerordentlich* schönes Französisch«, sagte Lady Pamellor, was ihren einzigen Beitrag zur Unterhaltung darstellte.

Und schon legte er wieder los.

»Erklären Sie mir einfach, was Sie wollen, hab ich zu de Gaulle gesagt, und ich werd mich darum kümmern, daß sich Churchill Ihren Wünschen anschließt. Soweit ihm dies möglich ist, versteht sich, soweit ihm dies möglich ist! Unsere eigene Armee, die war das Problem. Ich erinner mich an einen unserer obersten Kommandeure. Sein Name tut nichts zur Sache. ›Noch so etwas von Ihnen‹, hab ich gesagt, ›und ich schicke eine Meldung direkt ans Kabinett.‹«

»Und haben Sie das getan?« fragte Cunobel.

»Du lieber Himmel, ja! Ich hab immer Meldungen direkt ans Kabinett geschickt. Ich weiß noch, wie mich ein Major des Deuxième Bureau, als ich nach dem Krieg in Paris war, darauf hinwies, daß sie von allen Kopien besäßen.«

»Sie haben Ihren Code geknackt, meinen Sie?«

Der Admiral würgte und tat nach besten Kräften so, als habe sich eine Trüffel in seine Luftröhre verirrt.

»Heiliger Strohsack, nein! Meine kleine Sekretärin hatte die *En-clair*-Abzüge aus dem Papierkorb gestohlen. ›Sei's drum!‹ habe ich zu dem Major gesagt. ›Ich erzähle meiner Regierung nichts, das ich nicht jederzeit auch der Ihren erzählen würde.‹ Schade, daß ich nicht mehr Einfluß auf die Politik hatte! Ich hätte uns zu einer einzigen Brüderschar machen können.«

Nachdem Lady Pamellor anmutig davongeschwommen war und sich unter den Felsen im Salon versteckt hatte, nötigte uns Sir Thomas dicke Zigarren und einen der edelsten Kognaks auf, die ich je gekostet habe. Ich kann mir gut vorstellen, daß die Franzosen das Gerücht ausstreuten, sie fänden ihn nützlich.

»Wie ich höre, haben Sie leichte Unannehmlichkeiten gehabt, Dennim«, sagte er.

Ich schloß mich flugs den paar tausend Europäern an, die es für klug erachtet haben mußten, Sir Thomas mit ihrer Offenheit zu beeindrucken.

»Unannehmlichkeiten?« fragte ich verwirrt. »Nein.«

»Bombe, mh?«

»Wo haben Sie das gehört?«

»Sollen wir sagen, ich habe es in der Zeitung gelesen?« erwiderte der General plump diplomatisch.

Cunobel war großartig.

»Verdammte Zyprioten!« rief er aus. »Aber sie wollten die Sache ja partout nicht dem Heer überlassen, als ich ein Junge war! Haben einen Panzerkreuzer losgeschickt, ordentlich Dampf gemacht und ihnen von den Geschütztürmen aus gezeigt, wo's langgeht!«

»Zyprioten?« fragte Sir Thomas. »Man hat mir nicht gesagt, daß Sie in Zypern gewesen sind.«

»Ich bin an vielen Orten gewesen, mein lieber General«, antwortete ich geheimnisvoll. »Und wer genau ist nun mit diesem *man* gemeint?«

Er war ein wenig aus dem Konzept gebracht. Er hatte offenbar gedacht, daß er leichtes Spiel haben und mit der berühmten Pamellorschen Freimütigkeit spornstreichs zum Ziel gelangen werde.

»Es gibt keinen Grund, warum ich es Ihnen nicht verraten sollte«, sagte er. »Die französische Polizei hat sich direkt an mich gewandt. Sie will wissen, ob Sie irgendeine Beschreibung des Mannes liefern können, der die Briefbombe geschickt hat.«

»Nein, das kann ich nicht«, erwiderte ich. »Und Scotland Yard weiß sowieso alles, was ich weiß. Aber wie hat die Sûreté herausgefunden, daß ich mich irgendwo in Ihrer Nähe aufhalte?«

»Keine Ahnung. Ich vermute, daß Scotland Yard mit soviel herausgerückt ist, dann aber keine weiteren Auskünfte mehr liefern wollte. Wie kleinlich! Ich könnte ihnen ein halbes Dutzend erstklassiger Leute empfehlen, die die Zusammenarbeit mit der Sûreté so verbessern würden, daß sie nicht wiederzuerkennen ist. Aber da liegt der Hund begraben! Sie haben die ganze Zeit gegen das britische Mißtrauen anzukämpfen! Was wäre also natürlicher, als sich an mich zu wenden? Unser guter Freund Pamellor, sagt irgend jemand, versteckt sich ein paar Kilometer von Chipping Marton entfernt in seiner kleinen *gentilhommière. Lui, il fera notre affaire!*«

»Ich wünschte wirklich, ich könnte Ihnen weiterhelfen«, sagte ich wahrheitsgemäß. »Aber, um ganz offen zu sein, weiß ich nicht einmal mit Bestimmtheit, ob die Bombe, die den Briefträger getötet hat, an mich adressiert war.«

»Darf ich das weitergeben, Dennim?«

»Selbstverständlich. Kam die Anfrage aus Paris?«

»Von ganz oben. Aber es ist gut möglich, daß sie eine inoffizielle Anfrage aus einem der Departements weitergeleitet haben. Wir alten Kameraden aus der Resistance sind einander behilflich, ohne Fragen zu stellen.«

Wir zogen uns zum Kaffee in den Salon zurück, wo der Admiral mit Lady Pamellor irgendein heikles Problem mit den Pfadfinderinnen und der Mittelschule diskutierte, während der General mir einen Vortrag über die Blindheit des Außenministeriums hielt. Als wir endlich loskamen, drückte Cunobels Fahrstil seine Gefühle aus. Er donnerte eine Meile lang geradeaus, brauste mit quietschenden Reifen um zwei Kurven und hielt an.

»Was halten Sie davon, Charles?«

Ich sagte, daß es unglaublich schien, ich aber sicher sei, daß man sich wirklich aus Frankreich an Sir Thomas gewandt habe.

»Sie denken doch nicht, daß Kamerad Schnürschuh selber hinter Ihnen her ist?«

»Das ergäbe keinen Sinn.«

»Oder ein Freund von ihm?«

»Das könnte sein. Es ist sogar wahrscheinlich. Ich kann mir lebhaft vorstellen, wie er über seiner Karte hockt und hin und her überlegt, wen er im Umkreis eines Tagesrittes von Chipping Marton kennt oder mal gekannt hat. Aber ich glaube nicht, daß er es riskieren würde, Sir Thomas selbst zu schreiben oder ihn gar aufzusuchen. Noch nicht. Und warum sollte er das auch, wenn er einen französischen Beamten dazu bewegen kann, es für ihn zu tun?«

»Aber verdammt, der Mann, den wir suchen, ist Engländer!«

»Wenn das zutrifft, dann hat er in Frankreich ein paar sehr einflußreiche Freunde.«

Wir saßen dort im Auto und versuchten, uns Klarheit zu verschaffen, kamen aber nicht weiter als bis zu der unumstößlichen Tatsache, daß der Tiger wissen wollte, ob ich ihn erkennen konnte oder nicht. Das bewies, daß er nicht den leisesten Verdacht hegte, daß ich ihn in Muße in Augenschein genommen hatte; aber er konnte ja auch nicht sicher sagen, wieviel ich von meinem Hochsitz in der Erle gesehen hatte. In Wirklichkeit war das Geschehen am Rande des Dachsbaus zu schnell abgelaufen und die Dunkelheit zu weit fortgeschritten gewesen, um mich mehr erkennen zu lassen als einen schwarzen Klumpen, der sich mit fünf schnellen Schritten aus dem allgemeinen Dämmer löste.

Der Admiral fuhr am Kamm der Cotswolds entlang weiter, während ich neben ihm saß, jenen langgezogenen Streifen windumfegten Landes betrachtete und mich fragte, wie und mit welcher zu einem Gentleman passenden Ausrede der Tiger zum Sprung anzusetzen gedachte. Er plante, direkt auf mich zuzuspazieren, vielleicht mit einem fröhlichen Gutenabendgruß. Aber wo? Welches einsame Fleckchen würde es ihm gestatten, mit seinem Opfer zu spielen, es zu töten und das Weite zu suchen, ohne aufzufallen? Wie wollte er meine nichtsahnende Gegenwart auf dem Terrain gewährleisten, das er erkundet und ausgewählt hatte, wo doch die wenigsten meiner Aktivitäten irgendeiner Regelmäßigkeit unterlagen oder leicht vorhergesagt werden konnten? Per Telefon? Mit einer gefälschten Nachricht? Aber ich würde allen und jedweden Verabredungen, die vielleicht welche mit dem Tod waren, voller Argwohn begegnen.

Was hatte er unternommen, seit er Georgina getroffen und herausgefunden hatte, daß wir beide uns wahrscheinlich für einige Zeit in Chipping Marton aufhalten würden? Er war vielleicht mehrere Male nach Frankreich und wieder zurückgefahren. Er war vielleicht in der Wen-Acre-Schonung gewesen, als mir der Instinkt des Gejagten sagte, daß er an mich dachte, und mich immer wieder über die Schulter blicken ließ.

Frankreich ... die Schonung ... und dann sah ich es. Die Schwänze der Eichhörnchen! Ich hatte das dunklere Rot der Schwänze bemerkt und es als leidlich interessante farbliche Spielart in der einheimischen englischen Rasse abgetan. Aber es waren gar keine englischen Eichhörnchen. Es waren französische. Das war es, warum weder Gillon noch ich die Kobel zu finden vermochten. Das erklärte seinen Franz-von-Assisi-Auftritt. Drei in freier Wildbahn gefangen, und eines bei dem Inhaber einer Zoohandlung gekauft!

Und wie herrlich simpel! Der Preis meines Todes in der Wen-Acre-Schonung waren vier gemeine Eichhörnchen, die aus Frankreich eingeflogen und in einer vollkommen natürlichen Umgebung freigelassen worden waren. Zweifellos ein Unterfangen mit einem hohen Unsicherheitsfaktor. Ich hätte vielleicht gar nicht von ihnen gehört. Ich würde ihnen vielleicht nur wenig Aufmerksamkeit schenken. Doch wenn ich es tat und darauf bestand, sie zu beobachten, was für eine Gelegenheit! Und er hatte sie nur vertan wegen des einen Ausrutschers, mir den Floh mit Frankreich ins Ohr zu setzen.

Ich behielt diese Entdeckung für mich, da ich noch nicht sicher war, was ich damit anfangen konnte. Ich war weit davon entfernt, das Verlassensein und Mißtrauen zu empfinden, das mich anfangs dazu gebracht hatte, die ganze Sache allein in Angriff zu nehmen; doch es gab keine direkte Hilfe, um die ich bitten konnte. Georgina, das Pfarrhaus und Cunobel der Angst und möglicher Gefahr auszusetzen, war undenkbar. Die Ziege als Köder zu verwenden, wenn die Folgen nur sie selbst betrafen, war erlaubt. Sie als Köder zu verwenden, wenn sie überall im Dorf verhätschelt wurde, war schlichtweg grausam.

Es gab noch andere Gründe, warum die Schonung nicht für meine Zwecke taugte. Ich sah mich mit dem alten Problem in seiner deutlichsten Form konfrontiert. Wenn wir Wen-Acre durch Polizeikräfte absicherten, würde mein hartnäckiger Verfolger plötzlich wie vom Erdboden verschluckt sein, so gut deren Präsenz auch immer verborgen oder getarnt war. Wenn wir ihn anlockten, indem wir den Bergwald völlig unbewacht ließen, würde ich getroffen werden, ehe ich zu schießen wagte. Die richtige Taktik bestand darin, einen Scharfschützen so zu postieren, daß er den Tiger in den ein, zwei Sekunden, nachdem er seine verbrecherischen Absichten offenbart hatte, festnehmen oder verwunden konnte. Aber, angenommen, die Polizei glaubte jedes Wort meiner Geschichte – und das war eine sehr gewagte Annahme –, wo würde sie solch einen Mann finden, der willens und bereit war, Tag für Tag geduldig mit mir zu arbeiten? Zudem war dieser Plan schon einmal fehlgeschlagen, und das, obwohl mir Ian beigestanden hatte.

Nein, es gab niemanden außer mir selbst. Und ich durfte nie die Bedingungen des Tigers akzeptieren; ich mußte ihm meine eigenen aufzwingen. Gegen sein außerordentliches Geschick im Anschleichen mußte ich meine eigene Überlegenheit im Operieren in Wald und Flur sowie den unschätzbaren Vorteil setzen, daß ich ohne sein Wissen in der Lage war, ihn zu erkennen.

Ich würde – und dazu war ich fest entschlossen – in den Landstrich zurückkehren, den ich das sächsische England nannte, jene Imitation eines Waldes, der gar kein solcher war. Aber wie? Ich hatte genug von einsamen Cottages, wo Schlaf und Essen so gefährlich waren, daß ich nie eine überzeugende Darstellung von jemandem zu liefern vermochte, der ein normales Leben führte.

Das Abendessen mit dem Admiral verlief wie gewohnt friedsam und zeremoniell, aber alles, womit wir es nach dem Lunch bei Sir Thomas aufnehmen konnten, war ein pochiertes Ei und etwas Bier. Als wir uns vom Tisch erhoben, gab es noch immer zwei Stunden hochsommerlichen Tageslichts. Cunobel ließ sich auf der grauen Steinterrasse nieder und vertiefte sich in den Entwurf eines Rohrleitungssystems des geplanten Dorfgemeinschaftshauses; in meiner Gegenwart gestand er sich einfach keinen Müßiggang zu. Ich wollte ihm Gelegenheit geben, das zu tun, wonach ihm der Sinn in Wirklichkeit stand, nämlich endlich einmal ungestört seine Rosen zu bewundern, und schlenderte daher zum Pfarrhaus.

Georgina, die alleine auf dem Rasen stand und hektisch eine Zigarette paffte, freute sich sehr, mich zu sehen. Ihre Stimmung ähnelte der eines gutherzigen Kavalleriehauptmannes mit einem schweren Kater; sie strahlte eine steife Würde aus, machte ein pikiertes Gesicht und wußte nur zu gut, daß sie sich ihre Schwierigkeiten selbst eingebrockt hatte. Da die Umzäunung der Glebe-Wiese nun in einwandfreiem Zustand war, hatte sie sich – Gillons und Benitas Warnung in den Wind schlagend – daran gemacht, Nur Jehan unter ihrer persönlichen Aufsicht dem anderen Geschlecht vorzustellen. Der Hengst hatte seine Artgenossin ganz reizend gefunden, mit ihren Gunstbezeigungen aber rein gar nichts anzufangen gewußt. Er zog es vor, sich über das Gatter mit Georgina zu unterhalten.

Folglich ließ sie ihn allein. Eine Viertelstunde später hörte sie laute Hilferufe aus dem Sakristeifenster der Kirche. Nur Jehan hatte das kleine Tor zwischen der Koppel und dem Kirchhof entzweigetreten. Die Klinke der Kirchentür bereitete ihm überhaupt keine Schwierigkeiten. Drinnen, trostbedürftig wie er war, reagierte er entzückt, ein menschliches Wesen anzutreffen; es war dies die Organistin, eine jungfräuliche Dame mit verschwommenen künstlerischen Neigungen und einem leicht erregbaren Gemüt. Als ihre Variationen auf den Hochzeitsmarsch von einer samtenen Nase unterbrochen wurden, die sich ihr in den Nacken schob, war sie wie eine Rakete von ihrem Hocker aufgesprungen und hatte in der Sakristei Zuflucht gesucht.

Meine Tante, die sich als erstes um die kostbare Stute kümmern mußte, die inzwischen frei auf der Straße herumlief, war kurz angebunden und ausgesprochen profan gewesen. Bis sie beide Pferde eingefangen und in den Stall gebracht und der Vikar mit Benita die Organistin gerettet hatte, hatte sich vor der Kirche eine interessierte Menschenmenge versammelt. Selbst Georgina, die keine falsche Bescheidenheit kannte, hatte Hemmungen, die Situation einer so großen Zuhörerschaft zu erklären.

»Was Nur Jehan braucht«, verkündete ich, »ist Arbeit. Keine Küche. Keine Streicheleinheiten. Harte Arbeit.«

»Du sprichst mir aus der Seele, Charles«, sagte sie. »Ich weiß zwar nicht, wie sie diese Dinge in Persien handhaben, aber es leuchtet ein, daß man ein Pferd, das inmitten einer endlosen Wüste aufwächst, lehren muß, das Zelt des Herrn und Meisters als Heim anzusehen. Und wie ich ihn dazu bringen soll, das Gelernte wieder zu vergessen, weiß ich wirklich nicht.«

Es war das Wort *Zelt*, das mich einen ebenso jähen wie klaren Beschluß fassen ließ.

»Ich glaube, ich werde auf Nur Jehan nach Buckinghamshire und zurück reiten«, sagte ich, »bevor Gillon anfängt, im Stall zu schlafen. Glaubst du, du könntest seine Einwilligung bekommen?«

»Nein, Charles. Aber Benita vielleicht schon.«

»Soll ich mit ihr reden oder willst du das tun?«

Meine Tante blickte mich mit unnötigem Mißmut an.

»Benita sollte nach London zurückkehren«, sagte sie. »Inkompetenz macht sie sehr nervös.«

»Sie müßte doch mittlerweile an ihren Vater gewöhnt sein.«

»Du kannst mir glauben, daß ich mich auf Nur Jehans Eigenarten bezogen habe, Charles.«

Ich hätte es in früheren Tagen dabei belassen und nichts hinzugefügt. Aber jetzt, wo ich wußte, mit welch stiller Hingabe mich Georgina ertragen hatte, vermochte ich ihr nicht mehr auszuweichen.

»Ich bin dreiundvierzig«, sagte ich, »und das heißt zwanzig Jahre älter als sie.«

»Ein Unterschied«, erwiderte meine Tante, »der Benita eine lange Witwenschaft verheißt, ihre Ehe aber äußerst glücklich machen könnte. Mit meinem eigenen Mann waren mir nur dreizehneinalb Monate und ein Urlaub vergönnt. Ich bin vielleicht unheilbar romantisch, aber ich habe immer gefunden, es war die darauffolgenden vierzig Jahre wert.«

Ich küßte sie und versuchte zu erklären, daß ich Benita nur ähnliches Glück wünschte und daß man von einem Mann, der doppelt so alt war wie sie und eine unselige Vergangenheit und ein neues Vaterland hatte, schwerlich erwarten konnte, daß er es ihr gab.

Ich fand Benita im Obstgarten. Die Bewohner des Pfarrhauses schienen nach einem so aufwühlenden Abend alle ihrer eigenen Wege gegangen zu sein. Sie hörte sich meinen Vorschlag an und war ebenfalls der Meinung, daß Nur Jehan davon außerordentlich profitieren würde.

Sie vermittelte den Eindruck, als hege sie einen Groll gegen seine bloße Existenz. Der Hengst nahm fraglos zuviel von ihrer Zeit und der ihres Vaters in Anspruch.

Zusammen suchten wir Matthew Gillon in seinem Arbeitszimmer auf, um seine Zusage einzuholen. Er war einverstanden, hatte aber schwerwiegende Bedenken, ob man das Haustier seines verstorbenen Gemeindemitgliedes guten Gewissens wie ein Gebrauchspferd behandeln konnte. Ich mußte versprechen, daß ich pro Tag nicht mehr als zwanzig Meilen zurücklegen würde, bis Nur Jehan in Form war.

Ich hatte Glück, daß ich imstande war, dies alles auf der Woge der Empörung zu regeln, die dem armen Nur Jehan da so massiv entgegenschwappte. Doch als ich Georgina eine gute Nacht wünschte, hatte sie Zeit zum Nachdenken gehabt. Sie argwöhnte, daß ich vielleicht vorhatte, erneut den Privatdetektiv zu spielen. Ich bestritt das nicht, versicherte ihr aber, daß ich lediglich eine Theorie bestätigen wolle und es dem Schirmherr der westenglischen Leistungsschau unmöglich sei, rechtzeitig etwas über meinen Camping-Urlaub in Erfahrung zu bringen, um daraus Gewinn zu schlagen.

Ich überschlief den Plan. Ich glaubte fest an sein Gelingen. Jedenfalls war das Risiko nicht größer, als wenn ich in die Stadt zurückkehrte. Ich konnte nicht auf ewig echte oder vorgeschützte Ferien machen. Ich mußte mein tägliches Londoner Leben weiterführen, mich durch Menschenmassen hindurchzwängen, vorhersagbare Strecken benützen, auf U-Bahnsteigen stehen, beim Essen äußerste Vorsicht walten lassen. Dieser Ausflug mit Nur Jehan war sicherer – verlockend für meinen Mörder, und dennoch natürlich genug, um über jeden Verdacht erhaben zu sein.

Als ich Admiral Cunobel nach dem Frühstück darauf ansprach, pflichtete er bei. Meine Geschichte von den französischen Eichhörnchen ließ meinen Widersacher in seiner Achtung sinken. Die wunderbare Simplizität, die dem Plan des Tigers innewohnte und mir offen gestanden eine Heidenangst einflößte, beeindruckte ihn nicht so sehr wie die unmaßgeblichen Fehler. Es waren die rechtlichen Aspekte meines Gegenangriffes, die ihm das meiste Kopfzerbrechen bereiteten.

»Da wäre meine Aussage«, sagte er, »und die von Colonel Parrow. Eine Menge wert, versteht sich, aber alles aus zweiter Hand! Wir haben es von Ihnen, einzig und allein von Ihnen. Sehen Sie die Sache doch einmal so, Junge! Er ist ein eiskalter Mörder, aber wir wissen, daß er jemand ist, der normalerweise einen untadeligen Leumund hat. Gesetzt den Fall, Sie töten ihn; gesetzt den Fall, es gibt nichts, um ihn mit den Exekutionen der Gestapo-Leute in Verbindung zu bringen, und nicht annähernd genug, um ihn zu überführen, den Briefträger in die Luft gejagt zu haben, wo stehen Sie dann?«

Ich gab Cunobel mein Wort, daß ich nicht die Absicht hatte, ihn zu töten, wenn ich es irgend vermeiden konnte. Alles, was ich wollte, waren Identität und Motiv. Ich sah voraus, daß ich vielleicht gezwungen sein würde, mir darüber mit vorgehaltener Pistole Klarheit zu verschaffen. Aber den Rest konnte die Polizei besorgen.

»Ihre Kinderpistole da – gefällt mir gar nicht. Mit der holen Sie niemanden von den Beinen«, sagte er. »Ich will Ihnen mal ein Geheimnis verraten. Höchst unzulässig. Gegen das Gesetz. Aber ich konnte mich einfach nicht dazu überwinden, mich von meinen Erinnerungsstücken zu trennen. Ich halte sie gut unter Verschluß, versteht sich, und ich habe einen Waffenschein, aber es ist nicht alles darin eingetragen.«

Er führte mich in sein Schlafzimmer und schloß mit der Miene eines Schuljungen, der seine Schätze herzeigt, einen kleinen Spind im hinteren Teil seines Einbauschrankes auf. Da waren ein deutsches Seitengewehr, eine zerbrochene Lanzenspitze, ein japanisches Schwert und eine Sammlung von Feuerwaffen – manche reine Liebhaberstücke, die an entlegene Begegnungen mit arabischen Sklavenhändlern und malaiischen Piraten denken ließen, andere so modern und funktionell, daß ihm fraglos jene hohe Geldstrafe drohte, vor der mich Ian gewarnt hatte.

»Das ist das richtige für Sie«, sagte er und drückte mir einen 45er Revolver in die Hand.

Aber das war es nicht. Ich sah das vertraute hölzerne Halfter einer deutschen Mauser. Das war eine Waffe, die ich in meinen frühen Tagen als Forstmann getragen hatte, da ich mir nichts Besseres leisten konnte. Als ich an sie gewöhnt war, wollte ich gar nichts Besseres. Das Halfter bildete einen Kolben für die langläufige Automatikpistole, und wenn man sie wie ein Gewehr benützte – was ich immer tat – traf sie auf hundert Meter mit tödlicher Sicherheit.

Ich holte sie herab und nahm sie in Augenschein. Wie alles übrige, das dem Admiral gehörte, war die Mauser so blitzblank wie ein Kriegsschiff auf Jungfernfahrt.

»Sie kann klemmen«, sagte ich, während ich liebevoll darüberstrich, »und wenn man jemanden nur anschießt, dann geht die Kugel glatt durch ihn hindurch, anstatt ihn auf den Boden zu werfen, aber ich habe da so ein Gefühl, daß ich mich besser auf Visiereinrichtungen verstehe als er.«

Die Worte klangen unwirklich; sie hörten sich in meinen Ohren an, als empfehle ich schüchtern irgendeine berühmte Bar, die ich in meiner Jugend frequentiert hatte.

»Was? Die da?« fragte der Admiral erstaunt. »Ich habe sie im ersten Krieg einem U-Boot-Kommandanten abgenommen. Ich glaube nicht, daß die je benutzt worden ist.«

»Aber haben Sie auch Munition? Ich brauche mindestens zwanzig Schuß, bevor ich sicher sagen kann, was sie für eine Streuung hat.«

»Tja, die Nummer läßt sich ja wohl kaum zu mir zurückverfolgen«, brummte er mit einiger Befriedigung, »wenn – äh – na ja, wenn man sie irgendwo im Gelände findet. Ich denke, ich kann es riskieren. Sie wäre doch ganz nützlich, wenn man auf Kaninchen geht, mh? Bei meiner Pension ist ein gutes 22er Gewehr einfach nicht drin, mh? Ich fahre morgen nach London und besorge Ihnen bei alten Freunden in der Admiralität ein paar Schachteln. Wann brechen Sie auf?«

»Pamellors Brief sollte morgen in Paris sein. Ich glaube nicht, daß die amtliche Korrespondenz in Frankreich unserem Freund schnell genug geht. Er wird die Antwort – wahrscheinlich auf mündlichem Wege – in drei oder vier Tagen eingeholt haben. Sein nächster Schritt ist es dann, einen kühnen Vorstoß zu unternehmen. Vielleicht schaut er bei Ihnen vorbei und regt einen Preis für den besten Französisch-Aufsatz im Gymnasium an.«

»Zum Teufel mit seiner Frechheit!« wetterte der Admiral. »Aber das braucht er gar nicht! Wir wissen, daß der Bursche einen guten Draht zu den hiesigen Pferdenarren hat. Er kann herausfinden, daß Mr. Dennim den Araberhengst bewegt, ohne sich weiter zu bemühen als bis zu einem Hotel in Bath. Er wird Ihnen im Nu an den Fersen kleben.«

Ich hatte da meine Zweifel. Es würde ihn Zeit kosten, eine Operationsbasis auszusuchen und einzurichten, obwohl er bereits eine oder zwei mögliche in der Hinterhand haben mußte.

»Ich hoffe, daß seine Wahl wieder auf Gorble fällt«, sagte ich, »denn dann habe ich ihn. Wenn ich Anfang nächster Woche aufbreche, dürfte ich etwa Ende der Woche Feindberührung haben.«

IV

Die lange Nacht

Der Araberhengst und sein Reiter zeigten sich immer wieder am freien Horizont über der Ebene des Severn. Die Dörfer, in denen ich Futter und Proviant kaufte, konnten mit Auskünften über uns dienen, ebenso wie die Bauern, die ich um Erlaubnis zum Zelten bat. Dennoch war alles Frieden und Sonnenschein und wogendes Gras. Meine Furcht schrumpfte zu einer angemessenen Vorsicht und konnte mich nicht mit einem Bild jener hingebungsvoll nachfolgenden Füße quälen. Auf den langen Kämmen der Cotswolds kam nie auch nur für einen Augenblick ein anderer Reiter in Sicht.

Dies war Benitas England: die Hügelkette, die einen Pfad von den atlantischen Stränden ins Herz des Landes bildete. Ihre nackte Sanftheit stimmte mich traurig, da Anmut, die für den Geist fremd und unerreichbar ist, ein Gefühl der Einsamkeit erzeugt. Mit den Sachsen zu sympathisieren, die aus ihren schlammigen Flußmündungen in den Wald hinaufgekrochen waren, fiel mir nicht schwer. Meine Erbanlagen waren die ihren; auf die Stellen, die sie für ihre Ansiedlungen auserkoren hatten, wäre auch meine Wahl gefallen. Doch hier entfaltete meine Wahlheimat eine Pracht, die mir nicht gehörte. Meine Wurzeln tasteten über die Oberfläche des Felsens, unfähig, tiefer einzudringen.

Es war jedoch die perfekte Landschaft für mein Vorhaben – das darin bestand, den Tiger auf ein Terrain meiner eigenen Wahl zu locken. Ich erwartete ihn nicht am hellichten Tag. Es würde ungemein schwierig sein, einen

Angriff mit der guten Aussicht auf Erfolg durchzuführen, die er bevorzugte. Aber die Dämmerung und ein einsamer Mann sollten ihn in Versuchung führen.

Georgina hatte mir eine Liste der Gasthäuser und Gehöfte gegeben, wo ein Pferd für die Nacht willkommen sein würde. Ich machte keinen Gebrauch davon. Ich verfuhr allabendlich so, daß ich frühzeitig in bewaldetem Gelände neben einem der verborgenen Cotswold-Bäche mein Lager aufschlug und dann, nachdem ich Nur Jehan angepflockt hatte, von einem Baum oder einer Anhöhe herannahende Personen beobachtete. Wenn ich eine dubiose Gestalt ausmachte, pirschte ich mich an sie heran, um sie mir genau anzusehen. Wenn ich wußte, daß meine Position vor Anbruch der Nacht nicht geortet worden war, konnte ich ruhig schlafen.

Abgesehen von der sorgfältigen Auswahl von Zeltplätzen, die zu abgelegen waren, als daß man sich im Schutze der Dunkelheit bequem an sie heranschleichen konnte, tat ich nichts Unerwartetes. Meine Absichten würden für jeden Interessierten, der meine nordöstliche Route auf einer topographischen Karte absteckte, deutlich erkennbar sein. Ich hielt mich so weit wie möglich von Schotterstraßen entfernt und strebte offensichtlich dem niedrigen Gras und den freien Wiesen um die Quellen des Churn und Windrush zu. Danach würde ich vielleicht nach Chipping Marton zurückkehren oder – wie ich es vorhatte – über Banbury und Brackley zum Long Down und jenem Abschnitt der Midlands vorstoßen, der dem Tiger bereits vertraut war.

Ich schickte jeden Tag eine Postkarte ab, um Matthew Gillon zu trösten, dem bei dem Gedanken, daß Nur Jehan wie ein wirkliches Pferd behandelt wurde, noch immer nicht ganz wohl war. Der Hengst war für jeden Plan empfänglich. Er betrachtete mich, denke ich, als Geschlechtsgenossen und Spielgefährten – einen besseren als die Schweine des Vikars, die nie aus ihrem Koben herauskonnten, oder die Dorfkinder, die wegrannten, oder Frauen, deren richtiger Platz im Küchenzelt war. Wenn ich auch auf seinem Rücken zu sitzen wünschte, so war dies eine Sache, die leicht zur Zufriedenheit zweier Gentlemen geregelt werden konnte. Gehorsam hatte er keinen; guten Willen im Überfluß. Er war nun an Zügel und Gebißstange gewöhnt, und weder sein früherer Besitzer noch der Vikar hatten ihn je mit einer solchen Zäumung geritten.

Es stürmten mehr Jugenderinnerungen auf mich ein, als gut für meine Sicherheit war. Eine Hälfte von mir warf vergnügt zwanzig Jahre über Bord und konzentrierte sich auf die Dressur dieses sensiblen und wunderschönen Aristokraten, der so begierig wie ein Junge auf einem Fußballplatz war, das Richtige zu tun, wenn nur endlich jemand das Spiel erklärte. Die andere Hälfte – die alte Ziege, die keine Verwendung für Reminiszenzen hatte, sondern leben wollte – empfand Nur Jehan als Behinderung. Es war schwierig, meinem eigenen Schutz genügend Aufmerksamkeit zu widmen, während ich versuchte, schokoladen- und cremefarbige Verspieltheit dazu zu bringen, die Sprache der Beine zu verstehen.

Er mußte außer seiner eigenen Decke einen leichten Schlafsack und eine Zeltbahn tragen, und bis er in Form war, mutete ich ihm selten auch noch mein eigenes Gewicht zu. Wir marschierten überwiegend morgens und widmeten am Nachmittag eine Stunde der Erziehung. Als Packpferd war auf ihn Verlaß. Er folgte auf den Fuß wie ein gut abgerichteter Hund, wobei er sich gelegentlich damit amüsierte, mich von hinten zu schubsen, wenn ich es am allerwenigsten erwartete.

Unterwegs stand ich Fragern freimütig Rede und Antwort und sagte, ich wolle über Banbury nach Hernsholt, wo ich ein Cottage habe und ein paar Nächte bleiben würde. Es war also ein Leichtes, meine Fährte aufzunehmen. Ich legte pro Tag nur etwa zwanzig Meilen zurück; jedermann konnte enge Fühlung mit mir halten, indem er in einem Auto einen harmlosen Abendausflug machte und auf einen Drink in den Dörfern hielt, durch die ich gekommen war. Wenn der dunkle Reiter vorhatte, sich erneut Fred Gorbles zu bedienen, würde er, vermutete ich, bereits die nötigen Vorkehrungen getroffen und seine Spuren in der Nachbarschaft hinterlassen haben.

In der sechsten Nacht kampierte ich zwischen Brackley und Buckingham und ritt am nächsten Tag querfeldein zum Haus von Jim Melton, wobei ich einen weiten Bogen um Hernsholt machte, da ich nicht wünschte, daß Ian Parrow von meiner Gegenwart erfuhr. Meine respektvolle Zuneigung war unverändert, und Streit sollte vermieden werden. Ich empfand nicht mehr die falsche Affinität zu Jim wie von einem Geächteten zu einem anderen – mein einsames Gefühl, auf ewig besudelt zu sein, war nach der Wärme von Chipping Marton und der Enthüllung, daß Georgina die ganze Zeit um mein Geheimnis gewußt hatte, weit weniger ausgeprägt –, doch als ein diskreter Verbündeter war Jim ein Mann so recht nach meinem Geschmack.

Mrs. Melton war zu Hause. Ihre beiden Töchter, die in der Schule hätten sein sollen, waren es auch. Ich gelangte zu dem Schluß, daß sie unter dem zweckdienlichen Verdacht standen, Mumps zu bekommen. Jim hatte eine ausgezeichnete Ernte an Frühkartoffeln und benötigte für ein paar Tage die Arbeitskraft der Familie.

Eine halbe Stunde nach meiner Ankunft fuhr er mit einer Ladung verbilligter Säcke und Kisten in dem Leichenwagen vor. Er war erstaunt, in seiner Küche Nur Jehan vorzufinden, der sich ausgezeichnet mit jedermann verstand – ausgenommen die Dohle, die draußen war und lauthals zeterte. Mrs. Melton hatte nichts dabei gefunden, als der Hengst versuchte, mir ins Haus zu folgen, was meinem Verdacht, daß sie zur Hälfte oder zur Gänze von Zigeunern abstammte, neue Nahrung gab.

Der dunkle Gentleman war weder gesehen worden noch an Fred Gorble herangetreten. Dessen war sich Mrs. Melton sicher. Seit dem Abend, als sie Gorble besucht und mit Botschaften von einer fiktiven und mysteriösen Dame verwirrt hatte, mit der sich der Gentleman angeblich heimlich traf, war sie in der ganzen heiklen und möglicherweise profitablen Angelegenheit als Gorbles Beraterin akzeptiert worden.

Der Tiger hatte zur vereinbarten Zeit angerufen und anhand zweier einfacher Neins erfahren, daß über seine Aktivitäten keine Nachforschungen angestellt worden waren und ich den »Bau« verlassen hatte. Von diesen Auskünften ermutigt, hatte er zwei weitere Fragen gestellt und abermals ein Datum und eine Zeit genannt, zu der er die Antworten telefonisch einholen würde. In der Zwischenzeit hatte Gorble per Post einen Umschlag mit zwanzig abgegriffenen Pfundnoten erhalten. Ich will verdammt sein, wenn es Mrs. Melton nicht gelungen war, fünf davon zu ergattern!

Die beiden neuen Fragen lauteten: Was hatte ich in Hernsholt getan, und wer war der zweite Mann? Die erste war leicht zu beantworten. Jedermann wußte, daß ich Dachse beobachtet hatte. Die zweite Frage war schwieriger, da ich im Cottage allein gewesen war. Gorble bat Mrs. Melton, die gewünschten Informationen zu besorgen.

Weder sie noch Jim wußten irgend etwas über meinen Versuch, den dunklen Gentleman am Dachsbau in die Falle zu locken. Soweit ihnen dies bekannt war, hatte mich nie jemand begleitet; aber falls doch, konnte es nur Colonel Parrow gewesen sein. Da Mrs. Melton wußte, daß über meinen Beziehungen zu Ian irgendein Geheimnis lag, hatte sie nicht wahrheitsgemäß geantwortet. Sie teilte Gorble triumphierend mit:

»Noch 'n Professer!«

Sie hätte es nicht geschickter anstellen können. Das würde den Verdacht des Tigers zerstreuen, daß die Ziege bewußt als Köder benutzt worden war.

Sie lieferte mir zwei weitere Informationen, die sich nahtlos in das einfügten, was ich bereits wußte. Der erste Anruf war aus Bath gekommen; Fred Gorble hörte, wie die Telefonistin sagte: »Die Leitung ist frei, Bath.« Der zweite wurde vom internationalen Fernsprechamt durchgestellt und kam von irgendwo aus dem Ausland.

Soviel zum Anzapfen der Nachrichtenkanäle meines Gegners. Doch alles, was ich wirklich gewonnen hatte, war die Gewißheit, daß er sich nicht mit der Absicht trug, zu Fred Gorble zurückzukehren, und eine Operationsbasis für einen Angriff aufgetan hatte, die sicherer war.

Jetzt wo ich es wußte, leuchtete es ein. Warum die Mühe mit dem Aussetzen dieser Eichhörnchen auf sich nehmen, solange er sich nicht überlegt hatte, wo er bleiben und wie er aus ihnen Gewinn schlagen würde? Und eine Basis, die sich für einen Mord in der Wen-Acre-Schonung eignete, würde auch überall sonst in den mittleren und südlichen Cotswolds für einen Mord taugen. Er hielt sich vielleicht unter falschem Namen in einem Hotel in Bath oder Bristol auf. Er verwendete vielleicht seinen richtigen Namen – und nutzte sein Renommee und seinen Reichtum nach allen Regeln der Kunst aus, um, fernab von jedem Verdacht, ein oder zwei herrschaftliche Wochen unter dem Dach irgendeines Grafschaftsmagnaten zu verbringen.

Ich verabschiedete mich von dieser wunderbar durchtriebenen Familie – die nie von mir auch nur einen Penny angenommen hätte – und sagte, daß wahrscheinlich weder sie noch Fred Gorble je wieder etwas von dem dunklen Gentleman hören würden. Als ich dabei war, auf Nur Jehan zu steigen, erbot sich Mrs. Melton, meine Hand zu lesen, wobei sie mir versicherte, daß sie wirklich eine Gabe besäße. Ich lehnte ab. Wie die meisten Leute bin ich durch und durch abergläubisch, ohne ein Wort davon zu glauben. Ob ich eine vorhersehbare Zukunft hatte oder nicht, hing von mir selber ab, und jede Weissagung oder falsche Zuversicht konnte tödlich sein.

»Also, ich will Ihnen eines mit auf den Weg geben«, sagte sie. »Das gleiche Schicksal erwartet das Pferd und die Ziege am gleichen Platz.«

Das war faszinierend, da sie das Symbol der Ziege aus meinem Geist geklaubt hatte und es ihr nicht in den Sinn gekommen zu sein schien – es sei denn, sie tat von Berufs wegen geheimnisvoll –, daß das Symbol mich selbst darstellte.

Unter diesen Umständen konnte ich einfach nicht widerstehen nachzuhaken.

»Was ist mit der Ziege und dem Tiger, Mrs. Melton?«

Hierfür nahm sie meine Hand und lief plötzlich zartrosa an, als käme echter Zorn in ihr auf.

»Arme stumme Geschöpfe quälen ist etwas, das ich nicht haben kann, da kann ich nicht hinsehen«, sagte sie.

Ich ritt davon. Ich wußte auch ohne Mrs. Meltons telepathisches Durcheinander und zweites Gesicht, daß die Endabrechnung für einen oder alle beide schmerzlich sein würde. Ich hatte dem Tiger Zeit gelassen, seinen Plan auszuarbeiten. Ich hatte ihm meinen täglichen Trott gezeigt. Ich hatte ihn davon überzeugt, daß ich ungeschützt war. Auf meinem Heimweg würde der Angriff erfolgen.

Ich fühlte mich ihm auf den kahlen Hügelkuppen ebenbürtig und in den bewaldeten Tälern, in denen ich mein Lager versteckte, sogar mehr als ebenbürtig. Ich war von Unruhe erfüllt, aber die Freistatt der Bäume ist dies im Abenddämmer nicht minder, da überall hinter oder unter ihnen das Unbekannte lauern kann. Ich glaube, daß Furcht bei Tieren stets und beim Menschen manchmal nur ein lebhaftes Bewußtsein des Einklangs ist, in dem man sich mit der Natur befindet.

Was mir nicht behagte, das war, an Straßenrändern entlangzureiten, wenn es sich nicht vermeiden ließ. Ein vorüberrasendes Auto und eine Salve aus einem Maschinengewehr schienen alles in allem zu riskant, gangsterhaft und atypisch zu sein, doch es war eine Möglichkeit, die ich in Betracht ziehen mußte.

Einmal waren wir vielleicht in Tuchfühlung. Kurz nach Anbruch der Morgendämmerung am dritten Tag meiner Rückreise von Brackley ritt ich Nur Jehan über das Hochland unweit der Rollright-Steine. Als ich mich hügelab wandte und auf eine verlassene Kreuzung zuhielt, die ich passieren mußte, sah ich neben der Straße ein graues Auto parken. Es war nichts sonst in Sicht, und es war auch nicht wahrscheinlich, daß binnen der nächsten Stunde etwas anderes in Sicht sein würde als die niedrigen Steinmauern, die zu beiden Seiten eines kleinen Flußes zwei Schachbretter aus Gras abgrenzten. Es gab keine einfache Erklärung, weshalb ein Auto um diese Zeit so dastehen sollte, daß es die einzigen zwei Straßen beherrschte, über die ich kommen konnte. Es befand sich lediglich ein Mann darin, der in schlaffer Haltung auf dem Fahrersitz saß und offenbar schlief, doch die aufgehende Sonne war auf der Windschutzscheibe, und ich konnte sein Gesicht nicht sehen.

Wenn ich zögerte und die Richtung änderte, würde ich vorzeitig zu erkennen geben, daß ich auf der Hut war; wenn ich geradeaus weiterritt, mußte ich in einer Entfernung von ein paar Metern an dem Wagen vorbei. Ich zog mich aus der Affäre, indem ich abstieg, meine Decke ausbreitete und mir ein zweites Frühstück machte. Es war ein hübsches Fleckchen Erde und wie geschaffen dafür.

Nach einer halben Stunde stieß der Insasse des Autos auf die Kreuzung zurück und fuhr weg. Ob er vom Duft meines Kaffees geweckt wurde oder sich über die mußevolle Art und Weise ärgerte, in der ich ihn zubereitete, habe ich nie erfahren.

Von hier hätte ich dem südöstlichen Rand der Cotswolds folgen und Nur Jehan in ein paar Tagen nach Chipping Marton zurückbringen können. Es erschien verfrüht – ein offenes Ende, mit dem wieder alles von vorne losging und ich der Initiative aufs neue verlustig gegangen wäre. Also wandten wir uns nach Westen und verbrachten die dritte Nacht oberhalb von Broadway.

Am vierten Tag folgte ich der Wasserscheide nach Süden und nahm Richtung auf Roel Gate. Dies war alles offenes Gelände, still bis auf das Geklirre von Nur Jehans Gebißstange und die Lerchen, die fortwährend vor uns aufstoben und trillernd in die Höhe flogen. Auf meinem Hinweg war ich an seinem Saum entlanggeritten und hatte mir gewünscht, ich hätte die Zeit, Halt zu machen und ein paar Tage ganz der Dressur Nur Jehans zu widmen. Ich hatte mir Jim Meltons Haus willkürlich als Ziel gesetzt und mich geweigert, von den Etappen abzuweichen. Doch jetzt hatte ich alle Zeit der Welt – oder soviel, wie der Tiger geneigt war mir zuzugestehen.

Die Landschaft bot nicht ganz das, was ich besonders brauchte, nämlich Wasser für Nur Jehan und abgeschiedene, Deckung bietende Wäldchen für mich. Also ging ich die Adressenliste durch, die mir Georgina mitgegeben hatte, und fand gut drei oder vier Meilen entfernt einen vielversprechenden Platz, unmittelbar im Süden der Straße von Stow-on-the-Wold nach Tewkesbury.

Ich wurde von der herzensguten Dame, der diese riesige und wahrscheinlich unproduktive Farm gehörte, überschwenglich begrüßt. Ihr Hauptinteresse, nach dem breiten, vollentwickelten Teppich von Hunden um ihre

Füße zu urteilen, war es, noch mehr davon zu züchten. Sie erklärte, daß sie selber nicht reite – die Hündchen wären eifersüchtig –, daß ihre wunderschöne Scheune aber allen Pony-Clubs ein Begriff sei.

Ich lauschte mit formeller Höflichkeit einem Schwall von Erinnerungen, der mit den Namen berühmter Reiterinnen gespickt war – Männer kamen darin kaum vor –, die in ihrem Haus übernachtet oder bei der wunderschönen Scheune kampiert hatten. Sie bestand darauf, mir die ach so komfortablen Gästezimmer zu zeigen. Ich entschied mich zu ihrem nicht unbeträchtlichen Erstaunen für die Scheune. Schließlich wurde ich entlassen und angewiesen, hügelan zu einer Baumgruppe direkt hinter dem Horizont zu reiten.

Die riesige, leere Scheune stand inmitten eines dichten Buchengehölzes, das als Windbrecher diente. Sie war eher öde und abweisend, fand ich, als wunderschön; aber sie war trocken, mit dem Honigduft vom Cotswold-Heu ganzer Jahrhunderte. Der Ort war bei gutem Wetter ideal für Pferd und Mensch geeignet. Quellwasser plätscherte in einen Trog. Die stille Grasdecke erstreckte sich eine halbe Meile nach Norden und Westen.

Die Baumgruppe war im ganzen genommen in der Dunkelheit zu leicht zu finden; und daß ich dort war, konnte aus großer Entfernung mit einem guten Fernglas oder sogar mit einem diskreten Telefonanruf herausgefunden werden. Mein gewohnter abendlicher Erkundungsgang würde daher nicht von großem Wert sein. Dennoch hatte ich um so stärker das Gefühl, daß dies vielleicht das Ende war, je länger ich mich umsah. Der Tiger konnte vor Zufriedenheit schnurren. Nach einem geräuschlosen und schnellen Angriff würde er die ganze restliche Nacht haben, um die Leiche zu beseitigen. Doch da ich ihn erwartete, lag der Vorteil auf der Seite der Verteidigung – und zwar in solchem Ausmaß, daß ich davon ausging, daß ich Barmherzigkeit walten lassen konnte. Und das war nach wie vor wesentlich. Ich konnte ihn nicht töten, außer er hatte eine Waffe in der Hand. Trotzdem hoffte ich, daß ich imstande sein würde zu reden, ehe ich entschied, was ich mit ihm tat.

Nur Jehan hielt den Ort für ein Pferdeparadies. Er machte rasche Fortschritte. In Bewegung im offenen Gelände oder am Rand einer Straße reagierte er nun schnell und klug auf Befehle. Seine einzige Schwäche lag in gemächlicherem Tempo – also sozusagen außerhalb des Unterrichts –, bei dem er nicht einsah, warum er daran gehindert werden sollte, harmlosen Vergnügungen nachzugehen und etwa zu versuchen, mit den Vorderhufen auf alberne Hühner zu treten oder anzuhalten, um zu fressen, was immer ihm Appetit machte.

Gegen vier am Nachmittag versorgte ich Nur Jehan, dem ich endlich beigebracht hatte, so aus dem Trab in einen leichten Galopp zu wechseln, daß dabei das rechte Vorderbein führte. Der Hengst schmollte, weil ihm das Maul weh tat – er kannte so wenig Disziplin, daß es ihm sogar weh getan hätte, wenn er mit einem samtüberzogenen Weidenzweig gezäumt gewesen wäre –, und ich war vollauf damit beschäftigt, ihn mit all dem sinnlichen Vergnügen zu belohnen, das Striegel und Bürste zu geben vermochten.

Das Getrappel von Hufen ließ mich plötzlich aufblikken, und da mir einfiel, daß die Mauser gut zehn Meter weit weg unter meiner Joppe lag, registrierte ich mit Erleichterung die Ankunft von Benita. Unter den Umständen verriet mein Willkommensgruß mehr als die übliche väterliche Wärme. Er muß enthusiastisch geklungen haben.

»Wie haben Sie uns gefunden?« fragte ich.

»Nun, auf Ihrer letzten Postkarte stand, daß Sie heute auf der einen oder anderen Seite an Stow-on-the-Wold vorbeikommen würden. Also hat Georgina eine ihrer Freundinnen gebeten, mich für ein paar Tage unterzubringen und mir ein Pony zu leihen. Daddy hat sich schon Sorgen gemacht.«

Ich stellte keine weiteren Fragen. Ich wußte wohl, was meine Tante dachte, war aber nicht ihrer Meinung. Ich hatte nicht die Absicht, Benita zu erklären, was ich von ihr hielt, und ich versuchte nach besten Kräften, es auch mir selbst nicht einzugestehen. Es ging mich nichts an, wer von beiden den Besuch vorgeschlagen hatte.

»Danach war es leicht«, fuhr Benita fort. »Georginas Freundin hat alle anderen Pferdehalter angerufen, und wir haben bald erfahren, daß Sie sich bei der Scheune aufhalten. Warum bleiben Sie nicht auf der Farm und machen es sich gemütlich?«

»Zu viele Hunde«, sagte ich. »Nur Jehan und ich haben nichts für sie übrig.«

Es machte sie offensichtlich stutzig, daß ich, der ich immer in die Runde und über die Schulter blickte, zum Übernachten einen so einsamen Platz auswählen sollte.

»Sie erwarten doch niemanden?« fragte sie.

Das war zu nahe dran. Da ich in ihrer Stimme einen leichten Anflug von Eifersucht entdeckte, erwiderte ich mit bewußter Ungeschliffenheit, daß Männer meines Alters gewöhnlich Luxushotels den Vorzug vor Heuschobern gäben.

»Aber Sie«, sagte sie, »würden höchstwahrscheinlich auf einen Ginsterbusch verfallen. Was haben Sie da unter Ihrer Jacke?«

Sie hatte einen flüchtigen Blick auf die Mauser im Halfter erhascht, als ich mein Gepäck beiseite räumte, um zwischen den Wurzeln einer großen Buche Platz für sie zu machen. Ich sagte ihr, es sei eine hölzerne Reiseflasche für Reiter und ließ vage durchblicken, daß sie aus den Karpaten stamme.

»Was ist darin?«

»Wein. Das Holz gibt ihm einen bitteren Geschmack. Er würde Ihnen nicht schmecken.«

Sie wirkte enttäuscht. Irgendeine Form der Gastfreundschaft würde die deutliche Spannung zwischen uns lösen. Ich bot ihr Whisky an, dem ich in einem für Vikarstöchter schicklichen Verhältnis Quellwasser beimengte. Ich fand es immer schwierig, mich daran zu erinnern, daß sie gleichzeitig auch Gebrauchsgraphikerin war.

Ich denke, das lag daran, daß ihr Gesicht jene köstliche Mischung aus Lebendigkeit und Unschuld aufwies, die für siebzehn kennzeichnender ist als für dreiundzwanzig und sich bei Französinnen ohnehin häufiger feststellen läßt als bei Engländerinnen. Es mangelte ihr nicht an weltlicher Weisheit. Dafür sorgte schon ihr harter Beruf. Sie akzeptierte das Leben, wie es war; aber sie war so fest in ihrer geliebten Landschaft verwurzelt, daß ihr das Leben, so wie es sich darstellte, eher als genießenswert denn bedauernswürdig erschien. Ich meine damit nicht, daß sie gefühllos war. Sie betrachtete natürliche Schönheit nicht als Flucht vor der Menschheit. Sie hatte es überhaupt nicht nötig zu fliehen.

»Wir haben soviel über Sie geredet, Charles, seit Sie aufgebrochen sind«, sagte sie, als ich mich auf dem trokkenen Laub neben ihr niedergelassen hatte.

Ich erwiderte, ich hoffe doch, daß mich Tante Georgina in ein vorteilhaftes Licht gerückt habe.

»Nicht unbedingt. Sie sagte, Sie hätten Ihre Jugend verloren, ehe Sie Zeit hatten, sie auszukosten.«

»Nein! Ich habe sie sehr wohl ausgekostet. Wien, Amerika, ein Beruf, der mir am Herzen lag – du liebe Güte, es war die schönste Zeit meines Lebens!«

»Sie wollte damit wohl sagen, daß Sie es nicht fortführen konnten.«

Ich gab zu, daß Georginas Äußerung wahrscheinlich so gemeint gewesen sei, und war bereit, es dabei zu belassen.

»Haben Sie nie das Gefühl, daß Sie jetzt hierher gehören?«

Ihre großen, langwimprigen grauen Augen ruhten auf mir und zwangen mich zur Aufrichtigkeit. Ich deutete auf den weit sich ausdehnenden Rasen, die goldgelben Steinmauern und einen Kirchturm, der in einem fernen Tal über die Bäume ragte, alles wie gemalt und unwirklich in dem einsetzenden klaren Abendlicht. Ich erzählte ihr, wie oft ich auf meinem Ritt diesen Landstrich als den *ihren* angesehen hatte, wobei ein jeder den anderen durchdrungen habe, und wie ich mich danach sehnte, aus den Wäldern meines Geistes hinauszugelangen, und es nicht konnte. Ich versuchte zu erklären, daß ich mich als einen Europäer betrachtete, der gerne und anerkennungsvoll in England lebte, aber kein Anrecht auf den Bund der Liebe besaß.

»Ja, aber warum denn nicht?« fragte sie. »Sie haben sich jedes Anrecht verdient.«

»Ich habe mir überhaupt nichts verdient.«

»Georgina hat mir alles über Sie erzählt, Charles«, erwiderte sie ungeduldig. »Der österreichische Untergrund und die Gestapo und die Rettung der Frauen aus Ravensbrück. Und dann wollten Sie nicht einmal Ihr Georgskreuz annehmen. Ich bin noch nie einem Mann begegnet, der von einem so lächerlichen Stolz durchdrungen war.«

Ich muß zugeben, daß ich mich nie als stolz betrachtet hatte, und das sagte ich ihr auch.

Sie rückte mich zurecht. Mit einem Mal war überhaupt nichts Mädchenhaftes mehr an ihr. Sie erinnerte mich an einen Falken, der von einer Faust aufschießt: ein bildschönes, scheinbar gedankenversunkenes Geschöpf, das jählings zu einem bronzen und silbern schimmernden Pfeil wird, der mit geballter Energie auf sein Ziel zuschnellt.

»Sie sind noch immer ein Junge«, warf sie mir vor. »Sie sind nie darüber hinweggekommen, der Graf von Dennim zu sein. Sie wollen einfach nicht zugeben, daß es noch irgend etwas Höheres gibt als das. Was Sie tun, ist das, was ein Dennim Ihrer Meinung nach tun sollte. Sie nehmen nie. Sie geben anderen Leuten nie eine Chance. Es ist immer nur geben, geben, geben nach Ihren eigenen Gesetzen und denen von niemandem sonst. Ich wünschte bei Gott, die Dennims besäßen noch immer halb Europa oder was ihnen auch immer einmal gehört hat. Und dann könnten Sie vielleicht zufrieden sein, materielle Güter zu verschenken, und müßten sich nicht vor lauter Stolz hinter Eichhörnchen und diesem verdammten Pferd verschanzen.«

»A propos Nur Jehan«, sagte ich nach einem Schweigen, entschlossen, das Thema zu wechseln. »Wir alle akzeptieren soviel Unsinn, ohne darüber nachzudenken. Natürlich kann er von einer Frau geritten werden!«

»Welche hat ihn denn geritten?«

»Bis jetzt noch keine. Aber das hat einen ganz einfachen Grund. Ihre Beine sind nicht lang genug.«

»Nein?« fragte sie und blickte die ranke Länge ihrer ausgestreckten Reithosen entlang, bis sie bei ihren Zehen ankam.

»Für Nur Jehan, meine ich«, erwiderte ich verzweifelt. »Und die Beine von Georgina sind noch kürzer. Er hat eine sehr empfindliche Rippe – wahrscheinlich von einer alten Wunde. Meine Ferse reicht bis dahinter und darunter. Die Ihre tut das nicht, und die eines Jungen täte es genausowenig. Aber Ihr Vater und ich haben lange Beine, und bei seinem früheren Besitzer war es vermutlich dasselbe.«

Ich glaube, Benita bemerkte darauf, daß es reizend sei, welche Fürsorge alte Jungfern und Junggesellen Tieren angedeihen ließen, doch ich erinnere mich nicht.

Ich sehe mich genötigt, sie zu entmenschlichen. Ich

stelle fest, daß man eine Frau beim Schreiben einer Autobiographie nicht zufriedenstellen kann. Man sagt zwangsläufig zuviel oder zu wenig, was zu ihren Gunsten spricht. Benita beschwert sich mit gutem Grund, daß ich Nur Jehan weit mehr Platz gewidmet habe als ihr. Doch sobald ich es wage, entweder sie oder jenen Spätnachmittag in dem Buchengehölz vor der Scheune detaillierter zu beschreiben, fallen meine Seiten der Zensur anheim. Sie besteht mit Fug und Recht darauf, daß dies niemanden etwas angeht als uns selbst.

Und da war ich also mit meiner völlig deplazierten Ritterlichkeit! Ich unternahm einen letzten Versuch, indem ich mich ruhig mit den alten Jungfern und Junggesellen identifizierte. Wir wüßten eben ganz genau, sagte ich, daß wir einem Tier eine Menge zu geben hätten, seien aber zu bescheiden, um zu glauben, wir könnten auch unseren Mitmenschen noch viel Nennenswertes bieten.

»Zu stolz«, erwiderte sie. »Angenommen, Sie oder ich würden heute nacht sterben, wer wäre dann der Ältere?«

Das war das Ende meiner Selbstbeherrschung. Es hätte sie natürlich verdoppeln sollen. Schließlich war es ziemlich wahrscheinlich, daß ich in jener Nacht sterben würde – was von allen meinen Gründen bei weitem der beste war, um Benita gegenüber so zu tun, als ob meine Zuneigung zu ihr väterlicher Natur sei. Aber ich war so gerührt, daß ich mich wie ein Zwanzigjähriger gebärdete, der glaubt, daß niemandem je solche Liebe widerfahren sei. Und warum zum Teufel auch nicht. Schließlich glaube ich das sehr oft.

Es war nach sieben, als Nur Jehan und ihr Pony im leichten Galopp am anderen Ende des Plateaus entlangsprengten und sich hinab nach Osten wandten. An der Hauptstraße beharrte Benita darauf, daß Nur Jehans Tag lang genug gewesen sei und ich ihm die sechs Meilen nach Stow-on-the-Wold und zurück ersparen solle.

Ich nahm die Entschuldigung an, obwohl ich wußte, daß der Hengst nicht im mindesten müde war. Es war das Beste, wenn wir uns schnellstmöglich trennten. Auf dem Weg durch eine ausgelichtete Waldung hinab, wo dicht neben dem Pfad Haselbüsche und Erlen wuchsen, hatte ich einmal ein anderes Pferd gehört. Daran war zwar nichts Erstaunliches, aber ich mußte wissen, wer der Reiter war – und ich wollte sie auf keinen Fall an das Tal unterhalb der Wen-Acre-Schonung erinnern, indem ich plötzlich im Unterholz Cowboy und Indianer spielte und ihr den Eindruck vermittelte, daß ihr zukünftiger Ehemann einen Psychiater benötigte.

Um dem dichten Buschwerk auszuweichen, lenkte ich Nur Jehan geradewegs über den kahlen, steilen Hang hinauf und an hochgelegenem Gelände entlang in Richtung der Scheune zurück. Die langgestreckten Felder waren noch immer in Licht getaucht und so öde wie eine Prärie. Der Arbeitstag der Bauernhöfe war vorbei.

Ich fühlte mich ebenfalls von dem Licht durchdrungen. Benita brachte dieses anbetungswürdige Land ebenso selbstverständlich mit in unsere Gemeinschaft, als hätte sie tausend Morgen geerbt. Ich konnte mich weder analysieren noch klar erkennen. Es ist eine bestürzende Wiedergeburt, wenn man nach zehn Jahren des Besessenseins von der Vergangenheit anfängt, in der Zukunft zu leben. Ich ertappte mich dabei, wie ich mit der ganzen Verantwortlichkeit eines soliden jungen Mannes zu Beginn seiner Karriere über die Ökonomie der Ehe nachdachte. Es war in gewisser Hinsicht ein Beginn. Ich hatte mich nie um ein halbes Dutzend verschiedener Stellen gekümmert, die mir so gut wie sicher gewesen wären. Die nächste mit einer anständigen Bezahlung würde ich antreten. Das und ihr Bleistift – jeder Zoologe würde sich um die Gelegenheit reißen, sie als Illustratorin zu bekommen – würden für den Anfang gewährleisten, daß wir ein leidlich behagliches Leben führen konnten. Ich lächelte belustigt über meine Träumereien.

»Guten Abend, Sir! Das ist ein prachtvolles Tier.«

Herzlich, völlig im Einklang mit seiner Umgebung, kam der Mann aus einem kleinen Weißdorndickicht am Rand der Böschung geritten. Er schien es gerade durchquert zu haben. Nichts deutete darauf hin, daß er mich beim Abschiednehmen von Benita beobachtet, meinen Rückweg verfolgt und mir aufgelauert hatte.

Sein charaktervolles Gesicht wirkte gelöst. Wenn ich ihn vorher nicht schon einmal gesehen hätte, wäre mir seine gespannte Aufmerksamkeit wohl überhaupt nicht aufgefallen. Er trug eine Melone, Reithosen und Reitstiefel, ein untadeliges Jackett. Die buschigen Augenbrauen waren nicht da. Meine Vermutung, daß sie angeklebt gewesen waren, erwies sich als richtig; ihr Sinn und Zweck war es, in jeder Beschreibung von ihm das tonangebende Element zu sein. Und auch sein Haar war nicht mehr schwarz. Es war weiß, vor der Zeit weiß. Dennoch hatten wir ihn alle den dunklen Gentleman genannt. Er sah älter und distinguierter aus als in Hernsholt. Er ritt eine kastanienbraune Stute, ein Jagdpferd aus den Cotswolds, knapp einhundertsiebzig Zentimeter hoch, das seinem Gewicht gewachsen war und mächtige Hinterbacken besaß.

Mein Zusammenfahren beunruhigte Nur Jehan. Indem ich den Hengst fest in die Hand nahm, gelang es mir, mich zu sammeln.

»Guten Abend, Sir!« erwiderte ich.

Wie gut ich daran getan hatte, ihn auf meine eigene Art und Weise anzulocken! Er war tatsächlich über jeden Verdacht erhaben. Selbst wenn ich hätte beweisen können, daß er in meiner Straße ein Zimmer gemietet hatte, wäre die Polizei praktisch dazu verurteilt gewesen, seine harmlose Erklärung dafür zu akzeptieren. Es war unvorstellbar, daß er einen Briefträger in zwei Hälften gesprengt, Sporn und Weber ermordet und Dickfuss mit großer Erfindungsgabe drei Tage lang um den Tod betteln lassen haben sollte, ehe er ihm zu sterben erlaubte. Ich hätte schwören können, daß der Mann Friedensrichter war und in der Grafschaft für das Amt des Sheriffs kandidierte.

»Wollen Sie noch weit?« fragte er.

»Ich bewege ihn nur ein bißchen.«

Es wäre mein Ende gewesen, wenn ich zugegeben hätte, daß ich direkt zu einer halben Meile weiter vorn gelegenen Baumgruppe am Horizont unterwegs war, wo ich, wie ihm bekannt sein mußte, kampierte. Meine einzige Hoffnung bestand darin, ihn auf Distanz zu halten und ihn, ohne irgendeinen Verdacht zu erregen, unvermittelt in die Welt der Gehöfte und Dörfer hinabzuführen. Er hatte mich an dem einzigen Abend erwischt, an dem ich ihn für einen Moment vergessen hatte. Ich war völlig in seiner Gewalt. Ich hatte keine Chance, schneller zu ziehen als er, da sich das klobige Halfter der Mauser unter meiner linken Achselhöhle befand.

»Eine lohnenswerte Aufgabe«, sagte er kordial. »Wir haben natürlich alle von Ihnen und Nur Jehan gehört.«

»Wohnen Sie hier?« fragte ich.

»Nein. Ich bin nur bei Freunden zu Besuch.«

Sein Auftreten war freundlich und selbstsicher. Offenkundig hatte er nicht die leiseste Ahnung, daß ich ihn erkannt hatte. In meinem Inneren schrie ich mir zu, daß er verloren war, wenn er mich tötete, daß meine Freunde genug über ihn wußten, um seine Identität zu ermitteln, und daß ich ihm das sagen mußte. Aber würde er es für wahr halten? War es denn überhaupt wahr? Es gab kein anderes Belastungsmaterial gegen ihn als das meinige. Und ich würde nicht am Leben sein, um es vorzubringen.

Er näherte sich mir von rechts, gezwungenermaßen.

Wir ließen unsere Pferde nun Seite an Seite im Schritt gehen. Unmerklich verlangsamte sich das Tempo. Ich konnte es ihm nicht gestatten, sich hinter mich zurückfallen zu lassen und mir in den Rücken zu schießen, aber ich konnte nicht ohne irgendeine Erklärung stehenbleiben. Ich konnte mich nicht einmal aufsetzen, Nur Jehan meine Hacken in die Seite drücken und lospreschen. Gut, ich würde vielleicht mit heiler Haut davonkommen. Ich war mit seinem Charakter vertraut genug, um zu wissen, daß er nie auf gut Glück einen Schuß riskierte. Aber der Bursche war ein erfahrener Reiter; er würde sofort merken, daß ich bewußt vor ihm Reißaus nahm. Es war zwar durchaus möglich, daß er ironisch seine Melone lüftete und verschwand – um dann eben an irgendeinem anderen Abend, wenn mich die Liebe unvorsichtig gemacht hatte, in dem Heim, das ich dann vielleicht mit Benita teilte, wiederaufzutauchen.

»Er ist noch nicht richtig zugeritten«, sagte ich mit dem Hintergedanken, die Schuld für jede plötzliche Bewegung Nur Jehan anzulasten. »Man hat ihn als Haustier aufgezogen.«

»Ja. Das hat immer katastrophale Auswirkungen. Ist er leicht erregbar?«

»Nein. Und Ihre Stute?«

Er wich mir aus. Er wisse es nicht. Das bewies zumindest, daß ihm die Stute nicht gehörte. Er war die Art von Mann, dem man ohne Zögern ein gutes Pferd anvertrauen würde.

Alles, was ich auch tat, mußte völlig unverfänglich sein. Es mußte bei diesem schnurrenden Tiger der Eindruck entstehen, daß einzig und allein Nur Jehan verantwortlich war. Ich nahm eine lockere Sitzhaltung ein und fuhr zu plaudern fort. Dann trieb ich dem Hengst meinen linken Absatz tief in seine empfindliche Rippe und betete, daß ich nicht abgeworfen würde.

Nur Jehan ließ mich im Stich. Anstatt zu bocken oder durchzugehen, schnaubte er, schüttelte den Kopf und ging im Schritt weiter. Er konnte das Pferd neben sich offensichtlich gut leiden und wollte sich eine vielversprechende Bekanntschaft nicht durch irgendwelche Unachtsamkeiten von seiten seines Reiters verleiden lassen.

Mein Begleiter bemerkte nichts, da er meinen linken Fuß nicht sehen konnte und ich nicht am Zügel gezogen hatte. Ich versuchte es noch einmal. Diesmal blieb Nur Jehan unvermittelt stehen, gekränkt und verwirrt. Er nahm Druck, den er als zufällig empfand, nicht besonders übel; was ihm gegen den Strich ging, war der bewußte Einsatz einer schmerzenden Rippe, um Befehle zu erteilen. Doch der Freund auf seinem Rücken saß bequem und erteilte keinerlei Befehle. Die Begleitumstände paßten alle nicht ins Bild.

Dieser taktvolle Reiter blieb ebenfalls stehen. Das war es, was ich befürchtet und zu vermeiden versucht hatte. Wenn wir dort nicht die ganze Nacht über bleiben sollten, mußte ich mich als erster in Bewegung setzen und es ihm erlauben, ein oder zwei entscheidende Sekunden hinter mir zu bleiben. Ich spielte den Sonntagsreiter und zerrte an Nur Jehans Maul, der zu tänzeln begann.

»Völlig undressierbar!« rief ich zornig.

»Sind Sie da vielleicht nicht ein bißchen grob mit seinem Maul umgegangen?«

»Zum Teufel mit seinem Maul!«

»Geduld, mein Verehrtester!« riet mir mein Henker mit größter Liebenswürdigkeit. »Geduld führt am Ende immer zu dem gewünschten Resultat.«

Er hatte inzwischen seine halbe rechte Hand nachlässig in die Außentasche seines Jacketts gesteckt. Er ritt für einen Augenblick voran und kreuzte meinen Weg unter dem Vorwand, eingehend ein paar Schafe zu betrachten, die zu bewundern er sich den Anschein gab. Er machte es damit extrem schwierig für mich, es so einzurichten, daß ich nicht zu seiner Rechten zu ihm aufschloß. Wenn wir in dieser Position Seite an Seite ritten, hatte ich keinerlei Abwehrmöglichkeit gegen einen Schuß durch die Tasche und in die Leber – oder sonst wohin, wenn die unsichtbare Waffe großkalibrig genug war, um mich vom Pferd zu schleudern.

Ihm zu folgen und von links zu ihm aufzuschließen, erwies sich als ungemein schwierig, aber Nur Jehans Verhalten war perfekt. Er tänzelte gerade genug, um die Tatsache zu verschleiern, daß das Ausscheren nach links mit voller Absicht geschehen war. Wir ritten weiter über das Gras und wechselten beide etwas abrupt, aber doch nicht so plötzlich, daß es unnatürlich erschien, aus einem leichten Galopp in den Schritt. Ich hatte eine unsinnige und lebhafte Vision von irgendeinem Sportfest oder Geschicklichkeitsreiten – so lange her, daß ich mich nicht mehr erinnern konnte und wollte, welches –, bei dem ich ein störrisches Pony zwischen Pfosten hindurchlenken mußte. Diese verzweifelte Übung, mit der ich nun beschäftigt war, hatte gleichermaßen einfache Regeln. Setze dich an die rechte Seite deines Begleiters, und du bist tot. Aber du darfst nicht dabei erwischt werden, wie du dich davor drückst, und er nicht bei dem Versuch, dich dazu zu zwingen.

Der eisige Schweiß, der mir über die Rippen und meine allzu phantasiereiche Leber gelaufen war, war unter Kontrolle. Ich hatte eine Spur mehr Zuversicht. Dieser Mann war, wie ich gemutmaßt hatte, kein Spieler; ansonsten hätte er die Hand quer über den Sattel geschoben. Er wußte aus Erfahrung, daß es nicht so leicht war wie für die Cowboys in Groschenromanen. Beim Erscheinen der Pistole würde das Ziel zusammenzucken und das Pferd zwischen seinen Beinen diese Schreckensregung damit quittieren, daß es das Ziel abwarf. Ich selber hätte das Risiko eingehen können. Ich hätte gewartet, bis sich Pferd und Mann wieder gleichmäßig bewegten, und auch dann noch die Gewißheit gehabt zu töten, wenn sich die Schußweite auf zehn Meter vergrößert hätte.

Dieser eine Vorteil – obschon größtenteils imaginär – munterte mich ein wenig auf. Und nun kam ein weiterer dazu. Der Mann verlor jene Geduld, mit der er sich gebrüstet hatte.

»Ein herrlicher Platz für einen Galopp«, sagte er einladend.

Das stimmte. Es war höchst unwahrscheinlich, daß Nur Jehan auf Dauer schneller sein würde als dieses Kraftpaket von einer Stute. Aus der Sicht meines Begleiters konnte ihn nichts davon abhalten, nahe genug an seinem Opfer vorbeizupreschen, um seinen arglosen Rükken mit dem Pistolenlauf zu berühren. Aber ich war nicht arglos, und er hatte mir eine geringe Chance gegeben. Ich mußte sie ergreifen und auf eine Gelegenheit hoffen, die Richtung zu ändern – hinab zu den Gehöften und menschlichen Augen.

Ich hatte Nur Jehan etliche tüchtige Galopps erlaubt, aber ihn nie zuvor voll ausgeritten. Mein kleiner persischer Araber sauste los wie ein Windhund aus seiner Box, ein Blitzstart, dem die schwere Stute überhaupt nichts entgegenzusetzen hatte. Meine leise Stimme und meine Knie müssen ihm eine Dringlichkeit übermittelt haben, die Erwiderung heischte.

Nach hundert Metern blickte ich mich um. Die Stute kam zu meiner Linken heran und lag fünf bis zehn Längen zurück. Nur Jehan schien seinen Vorsprung zu halten, obwohl ich nicht sagen konnte, wieviel davon er beim Start gewonnen hatte. Dreihundert Meter. Fast vierhundert Meter. Und dann eine Steinmauer, neu und ohne eine Lücke, was bedeutete, daß ich ihn zum Stehen bringen mußte.

Doch weit zur Rechten war der Kamin eines Hauses und damit die Sicherheit. Konnte Nur Jehan springen? Worüber konnte er springen? Zumindest hatte er es geschafft, über die ungepflegten Hecken von Gillons Glebe-Wiese zu setzen. Doch wenn er gegen eine Cotswold-Mauer prallte, war es das Ende von uns beiden. Ein Pistolenschuß würde gar nicht nötig sein. Ein Stein würde, während ich am Boden lag, saubere Arbeit leisten, und nichts zurücklassen, das auf Mord hindeutete.

Ich wagte es nicht, den Hengst zu zügeln. Ich machte meine Absichten klar und saß still. Nur Jehan, fiebernd vor Aufregung sprang knapp zwei Meter zu früh los. Es war nur das schwächste Klicken zu hören, als ein Hinterhuf die Mauer streifte, und schon flog er wieder in gestrecktem Galopp dahin.

Ich schwenkte nach rechts in einen breiten, grasbewachsenen Weg, der zwischen Stacheldrahtzäunen hügelab führte. Da ich einmal dort war, konnte ich die Nähe und Position meines Begleiters diktieren. Ich blickte rechtzeitig über die Schulter, um zu sehen, wie er die Stute versammelte und einen mächtigen Satz tat. Dann wechselte er in einen lockeren Trab, als warte er darauf, daß ich zurückkam und mich wieder zu ihm gesellte.

Ich parierte Nur Jehan und wartete ebenfalls. Ich war in Sicherheit. Ein Bauer und irgendein weißbemantelter Tierarzt oder Beamter untersuchten auf der angrenzenden Weide Stierkälber. Die oberen Fenster des Hauses, von dem man bislang nur einen hochaufragenden Kamin gesehen hatte, waren nun deutlich zu erkennen. Ich beugte mich vor, um Nur Jehans Hals zu tätscheln, und zog im Schutze dieser Bewegung die Mauser aus ihrem sperrigen Halfter und steckte sie mir unter meinem Hemd mit dem Lauf voran in den Hosenbund. Das war äußerst unbequem und machte es unmöglich, in einer anderen Gangart als im Schritt zu reiten. Doch dafür war ich von nun an sicher, daß der Tiger, sofern er irgendein Tötungswerkzeug zog, noch immer eine einbandagierte Tatze haben würde, wenn er vor Gericht schien.

Da ich keine Anstalten machte, mich vom Fleck zu rühren, gesellte er sich zu mir.

»Ein bemerkenswerter Sturmritt für einen undressierten Araber«, sagte er jovial. »Ich dachte schon, daß es an dieser Mauer aus mit Ihnen sei. Aber, mein Verehrtester, was Sie da für ein Wagnis auf sich genommen haben!«

»Er ist durchgegangen«, entgegnete ich. »Er wäre sonst vielleicht direkt in sie hineingerannt.«

Das brachte mir einen fragenden, durchdringenden Blick ein, doch ich hatte die Antwort parat, um etwaigen Argwohn zu zerstreuen.

»Er trägt keinen Kinnriemen, wie Sie sehen«, erklärte ich. »Er ist nicht daran gewöhnt. Aber wir hätten es Ihnen natürlich nicht gestatten dürfen, uns in Versuchung zu führen.«

Ich forderte ihn auf, doch mit mir hinunterzukommen und etwas zu trinken. Jetzt wo ich für den Augenblick in Sicherheit war, mußte der Kontakt aufrechterhalten bleiben. Es würde mir vielleicht gelingen, ihn vor Zeugen zu einem Angriff zu verleiten, oder ich würde vielleicht seine Identität aufdecken und die Initiative zurückerlangen.

Wir lenkten unsere Pferde im Schritt zu dem weiter unten gelegenen Dorf hinab. Der einzige Hinweis auf seine Existenz war ein Teppich aus ausladenden Baumkronen, das Dach eines Herrenhauses aus der Zeit Jakobs I. und der Kirchturm, den ich Benita in einem, wie es nun schien, früheren Leben gezeigt hatte. Mein Begleiter plauderte unbefangen und freundschaftlich aus der Schule. Er war ein glänzender Schauspieler. Ich wäre oben auf den verlassenen Wiesen einen unerklärlichen Tod gestorben, wenn ich es nicht geschafft hätte, jenen langen Blick durch die Hecke am Rande der Straße von Stoke nach Hernsholt zu werfen und sein Gesicht zu beobachten, als sich darin unverhohlene Rachgier gespiegelt hatte.

Die Dorfstraße war praktisch menschenleer. Sie war breit genug für einen kleinen Wochenmarkt und beschrieb einen sanften Bogen, mit vielleicht dreißig Häusern auf der einen, vom Pub halbierten Seite, und zwanzig, von der Kirche geteilten, auf der anderen. Alle waren aus Stein und keines – bis auf eine pseudogotische Dorfschule – nach dem achtzehnten Jahrhundert gebaut. Die tiefstehende Sonne ließ das Goldgelb der für die Cotswolds typischen Fassaden und Ziegeldächer hervortreten.

»Das sind die schönsten Dörfer in Europa«, sagte mein Begleiter.

Ich gab sogleich zurück, daß sie das zweifelsohne seien, und war erstaunt, daß meine Antwort nicht im mindesten konventionsgebunden war. Tirol? Spanien? Das Elsaß? Hätte ich am Tag zuvor auch so ohne weiteres zugestimmt oder machte sich da der Einfluß Benitas bemerkbar? Ich vergewisserte mich, daß der entscheidende Hemdknopf offen war und der Griff der Mauser frei lag. Es wäre schmachvoll gewesen, genau zu dem Zeitpunkt zu sterben, da meine Augen englisch geworden waren.

Ein kurzes Gäßchen führte uns an der Seite des Gasthauses entlang in dessen Hof. Es gab eine Garage, aber keinen Stall. Wir banden unsere Pferde an den Zaun und gingen in den Hof, wo man das Fliesenpflaster ländlich-schlicht durch ein paar Steintröge mit Pflanzen aufgelokkert hatte. Für Gäste, die es vorzogen, im Freien zu trinken, standen zwei Eisenstühle und ein grob gezimmerter Tisch da.

Mein Begleiter marschierte direkt darauf zu und setzte sich. Ich blieb stehen und fragte, was er denn nähme.

»Egal«, erwiderte er und fügte dann, als werde er sich der Wunderlichkeit dieser Antwort bewußt, beseelter hinzu: »Whisky. Scotch, wenn Sie so gut sein wollen.«

Ich mußte ihm meinen Rücken zuwenden, um durch die Gartentür des Pubs zu treten. Das gefiel mir zwar nicht, aber ich hoffte, daß ihn die auf unsere Seite hinausgehenden Fenster gar nicht erst in Versuchung bringen würden. Als ich mit einem Tablett aus der Bar zurückkam, hatte ich keine Hand frei; ich achtete daher genau darauf, wo sich seine Hände befanden. Sie lagen beide auf dem Tisch und wirkten ein bißchen unnatürlich. Alleine gelassen, um ein paar Überlegungen anzustellen, war er vielleicht zu dem Schluß gelangt, daß ich ihm, dem Fremden, nicht ganz so vertrauensselig begegnete, wie es schien. Dieser Sprung über die Mauer, dieser Schwenk nach rechts und in die Sicherheit hätten durchaus Absicht sein können.

Sobald die Drinks auf dem Tisch standen, ließ ich meine Zündhölzer wie aus Versehen zu Boden fallen und bückte mich, um sie wieder aufzuheben. Die Mauser war nun auf meinem Schoß. Ich saß ihm gegenüber, und sie konnte nicht gesehen werden. Mein Jackett schirmte sie vor Blicken aus dem Barfenster ab. Ich trank die Hälfte meines Whiskys und bemerkte, daß mein Mitreiter das Glas nur an die Lippen führte.

»Sie heißen doch von Dennim, oder?« fragte er.

»Dennim. Ich habe das *von* abgelegt.«

»Ja, das kann ich verstehen. Darf ich mit Ihnen zurück auf die Hügelkette reiten, wenn Sie mit Ihrem Drink fertig sind?«

Ich fragte ihn, ob das sein Heimweg sei. Er erwiderte, noch immer recht freundlich, daß er das nicht sei, daß er aber noch länger in meiner Gesellschaft zu bleiben wünsche. Er betonte das Wort »wünsche«. Falls ich an Flucht dachte, sollte ich es als Befehl erkennen. Falls ich noch immer arglos war, gab es nichts an der leichten Arroganz seines Tons, was mich erschrecken konnte.

Das war das Ende. Der Tiger hatte sich eine Blöße gegeben. Ich konnte handeln.

»Senken Sie Ihren Kopf, um zum Beispiel Ihr Taschentuch aufzuheben«, sagte ich zu ihm, »und Sie werden bemerken, daß auch ich Sie im Schußfeld habe. Meine Beine sind übereinandergeschlagen, und ich sitze mit der Seite nach vorn. Von unter dem Tisch können Sie mir nur eine schmerzhafte Wunde zufügen. Wenn ich das leiseste Anzeichen dafür sehe, daß Sie Ihre Pistole über den Tisch heben, bringe ich Sie um. Ist das klar?«

Er warf mir einen Blick zu, in dem ein solcher Haß loderte, daß ich ganz knapp daran war zu feuern. Ganz langsam erlosch der Wahnsinn wieder und wich einer ironischen Distanz, die in wesentlich größerem Einklang mit dem Gesicht stand.

»Dann wissen Sie also, was ich Ihnen zu sagen habe?«

»Was Sie zu Sporn, Dickfuss und Weber gesagt haben. Aber das Spiel ist aus.«

»Das Spiel ist keineswegs aus, von Dennim. Wie Sie sagen – so sagten Sie doch? – wagen Sie es nicht, als erster zu schießen.«

Ich wies darauf hin, daß er eine Automatik in der Hand halte, daß ich ihn also zu Recht töten und man mich freisprechen würde.

»Vielleicht«, antwortete er kühl. »Nur vielleicht. Es wird sehr schwierig werden, mich mit einer dieser drei Hinrichtungen in Verbindung zu bringen. Ganz egal, wieviel Angst Sie auch haben, glaube ich nicht, daß Sie als erster schießen werden.«

Ich stellte erstaunt fest, daß ich keine sonderliche Angst mehr hatte.

»Wenn das, wie Sie denken, ein Patt ist«, sagte ich,

»können Sie mir ebensogut erzählen, was Sie eigentlich gegen mich haben. Sie waren doch nie in Buchenwald.«

»Nein – aber meine Frau schon.«

»Es gab keine Frauen.«

»Außer auf Einladung.«

Ich vermochte nicht zu folgen. Mein Gesichtsausdruck muß in provozierendem Maße herablassend gewesen sein.

»Haben Sie das schon vergessen, von Dennim? Hat es Ihnen so wenig bedeutet? Nun gut, ich werde Ihr Gedächtnis auffrischen. Ich will, daß jeder von euch weiß, warum er sterben muß. Die Offiziere in Buchenwald haben gewisse Frauen aus dem Ravensbrücker Lager zu ihrem Vergnügen benutzt, nicht wahr? Sie haben selbst einmal eine kleine Gruppe von ihnen geholt.«

Das war vollkommen richtig. Ich hatte den Plan ersonnen und sorgfältig die richtige Zeit dafür ausgewählt und schließlich Gelegenheit erhalten, so eine Gruppe aus dem Frauenkonzentrationslager zu holen. Aber ich verstand immer noch nicht, was das mit ihm oder seiner Frau zu tun hatte. Das war das Ereignis, das Olga Coronel veranlaßt hatte, nach dem Krieg nach London zu kommen, um mir zu danken, als sie und Georgina entschieden – mit Recht, schätze ich –, daß ich nicht in der Verfassung sei, um irgend jemandem gegenüberzutreten, der mich zu lebhaft an die Vergangenheit erinnern konnte.

Es war die Angewohnheit von diesem unsäglichen Schwein, Major Sporn, gewesen, sich diese unglückseligen Geschöpfe dann und wann aus Ravensbrück auszuleihen. Neben den politischen Insassinnen, auf die die Ravensbrücker Gaskammer wartete, fanden sich dort auch viele gewöhnliche Delinquentinnen, die völlig demoralisiert und daher nur zu froh waren, wenn es in ihrem halbverhungerten Leben eine Unterbrechung gab und sie Gelegenheit erhielten, sich sinnlos zu betrinken.

An dem Nachmittag, an dem ich selbst nach Ravensbrück fuhr, ließ ich Catherine Dessayes und Olga Coronel heimlich unter meine Busladung von Diebinnen und Prostituierten schlüpfen. Sie wußten, daß sie mir vertrauen sollten, und das war alles. Zwölf Frauen waren nach Buchenwald aufgebrochen, dreckig, zerzaust, aufdringlich geschminkt. Aber waren es zehn oder zwölf, die ankamen?

Sporn, der bereits betrunken war, wußte es nicht und scherte sich nicht. Ich, der vorgab, ebenfalls betrunken zu sein, hatte mit den zwei Dazugekommenen jongliert – hatte sie subtrahiert, sie addiert, alles getan, außer sie zu multiplizieren. Achtundvierzig Stunden später waren Dessayes und Coronel auf einem geheimen Landeplatz abgeholt worden und in London im Krankenhaus. Inzwischen war ich inhaftiert; aber sie konnten mir keine Manipulationen nachweisen, und sie erschossen den falschen Mann. Zumindest war es aus ihrer Sicht der falsche. Ansonsten hätten sie keinen würdigeren Kandidaten finden können.

»Ihre Frau kann nicht in dieser Gruppe gewesen sein«, sagte ich.

»Sie war es aber, von Dennim. Ich habe ein ungefähres Bild davon, was man ihr in den Wochen von ihrer Verhaftung bis zu ihrem Tod alles angetan hat. Die Männer, die sie verhörten, wurden als Kriegsverbrecher gehängt – bis auf einen, den zu hängen ich selber das Vergnügen hatte. Mit Major Sporn und Hauptmann Dickfuss habe ich abgerechnet, als sie ihre Haftstrafen abgebüßt hatten. Und im Laufe meiner Unterhaltung mit Dickfuss erfuhr ich, daß ich Weber und Ihnen gegenüber eine Schuld zu begleichen hatte. Es hat mich einige Zeit gekostet, Sie zu finden. Dabei hätte ich mir denken können, daß Sie der Typ waren, der seinen Hals rettete, indem er sich beim britischen Geheimdienst lieb Kind machte.«

»Wie hat sie ausgesehen?« fragte ich, ohne hierauf einzugehen.

»Sie hatte langes, dunkles Haar«, sagte er. »Ihre Haut war sehr bleich und selbst bei guter Gesundheit transparent.«

Die Winkel seines breiten, ausdrucksvollen Mundes zuckten zweimal. Er schleuderte mir über den Tisch einen feindseligen Blick entgegen, aus Augen, in denen die Trauer längst dem zwanghaften Verlangen nach Blutrache gewichen war.

Ich erinnerte mich. Das Haar war kurz geschoren gewesen, aber die Transparenz der Haut war unvergeßlich. Sie hatten sie, wie ich vermute, zum Abschaum des Lagers gesperrt, um jede Erinnerung an sie auszulöschen. Gott allein wußte, wie man sie mit Drogen vollgepumpt und gebrochen hatte, bevor sie dann in Ravensbrück interniert wurde. Als ich sie sah, schien sie nicht zu wissen oder sich etwas daraus zu machen, wo sie war. Sie war bereits tot, wenn auch in physischer Hinsicht vermeintlich wohlauf.

»Was hatte sie getan?«

»Getan! Was hatte sie getan! Sie elender Drecksack, sagt Ihnen der Name Savarin irgend etwas?«

Ich fragte ihn friedlich, ob er Savarin sei.

»Ich war es.«

Vermutlich wußten einige der Franzosen, wem dieser Deckname gehörte. London hatte es nie gewußt, und der Feind, glaube ich, auch nicht. Savarin, ein unglaublich listenreicher und erbarmungsloser Führer der Widerstandsbewegung, hatte seinen Privatkrieg gegen die deutschen Besatzer geführt. Jeder seiner blutigen Überfälle und Sabotageakte trug den Stempel seines eigenen Temperaments – eine sardonische Grausamkeit, die zu irgendeinem Sultan aus Tausendundeiner Nacht paßte.

»Aber diese Frauen«, begann ich, »waren ...«

Ich hielt inne. Es machte die Sache nur noch schlimmer. Und der Gedanke an die Rache, die die Gestapo genommen hatte, als sie argwöhnte, daß sie die Frau von Savarin aufgegriffen hatte, war unerträglich. Dessayes und Coronel konnten doch nicht von ihrer Anwesenheit in Ravensbrück gewußt haben, da sie nicht bei den politischen Insassinnen untergebracht war. Wenn diese zwei ritterlichen Frauen geahnt hätten, daß sie sich mit ihnen im Bus befand, hätte eine von ihnen auf ihrer Flucht bestanden und statt dessen ihr eigenes Leben geopfert.

»Das mit Dickfuss und Sporn kann ich verstehen«, sagte ich. »Aber warum haben Sie Hans Weber getötet?«

»Er hat Sie begleitet und den Bus gefahren.«

Wieder richtig. Weber war der für den Transport verantwortliche Offizier. Ich hatte ihn um seiner höchst bemerkenswerten Dummheit willen zum Fahren überredet. Wenn man es ihm nur oft genug einschärfte, daß die Gesamtsumme zehn betrug, konnte man sicher sein, daß er Stein und Bein darauf schwor.

»Sie hätten ebensogut auch noch den Mann hinrichten können, der ihn gebaut hat!« stieß ich hervor.

Die Grausamkeit und der Jammer der Sache überwältigten mich. Ich wußte, daß ich Savarin nie kaltblütig töten konnte. Rache für Racheakte zu nehmen, hieß lediglich, das Grauen zu verlängern und es Gerechtigkeit zu nennen.

Ich vermute, daß kein Mann, der einer der Liebe würdigen Frau große Liebe entgegengebracht hat, jemals garantieren könnte, daß er die Teufel, die sie zugrunde richteten, nicht töten würde. Aber aus einer momentanen Eingebung heraus. Zehn Jahre zu warten, ohne trotz des kräftezehrenden normalen täglichen Lebens den unstillbaren Drang zu verlieren, sie zu rächen, mußte eine Seltenheit sein. Und war doch noch vor ein paar Jahrhunderten so selten nicht. Ich bin kein Psychologe, aber ich glaube, daß das entsprechende Pendant religiöser Wahnsinn ist. In Savarins Fall war der ingrimmige Gott sein eigener sehr realer, aber pervertierter Gerechtigkeitssinn. Er hatte das Gefühl, daß er töten *mußte*, daß er moralisch zum Töten verpflichtet war und es sich niemals gestatten durfte, in irgendeiner Form wankelmütig zu werden. Hierzu mußte natürlich die schiere Lust am Töten kommen. Er mußte schon immer einen ausgeprägten Zug von sadistischer Grausamkeit an sich gehabt haben – der in der Jugend vielleicht sublimiert, während des Krieges aber durch den Patriotismus in seiner ganzen Pracht freigesetzt und legitimiert worden war.

Ich war versucht, ihm den Rücken zuzukehren und wegzureiten. Das war es, wie ihn mein Vater abgetan hätte, indem er seine Existenz durchaus auf Kosten der eigenen ignorierte. Ein ebenso despektierlicher wie ehrenwerter Ausweg aus dem Dilemma. Stolz, würde Benita sagen. Am Tag zuvor hätte auch ich ihm vielleicht den Rücken zugekehrt. Aber wenn ich die Zukunft fahren ließ, ging das nun nicht mehr nur mich etwas an.

Ich sagte ihm, daß dies das Ende sei und er sich ergeben müsse. Ich offenbarte ihm alles, was ich wußte – wie er versucht hatte, mich in meinem Cottage zu vergiften, wie er mich aus dem alten Luftschutzbunker beobachtet und sein Pferd bei Fred Gorble untergestellt hatte, wie ich es um ein Haar geschafft hatte, ihn am Dachsbau im Beisein eines Zeugen in die Falle zu locken.

Sein Gesichtsausdruck veränderte sich kaum. Ich hatte den Eindruck, daß er dies alles immer wieder in Betracht gezogen, jedoch als Unmöglichkeit verworfen hatte.

»Dachse gegen den Wind zu beobachten«, sagte er, mehr zu sich selbst als zu mir. »Ich hätte wissen müssen, daß sich nicht einmal die Gestapo so dumm anstellt.«

Das war es also, warum er instinktiv geargwöhnt hatte, daß irgend etwas nicht stimmte, und sich nicht auf dem

Weg herangepirscht hatte, der sich eigentlich dafür anbot!

»Sie hätten auch wissen müssen«, entgegnete ich, »daß ein Spezialist für Eichhörnchen den Unterschied zwischen den geographischen Rassen in Frankreich und England kennt.«

Das, konnte ich sehen, gab ihm endlich zu denken. Der Kauf der Eichhörnchen, die er in der Wen-Acre-Schonung freigelassen hatte, war genau die Art von Beweismittel, das die Polizei erbringen konnte.

»Verstehen Sie jetzt, Savarin«, fragte ich, »daß ich auf Selbstverteidigung plädieren kann, wenn Sie mich zwingen, Sie zu erschießen?«

Er verstand durchaus, aber es kümmerte ihn nicht mehr. Das war der von mir vorausgeahnte Tiger, der auch mit einer noch so bösen Schußverletzung unbeirrt vorwärtsstürmen würde.

»Es täte mir leid, wenn ich bei Ihrem Prozeß nicht anwesend wäre«, erwiderte er mit einer Ruhe, die, wiewohl gekünstelt, nicht minder tödlich war. »Ich bin zur Hälfte Engländer und wurde hier erzogen. Ich kenne das englische Strafrecht. Niemand wird Ihnen Glauben schenken, und meine Freunde sind einflußreich genug, um dafür zu sorgen, daß man Sie wegen Mordes vor Gericht stellt. Es wird mehrere – von einer Zeit im Gefängnis unterbrochene – Wochen dauern, bis Ihre Vergangenheit ans Licht kommt. Sie dürfte bei dem Mädchen, von dem Sie sich da so berechtigerweise verabschiedet haben, auf reges Interesse stoßen. Ich will doch meinen, daß Sie nicht umhinkönnen werden, Ihren Namen zu ändern. Ein von Dennim in der Gestapo! Wenn ich Sie nicht töte, sollte es das Oberhaupt Ihrer berühmten Familie tun.«

»Ich *bin* der Graf von Dennim«, antwortete ich.

Er schleuderte seinen Körper mit einem jähen Ruck nach vorn und spuckte mir ins Gesicht.

Von diesem Punkt an war es ein anderer, der das Kommando übernahm. Er findet weder meine Billigung noch Mißbilligung. Was er tat, ist das, was ich unter ähnlichen Umständen wieder tun würde. Doch mein gewöhnlich eher ruhiges Ich erkennt ihn nur mit Mühe wieder.

Ich zitterte vor Selbstbeherrschung und hörte mich sagen:

»Ich habe ein Recht zu erfahren, mit wem ich mich befassen muß. Ihre Identität spielt keine Rolle mehr.«

»Mit dem Vicomte de Saint Sabas.«

Ich kannte den Namen – und hatte in einem Punkt eine persönlichere Beziehung zu ihm als die Historiker, die in die Vergangenheit zurückblicken und das unausweichliche und aufsässige Erscheinen eines Saint Sabas registrieren, wann immer die Edlen Frankreichs dem König von England oder ihrem eigenen Paroli bieten.

»Sie haben einen Sohn?« fragte ich.

»Ja.«

»Das erleichtert mein Gewissen.«

»Sie sind impertinent!«

»Nein, Sir! Der erste Saint Sabas war Kämmerer bei den Dennims und wurde von uns in den Adelsstand erhoben. Und ich hatte nicht vor, der Familie ein Ende zu setzen. Aber gegen die Schmach vermag ich nichts zu tun.«

»Schmach?«

Das Wort schmerzte ihn weit mehr als meine mittelalterliche Absurdität – von der er ohnehin wußte, daß sie der Wahrheit entsprach. Ich erklärte es.

»Sie haben einen unschuldigen Briefträger ermordet, Saint Sabas. War das auch eine Hinrichtung? Im Chicago-Stil?«

»Ein Mißgeschick!« platzte er heraus. »Wie zum Teufel konnte ich das voraussehen?«

Sein rechter Arm begann sich zu bewegen. Ein wenig

schneller war der Lauf der Mauser über der Tischkante. Beide Waffen kehrten auf den Schoß zurück.

Ich erzählte ihm die wahre Geschichte meines Krieges. Es war nur recht und billig, daß der Mann die Chance erhalten sollte, mir zu glauben oder eben nicht. Doch die Tatsachen schienen auf diese ungeduldigen und abschätzigen Augen überhaupt keinen Eindruck zu machen. Wie konnten sie auch? Wenn er sie akzeptiert hätte, wäre er gezwungen gewesen, sich seiner eigenen Schuld zu stellen.

»Meine Antwort hierauf lautet, daß Sie ein Lügner und ein Feigling sind«, sagte er. »Nicht einmal Dickfuss kam auf den Gedanken, sich als britischer Agent auszugeben.«

Ich trank aus und überging die geringfügige Beleidigung. Ich bemerkte – obwohl es, wie ich bereits sagte, kein mir bekanntes Ich war, das da sprach –, daß es schwierig sei, zwischen einem Lügner und einem Verrückten Bedingungen auszuhandeln, daß ich aber einen Vorschlag machen würde.

Ich war mir des selbstmörderischen Irrsinns dessen, was diesem verdammten Graf von Dennim da vorschwebte, voll und ganz bewußt. Aber ich sah einfach keinen anderen Ausweg. Ich weigerte mich, Saint Sabas kalten Blutes über den Haufen zu schießen. Und wenn ich mich auch nur ein kleines Stück von jenem Tisch auf die Hintertür des Pubs oder Nur Jehan zubewegte, würde Saint Sabas mich über den Haufen schießen. Wenigstens unsere Vorfahren konnten uns aus der Pattsituation hinausmanövrieren, wenn es sonst schon nichts konnte.

»Ich stelle Ihnen keine Bedingungen«, sagte er.

»Dann akzeptieren Sie vielleicht die meinen. Sie kennen die Scheune in der Baumgruppe. Wir werden zusammen, aber außer Pistolenschußweite darauf zureiten. Wir werden dreihundert Meter davor anhalten.

Ich werde bleiben, wo ich bin, um Ihnen Zeit zu geben, sich die Scheune genau anzusehen, da ich sie kenne und Sie nicht. Sie werden sich dann auf der anderen Seite auf eine Entfernung von dreihundert Metern zurückziehen. Wir werden einander noch immer im Blickfeld haben und können kontrollieren, ob die Vorgaben eingehalten werden.«

»Woher weiß ich, daß Sie nicht davonreiten und sich auf einem Polizeirevier verstecken?«

»Woher weiß ich, daß Sie nicht sang- und klanglos verschwinden? Savarin hat große Übung darin, seinen Namen und sein Äußeres zu ändern.«

»Sie wissen es, weil ich die Absicht habe, Sie zu töten. Ich bin ungeduldig, von Dennim.«

Seine Stimme erhob sich ein wenig über ihren gewohnten unterkühlten Ton. Er brannte nur so vor Ungeduld.

Das sei auch mein Beweggrund, sagte ich. Ich hatte nicht die Absicht, den Rest meines Lebens damit zu verbringen, mein Essen und meine Pakete zu untersuchen.

Er weigerte sich noch immer einzuwilligen. Er hatte keine Angst vor dem Sterben, nur davor, zu sterben, bevor er töten konnte. Ich wußte das, doch ich warf ihm vor, sich zu fürchten. Er blieb völlig ungerührt.

»Ja«, sagte er. »Ich fürchte, daß Sie sich aus dem Staub machen.«

Das war langsam nicht mehr auszuhalten. Ich verspürte ein entsetzliches, nervöses Verlangen zu lachen. Der Graf von Dennim und der Zoologe fanden beide den anderen lächerlich, mit dem Ergebnis, daß alle zwei am Rande der Hysterie waren.

»Sie haben mir ins Gesicht gespuckt«, sagte ich. »Soll ich es so für Sie formulieren? Daß selbst wenn ein von Dennim ein Gestapo-Offizier ist und ein Saint Sabas Briefträger ermordet, jeder dessenungeachtet eine Tradition hat.«

Er sah mich nicht mehr ganz so anmaßend oder jedenfalls nicht mehr ganz so haßerfüllt an. Er war wieder menschlich – der bedächtige, scharfsinnige Richter, der erwägt, was sein Opfer wohl machen wird.

»Sie sind nicht wie die anderen«, sagte er. »Ich nehme Ihre Bedingungen an.«

Ich erhob mich mit dem Rücken zu den Fenstern des Gasthauses und steckte die Mauser in ihr Halfter. Saint Sabas zauderte, und ich erhaschte einen deutlichen Blick auf seine Waffe. Es war eine 45er Automatik. Die Familie Dennim hielt seinen Augen verachtungsvoll für mich stand, während das vertraute Ich dieses höchst gefährliche Theater in heller Panik mißbilligte. Er sicherte die Pistole und ließ sie in seine Außentasche gleiten.

Wir gingen Seite an Seite zu unseren Pferden, ohne ein Wort zu wechseln. Die Atmosphäre der Formalität schien zu funktionieren. Die wenigen pferdenärrischen Dörfler, die uns beobachteten, müssen, dessen bin ich sicher, angenommen haben, daß die beiden mittelalten Männer auf ihren bildschönen Reittieren gute Freunde waren, die es vorzogen zu schweigen.

Als wir allein und wieder auf dem überwachsenen Weg waren, der zur Hügelkuppe führte, trennten wir uns. Jeder hielt sich dicht an den Zaun auf seiner eigenen Seite, so daß zwischen den Pferden etwa zwanzig Meter Gras und Wagenfurchen lagen. Nur Jehan sträubte sich heftig.

»Es gibt keinen Grund, gegen Ihr Pferd zu kämpfen«, sagte Saint Sabas. »Das wenige, das es in dieser Welt an Schönheit gibt, hat bereits genug durch Sie gelitten. Ich gebe Ihnen mein Ehrenwort, daß Sie sicher an meiner Seite reiten können, und ich akzeptiere das Ihre.«

Ich dankte ihm und fügte hinzu:

»Das Licht schwindet rasch dahin.«

»Es war heute abend zu klar. Es sieht nach Regen aus.«

»Nicht vor Mitternacht, würde ich sagen.«

»Es war wirklich ein bemerkenswerter Juni.«

»Ja. Wir haben beide Glück mit unserem Wetter gehabt.«

»Da ist eines, was ich gerne wüßte. Hatten Sie dies Treffen die ganze Zeit über geplant, von Dennim?«

»Die ganze Zeit.«

»Und die Polizei ist überhaupt nicht involviert?«

Es gab eine Grenze für Vertraulichkeiten. Das würde ich ihm nicht erzählen.

»Was die tut, wissen Sie wahrscheinlich ebensogut wie ich, Saint Sabas.«

»Mein französisches Blut verrät es mir«, sagte er mit einem rauhen Lachen. »In einem Augenblick bin ich von der Schlauheit der Briten überwältigt. Im nächsten bin ich sicher, daß die ganze Schlauheit meine eigene Erfindung ist.«

Die Hügelkuppe war unter dem bedeckten Himmel nun kahl und öde. Es wehte gerade genug Wind, um leise in den Telefondrähten zu singen, die mit uns den Hügel hinaufmarschierten und am letzten Haus endeten. Die Scheune und die weitläufige Baumgruppe wirkten nicht mehr so düster wie im Sonnenlicht. In die größere Einsamkeit des Hochlands eingebettet, verhießen sie Dekkung und ein schützendes Dach.

»Ich bezweifle, ob wir imstande sein werden, einander auf sechshundert Meter zu sehen«, sagte ich.

»Ich werde Ihnen mit einer Taschenlampe ein Signal geben, wenn ich in Position bin.«

»Die meine, fürchte ich, ist in meinem Rucksack in der Scheune.«

»Geht sie?« fragte er.

»Ja, sehr gut.«

»Dann nehmen Sie die! Ich hole mir die Ihre, wenn ich die Scheune untersuche.«

Saint Sabas reichte seine Taschenlampe herüber und

ritt mit einer leichten Neigung des Kopfes in Richtung der Baumgruppe davon.

Ich erwiderte seine Verbeugung. Es ist möglich, daß der Taschenlampentausch die weiteste Annäherung an eine Ehrenbezeigung war, zu der er sich überwinden konnte. Menschen, die an religiösem Wahnsinn leiden – wenn ich mit meiner phantasievollen Erklärung seiner Psyche denn recht habe –, können sehr angenehm sein, solange das Thema Verdammnis nicht aufgeworfen wird. Aber zu der Zeit schwankte ich zwischen Bewunderung seiner Umgangsformen und dem Verdacht, daß er die Absicht hatte, sich an meinem Rucksack zu schaffen zu machen. Ich verbannte den Gedanken aus meinem Kopf. In welchem Jahrhundert wir auch immer waren, so waren wir doch alle beide darin. Und die Zeit für einen Mordanschlag mittels Gift oder Sprengstoff war sowieso vorbei.

Saint Sabas wurde von der Dämmerung und den Bäumen verschluckt. Ich stieg ab und überlegte mir, wie meine Taktik aussehen sollte. Es konnten keine Zweifel mehr bestehen, ob ich ein moralisches Recht hatte, ihn zu töten. Ich hatte nicht die geringste Überlebenschance, wenn ich es nicht tat, und es erübrigten sich nun sogar etwaige Bedenken wegen meiner rechtlichen Situation. Ich war des Zornes und der Barmherzigkeit gleichermaßen ledig. Wenn es nur um den Verlust meines eigenen Lebens gegangen wäre, hätte ich vielleicht noch immer mit meinem Gewissen gehadert; aber es war meine Zukunft mit Benita, die auf dem Spiel stand, und das war etwas völlig anderes als meine Zukunft mit Eichhörnchen. Der erste Schuß mußte von aller weiteren Angst befreien, und zwar ohne Wenn und Aber.

Wendigkeit im Feld und lautlose Füße waren alles, was ich Geschwindigkeit und Verzweiflung entgegenzusetzen hatte. Savarin muß ebensoviel Gefechtserfahrung gehabt haben wie jeder langlebige Zugführer bei der Infanterie, während ich selbst, obwohl ich unter Beschuß gelegen hatte, keine Erfahrung im Angriff besaß. Sein anderer überwältigender Vorteil war, daß er sich nichts daraus machte, ob er starb oder nicht, solange ich es nur tat. Das Spiel war für ihn aus. Es hatten ihn zu viele Leute mit mir gesehen. Das Äußerste, worauf er hoffen konnte, war ein Leben auf der Flucht, falls es ihm gelang, aus England zu entkommen, ehe man meinen Leichnam fand.

Das Naheliegendste war, als erstes in den dichten Baumgürtel um die Scheune vorzustoßen und das Angreifen dem anderen zu überlassen: faktisch also den inneren Verteidigungsring zu halten. Saint Sabas würde keinerlei Argwohn schöpfen, da er überhaupt nichts von meiner Geschichte wußte. Bis zu diesem Abend hatte er angenommen, daß ich lediglich ein übel beleumundetes Mitglied der Familie Dennim sei; es gab eine Menge, die zur Wahl standen, insbesondere aus der bayerischen Linie, und einige davon waren Nazis gewesen. Folglich hatte er keinen Grund zu der Befürchtung, daß ich zwischen den Bäumen möglicherweise sein Meister sein könne.

Nun gut. Ich konnte darauf zählen, daß er eher scharf und direkt auf das Wäldchen zureiten und dann in Deckung gehen würde, als einen Vorteil aus seiner bestens trainierten Stute zu schlagen und mich unter offenem Himmel anzugreifen.

Weit auf der anderen Seite der verlassenen Hochebene sah ich die Taschenlampe das verabredete Lichtsignal geben. Ich stieg auf Nur Jehan und erwiderte es. Saint Sabas kam da, wo ich es erwartet hatte, in mein Blickfeld galoppiert, und ich preschte, anstatt mich auf ein Wettrennen zu den Bäumen einzulassen und die ganze Breite des Deckung bietenden Gehölzes zwischen uns zu bringen, mit einem jähen Schwenk auf den rechten Rand des Wäldchens zu. Die Schußweite verringerte sich auf knapp hundert Meter, da er seinen Kurs beibehielt, aber das Licht war trügerischer, als ich gehofft hatte. Ich ließ mich zu Boden fallen, feuerte und landete einen Streifschuß – denn die verschwommene Gestalt führte eine Hand zu ihrem Nacken und Ohr –, feuerte erneut und schoß daneben. Pferd und Reiter verschwanden hinter den Bäumen.

Das war das. Auf Kosten eines geringfügigen Blutverlusts hatte er den inneren Verteidigungsring gewonnen, und mein Plan, ihn auf freiem Feld niederzustrecken, hatte mich in die schlimmstmögliche Lage gebracht. Es war unwahrscheinlich, daß ich je wieder Gegelenheit bekommen würde, die größere Reichweite und Zielgenauigkeit meiner Waffe auszuspielen, außer Saint Sabas wurde mitten in der Bewegung vom plötzlichen Auftauchen des Mondes überrascht. Der war nun aufgegangen, schimmerte schwach durch die vorübertreibenden Wolken und stand dann und wann auch klar am Himmel.

Ich war außerhalb der wirksamen Schußweite seiner 45er Automatik. Die Waffe war jedoch besser für ein Handgemenge im Halbdunkel geeignet als die meine, und ich mußte mich ihr nun im Nahkampf stellen. Die einzige sichere Maßnahme war, schnell wegzukriechen, bis ich Teil des Hanges war, und mich dann in das Gehölz zu schlagen, wo immer Schatten und Gelände dies erlaubten. Er konnte nicht seine gesamte Vorpostenlinie überwachen.

Aber konnte er das wirklich nicht? Ich schätzte, daß ich die Vorpostenlinie sehr leicht überwachen konnte, wenn ich das abgeschiedene Wäldchen zu meinem Unterschlupf für die Nacht erkor. Ich verspürte nicht die geringste Lust dazu, mich aus irgendeiner Richtung an diese unergründliche Mauer aus Zwielicht heranzuschleichen. Der Boden fiel in einer sanften Schräge von den Bäumen ab, und sein Bewuchs beschränkte sich auf Gras.

Obwohl ich mir immer wieder eingeredet hatte, daß ich ihn den Kontakt nicht abbrechen lassen durfte, wäre ich zu diesem Zeitpunkt sehr froh gewesen, wenn irgendein verspäteter Schäfer oder Wildhüter über den Hügel heraufgekommen wäre und ihn verscheucht hätte. Doch das war ziemlich unwahrscheinlich. Die nächsten Häuser waren gut eine halbe Meile entfernt und wurden von den Konturen des Hügels gegen direkten Geräuscheinfluß abgeschirmt. Selbst wenn der Wind den Hall der beiden Schüsse aus der Mauser laut und vernehmlich mit sich forttrug, brauchte dies nicht unbedingt Aufmerksamkeit zu erregen. Irgendwo auf dem tiefer gelegenen Gelände im Osten, das vielleicht der Dame mit den Hunden gehörte, waren drei oder vier Schützen hinter aufbaumenden Ringeltauben hergewesen. Es gab auch Kirschgärten, weit unten auf der Worcestershire-Seite, wo die ganze Nacht über Schreckschußanlagen knallten, um die Vögel fernzuhalten. Diese enervierenden Vorrichtungen hatten mich in der Nähe von Chipping einmal in Deckung hechten lassen, als Benita glücklicherweise nicht bei mir war. Die Bauern stellten sie so ein, daß sie vierundzwanzig Stunden am Tag in Abständen mit Getöse losgingen, und hatten – oder sagten, sie hätten – keine Möglichkeit, sie nach Einbruch der Dunkelheit abzuschalten.

Ich hörte Saint Sabas in leichtem Galopp durch das Gehölz reiten. Er band seine Stute jetzt vermutlich gerade an einem Baum fest. Ich hatte nichts, an dem ich Nur Jehan festbinden konnte. Er blieb in der Nähe, war aber völlig aufgelöst und entsprechend unruhig. Er weidete nicht einmal. Auf jeden Fall – und das war ein Segen – war er nicht in der anhänglichen Stimmung, um seinem Reiter auf Schritt und Tritt zu folgen.

Mit einem beherzten Sprint wäre ich wahrscheinlich unversehrt bis zu den schützenden Bäumen gelangt, aber ich hatte gelernt, gegen Saint Sabas nicht vorschnell alles auf eine Karte zu setzen. Ich tätschelte weiter den Griff der Mauser und spielte die letzte Partie dieses Blindschachturniers durch, das wir in den letzten drei Wochen ausgetragen hatten. Sobald er am Rand des Wäldchens war – und es war gut möglich, daß er seine Stute laufengelassen hatte und sich bereits dort befand –, sollte er imstande sein, Nur Jehan in der Nähe der Stelle zu sehen, wo ich mich aus dem Sattel geschwungen und geschossen hatte. Er würde nicht damit rechnen, daß auch ich noch immer in der Nähe war. Aber ich würde es sein. Das Gelände leistete Schützenhilfe.

Eine niedrige Bodenfalte führte im schiefen Winkel zu der Baumgruppe. Sie war mit bloßem Auge kaum als Vertiefung zu erkennen, doch an ihrem Rand wuchs gut fünfundzwanzig Zentimeter hohes Rispengras, dessen Halme damit in diesem Licht gerade hoch genug waren, um meine Bewegungen eher zu verdecken als zu verraten.

In der Hoffnung, daß er nun angestrengt in die falsche Richtung spähte, robbte ich in der Bodenfalte langsam näher und näher an die Bäume heran. Als ich einen fünfzehn Meter weit draußen gelegenen Punkt erreicht hatte, gab es keine andere Möglichkeit mehr, als den Rest im Spurt auf freiem Feld zurückzulegen. Doch davor fürchtete ich mich nicht besonders. Am Himmel jagten dicke Wolken dahin.

Ich begann, meine Deckung zu verlassen. Ich hatte bereits ein Bein unter mich gezogen und, fertig zum Sprung, den Kopf gehoben, als mich der Schein des unberechenbaren Mondes erfaßte. Ich lag still und betete, daß sich Saint Sabas nicht auf meiner Seite der Bäume befand und, falls doch, bewußt war, daß der dunkle Fleck meines Körpers ausgemacht werden konnte. Sein Schuß – ein sorgfältig gezielter Schuß, nach der infernalischen Verzögerung zu urteilen – schlug neben meinen Rippen ins Gras. Ich schrie auf, streckte mich mit einem Ruck der

Länge nach aus und rollte zurück in die Bodenfalte, die ich gerade verlassen hatte.

Seine Jahre als Savarin hatten ihn wahrscheinlich die lautlichen Verschiedenheiten zwischen einer Kugel ins Gras und einer Kugel ins Fleisch gelehrt. Aber bei dieser Entfernung bezweifelte ich, ob er den Aufschlag überhaupt hatte hören können; der Knall mußte ihn überlagert haben. Falls mein Schrei echt genug geklungen hatte, bestand somit eine reelle Chance, daß er vorsichtig herankommen würde, um mir den *coup de grâce* zu geben.

Die Stille zog sich hin, über eine Zeitspanne, die mir wie eine geschlagene halbe Stunde vorkam. Ich wagte es nicht, mich zu rühren. Schließlich hörte ich, daß er sich bewegte. Er war irgendwo in der Mitte der Bäume neben der Scheune. Das deutete daraufhin, daß er der Sache nicht so recht traute. Er würde die Deckung nicht gleich mir gegenüber verlassen; er würde sich aus irgendeinem unerwarteten Winkel anpirschen. Ich glaubte jedoch noch immer, daß er sich aus jedem x-beliebigen Winkel anpirschen konnte. Wenn er darauf aus war, mir eine letzte Kugel zu verpassen, hatte ich ihn.

Saint Sabas stieg auf seine Stute. Ich hörte das Knarren des Leders und das Klirren der Kandare. War er so von der Wirkung seines Schusses überzeugt, daß er wegreiten wollte? Aber das war völlig atypisch. Also sagte ich mir, daß er bluffte. Wenn er mich davon überzeugen konnte, daß er das Weite gesucht hatte, würde ich es bald ziemlich leid sein, umsonst stillzuliegen, und zu erkennen geben, ob ich lebte oder nicht.

Die Entfernungen waren kurz, und es ging alles sehr schnell. Er schien quer durch das Gehölz auf mich zuzuhalten. Ich mutmaßte, daß er die Absicht hatte, gerade so weit weg, daß ich ihn nicht leicht treffen konnte, in mein Blickfeld und dann auf und davon zu reiten. Er kam noch näher heran und befand sich jetzt so dicht hinter den vordersten Bäumen, daß es mir möglich gewesen wäre, auf ihn zu schießen; aber ich hatte bewegliche Ziele in der Dämmerung über, und es lohnte nicht, den Kopf zu heben und ihn anzuvisieren. Es wäre Zeit genug zum Handeln, wenn das Hufgetrappel aufhörte oder sich entfernte.

Es geschah weder das eine noch das andere. Mann und Pferd kamen aus dem Wäldchen gesprengt und stürmten auf mich zu, wobei sich Saint Sabas tief über die Mähne beugte. Für mich gab es keinerlei Hoffnung mehr. Ich preßte mich in meine winzige Bodenfalte, als habe mich eine Walze hineingedrückt. Ich hatte keine Gelegenheit, das Feuer zu eröffnen. Bis ich die Stellung gewechselt und den Lauf gehoben hatte, waren sie über mir.

Auf dem Boden erschossen oder zu Tode getrampelt. Ich entschied mich für das letztere. Aber die gute Stute trat natürlich dorthin, wo ich nicht war. Und das gereichte ihr um so mehr zur Ehre, als ihr Saint Sabas bereits in die Zügel gefallen sein mußte. Noch ehe ich ganz aufgesprungen war, hatte er sie herumgerissen und attakkierte mich erneut.

Ich wand mich wie ein Aal. Meine einzige Deckung war die Stute selbst. Ich sehe mich außerstande zu schildern, was im einzelnen geschah. Im nächsten Moment war ich unter ihrer Brust und klammerte mich mit der einen Hand an das Martingal, während ich mit der anderen versuchte, die Mauser in eine Tasche zu stopfen. Ich hatte das unhandliche Halfter weggeworfen. Ich weiß nicht, wie oder wann.

Jetzt wo ich kalten Blutes darauf zurückblicke, finde ich, daß ich die Stute hätte erschießen sollen. Daß ich es nicht tat, lag nicht etwa an irgendwelchen moralischen Bedenken. Ich wiederhole – sie war die einzige Deckung, die ich hatte. Sie war wertvoll. So wie ich es damals sah, konnte er mich töten, wenn sie zusammenbrach oder er aus dem Sattel sprang.

Wenn er im Besitz eines Säbels gewesen wäre, hätte er mich drei oder vier Mal in Stücke gehauen. Eine 45er Colt auf einem kopfscheuen, sich aufbäumenden Pferd war eine weniger verläßliche Waffe. Ich habe keine Ahnung, wo die Schüsse hingingen, auf jeden Fall trafen sie nicht. Einer streifte das Schulterblatt der Stute, da ich mich lebhaft an den Geruch verbrannten Haars erinnere und glaube, daß ich auch eine blutige Schramme sah. Das war das Ende. Sie scheute und widersetzte sich ihrem Reiter, und ich war zwischen den Bäumen verschwunden, ehe es ihm gelang, sie wieder in seine Gewalt zu bekommen.

Ich ließ mich auf den Teppich aus Buchenlaub fallen und rang nach Atem. Zielscheibe eines Kavallerieangriffes zu sein, ist für einen Mann in den Vierzigern nicht gerade ein Zuckerschlecken. Ich brauchte einige Zeit, um zu begreifen, daß ich unverwundet war, und noch länger, ehe meine Hand ruhig genug war, um zu schießen. Ich sagte mir, daß wir punktemäßig nun gleich lagen. Saint Sabas hatte mit geringem Risiko für seine Person herausgefunden, daß ich nicht tot war. Und ich wiederum war wohlbehalten in Deckung gelangt und konnte meine Schlacht nun endlich unter Bedingungen schlagen, die ich kannte. Eine etwas optimistische Einschätzung, aber gut für die Kampfmoral. Wenn je ein Mann besiegt worden war, dann ich.

Jetzt wurde mir erstmals klar, daß dieses Duell kein schnelles Ende nehmen würde. Als ich meinen verzweifelten Vorschlag machte, der es uns gestattete, endlich von jenem Gartentisch aufzustehen, hatte mir ein Ehrenhandel vorgeschwebt, den zehn Minuten im letzten Tageslicht entscheiden würden. Ich hatte nicht mit den tiefhängenden, grauen Wolken gerechnet, die über die Cotswolds fegten und es eine halbe Stunde zu früh Nacht werden ließen. Mein Leben würde von unsicheren

Schnellschüssen im Dunkeln abhängen, und der Frage der Munitionierung kam existenzielle Bedeutung zu.

Hatte Saint Sabas ein zusätzliches Magazin? Höchst unwahrscheinlich. Als er an jenem Nachmittag losgeritten war, mußte er davon ausgegangen sein – falls man denn zu erahnen vermochte, wovon Mörder so ausgingen –, daß ein oder allerhöchstens zwei Schuß genügen würden. Wie viele hatte er von seiner Stute abgefeuert? Waren es nun drei oder vier? Ich stellte beschämt fest, daß ich es nicht wußte, aber es war mir wie ein Dutzend vorgekommen. Nur indem ich im Gedächtnis zählte, wie oft es geknallt hatte – so wie man im nachhinein die Anzahl der Male zählen kann, die ein einzelner Zylinder gezündet hat, obwohl das Getöse im Augenblick des Geschehens mehr oder minder fortlaufend war –, konnte ich die Wahrheit ermitteln. Es waren vier, zu denen noch sein erster vom Rand der Bäume kam. Das lief auf drei Schuß im Magazin von Saint Sabas gegen acht in der Mauser hinaus. Aber ich stellte mich wohl besser auf vier ein, falls er mit einem in der Kammer begonnen hatte. Und das hatte er bestimmt. Mittlerweile kannte ich ihn.

Wir waren nun beide zu Fuß und unter den Buchen. Das Wäldchen hatte in etwa die Form eines Ovals mit einem Durchmesser von knapp hundertfünfzig Metern in der einen Richtung und etwa hundert in der anderen. Das hört sich klein an für eine Arena für Furcht und Ungewißheit, aber die Sichtweite betrug inzwischen nur noch fünf Meter, wenn der Feind sich bewegte, und war, wenn er dies nicht tat, gleich Null. Wo immer ein Mann sich hinlegte, entstand automatisch ein Hinterhalt. Also war der Angreifer auf den ersten Blick deutlich im Nachteil. Aber es hatte keinen großen Nutzen, sich hinzukauern und abzuwarten und den Boden mit dem Schwanz zu peitschen, wenn die Beute nicht aus tausend möglichen dunklen Feldern in das richtige gelockt werden konnte. Und das hieß, daß der Verteidiger durch irgendein Geräusch auf sich aufmerksam machen mußte, während es sich der Angreifer erlauben konnte, in aller Stille vorzugehen.

Die einzige vom Mond beleuchtete Stelle war die Lichtung in der Mitte des Gehölzes, die zur Scheune führte. Sie wirkte länger, als sie es tatsächlich war, und sah aus wie eine Allee. An ihrem oberen Ende zeichnete sich der Scheuneneingang als ein schwarzer Bogen ab, zur Linken flankiert von einer unregelmäßigen schwarzen Silhouette, wo die Überreste eines alten Miststocks und ein Schutthaufen lagen.

Saint Sabas war auf der anderen Seite dieser Allee. Wenn er angreifen wollte, mußte er sie entweder überqueren, was einem Selbstmord gleichkam, oder sich um die Rückseite der Scheune in meinen Teil des Wäldchens vorarbeiten. Da ich leise hörte, daß er sich in Bewegung setzte, entschied ich mich dafür, ihm die Initiative zu überlassen.

Ich schlich lautlos auf Zehenspitzen zur Rückseite – der Nordseite – der Scheune, wo der Baumgürtel relativ schmal war, und wartete darauf, daß er in mein Revier eindrang. Aber er hütete sich, das zu tun. Er verließ das Gehölz und begab sich auf den offenen Hang hinaus, um dann hinter mir und in meiner Hälfte wieder in das Wäldchen einzudringen. Da er keine Vorsorge traf, leise zu sein, wußte ich, daß er mich hören lassen wollte, was er tat. Ich konnte mir beim besten Willen keinen Reim darauf machen.

Hatte er mich um die Rückseite der Scheune herumgelotst, damit er sie durch den Eingang betreten konnte? Ich kehrte zur Vorderseite zurück und deckte das Tor, obwohl ich das unbehagliche Gefühl hatte, daß er wollte, daß ich diese Maßnahme ergriff, und meiner eigenen Sicherheit daher mehr Aufmerksamkeit widmete als dem Scheuneneingang.

Aber er war nirgends in der Nähe der Scheune. Zu meiner Verblüffung sah ich ihn drüben am unteren Ende der Lichtung. Dann machte er sich erneut daran, das Gehölz zu umrunden, wobei er bald draußen auf dem Hang war, bald bis weit zwischen die Bäume vorstieß. Ich brauchte erst gar nicht zu versuchen, ihm den Weg abzuschneiden oder Jagd auf ihn zu machen. Seine Bewegungen waren völlig unvorhersehbar.

Das zerrte an den Nerven. Das Ganze ergab nur Sinn, wenn man von der Theorie ausging, daß er mich auf die Probe stellte, um herauszufinden, ob ich töricht genug war, auf gut Glück das Feuer zu eröffnen. Er bediente sich auch seiner Stute – die er zweimal mit einem lauten Klaps wegjagte und allein durch das Dunkel traben ließ. Ich begann mich zu fragen, ob er unter dem Druck, der auf ihm lastete, wahnsinnig geworden war. Dieses Kreisen und Zurückhasten erinnerte mich an einen unfähigen Treiber, der Order hat, das Wild in die Mitte der Deckung zu scheuchen, und krampfhaft Ausschau hält, ob nicht vielleicht ein Stück ins Freie geht.

Es war jedoch ich, der krampfhaft Ausschau hielt und anfing, fasziniert zu sein. Tiger? Er war mehr wie ein Wiesel oder Hermelin, das den Narren spielt, um die Neugier eines Vogels zu erregen. Nun, wenn er glaubte, daß ich auf ihn zugeflattert käme, war er gründlich auf dem Holzweg.

Seine gelegentlichen Vorstöße auf der anderen Seite der Lichtung brachten ihn immer näher an die Scheune heran. Das war es also, dachte ich; er wollte meine Aufmerksamkeit ablenken, so daß er ins Innere schlüpfen und mich dazu zwingen konnte, ihn herauszuholen. Als ich ihn das nächste Mal auf der Nordseite herumtollen hörte, kreuzte ich die Vorderfront und ließ mich von dem Schatten des alten Misthaufens aufnehmen. Sobald ein weiterer Vorstoß auf die Scheune begann, kroch ich hinein und drehte mich so, daß ich den Saum der Bäume und den Eingang deckte. Ich muß gestehen, ich war heilfroh, drinnen zu sein. Man hatte mich nie dazu angehalten zu lernen, wie man im Wald gegen das irrwitzige Gelärme eines Poltergeistes ohne einen Plan ankämpft.

Ich schätze, er fuhr noch eine Viertelstunde damit fort, seinen Gang um die Gemarkung zu machen. Währenddessen nahm ich in der Gewißheit, daß er draußen beschäftigt war, die Scheune in Augenschein und machte dabei in Ecken, in die man vom Eingang keinen Einblick hatte, zwanglos von meiner Taschenlampe Gebrauch. Am Nachmittag hatte ich mich nur flüchtig davon überzeugt, daß ich es Nur Jehan in dem Gebäude bequem machen konnte, und es nicht im einzelnen untersucht.

In die Wand zu meiner Linken, wenn ich in Richtung Eingang blickte, war ein langes schmales Fenster eingelassen, dessen Fensterbank sich etwa ein Meter achtzig über dem Boden befand. Ein Mann, der von draußen hereinkletterte, würde eine Menge Lärm machen, aber es war ein Leichtes, durch das Fenster hinauszugelangen, da darunter loses Heu lag. Der Boden der Scheune war im großen und ganzen frei von Hindernissen, bis auf einen alten Häckselschneider, ein paar Eisenteile und Bretter, die Teil eines Wagens gewesen waren, und einen Stoß von Haselstecken in der Nähe des Eingangs. An der Rückwand waren drei verfallene Boxen für Pferde oder Vieh.

Endlich trat unter den Bäumen Stille ein. Ich legte mich ein Stück hinter dem Eingang auf den Boden und bereitete mich auf den letzten Schuß vor. Nach einer Weile hörte ich, daß ein Pferd gemächlichen Schritts über den Grasboden der Lichtung auf mich zukam. Ich vermutete, Saint Sabas hatte vor, das Tor zu stürmen. Es war keine schlechte Idee, wenn er dachte, daß ich mich außerhalb der Scheune aufhielt, und durch mein Sperrfeuer ins Innere vordringen wollte. Doch ich war fest entschlossen, mich nicht noch einmal von *Haute-école*-Geprotze ins Bockshorn jagen und auf ebener Erde überraschen zu lassen.

Ich stand auf, um den Schußwinkel zu verkürzen, da man mich in dem undurchdringlichen Dunkel nicht sehen konnte. Nur Jehan, dessen hellere Farbe gerade noch rechtzeitig durch das Schwarzgrau des Eingangs zu erkennen war, trottete in die Scheune, gab mir im Vorübergehen so nebenbei einen Judaskuß und zockelte in eine der Boxen, um nachzusehen, was sich, wenn überhaupt, in der Futterraufe befand. Ich flehte zu Gott, daß Saint Sabas seine Gewohnheiten nicht kannte. Wenn er das tat, hatte Nur Jehan die Tatsache verraten, daß ich in der Scheune war.

Eine Minute später folgte die Stute, die seitwärts durch den Eingang getrabt kam und sehr unruhig war. Sie stieß beinahe gegen einen Pfeiler und eine alte Wagendeichsel und machte ihrem Unmut Luft, indem sie beide mit ihren Hufen traktierte. Es war offenkundig, daß Saint Sabas sie hereingetrieben hatte, um meine Aufmerksamkeit – wenn ich mich drinnen befand – von seinem Heranrükken abzulenken. Das war ihm voll und ganz gelungen. Der Krach machte mich genauso nervös wie die Stute. Ich wich ein wenig vom Tor zurück, so daß ich auch das Fenster decken konnte.

Dann kehrte wieder Stille ein, unterbrochen nur von den Kaugeräuschen der Pferde, die etwas nach ihrem Geschmack gefunden hatten. Mein Instinkt sagte mir, daß ich wirklich Angst haben sollte, daß sich der Tiger zum Sprung duckte. Ich weigerte mich, meinem Instinkt zu glauben. Ich konnte es mir nicht leisten. Panik drohte mich zu erfassen. Ich erinnerte mich immer wieder daran, daß ich es nicht riskieren durfte, verletzt und kampfunfähig gemacht zu werden. Saint Sabas hatte zwar nicht die drei Tage, die er auf die Bestrafung von Dickfuss verwandt hatte, aber eine Stunde würde er zweifelsohne mit Vergnügen erübrigen können.

Schließlich hörte ich ein Scharren an der steinernen Fensterbank des Fensters zu meiner Linken. Das war schon erfreulicher. Wenn er hereinkletterte, mußte es einen Augenblick geben, in dem sich sein Kopf und seine Schultern als Silhouette gegen den helleren Nachthimmel abhoben, und es würde sein letzter sein. Meine Hand war trotz des unkontrollierbaren Pochens meines Herzens vollkommen ruhig.

Das Scharren hörte auf. Als es wieder einsetzte, hörte es sich wie ein abrutschender Stiefel an, war aber zu weit oben. Ich trat ein oder zwei Schritte vom Fenster zurück, um mir ein freies Schußfeld zu verschaffen und stieg dabei unvermutet in einen Faßreifen unter dem verstreut herumliegenden Heu, das raschelte, als ich behutsam meinen Fuß herauszog. Draußen zu meiner Rechten blitzten eine Taschenlampe und ein Schuß auf, eines so schnell wie das andere – und zu schnell. Ich schoß auf beide Seiten des Blitzes zurück. Eine wahrnehmbare Wirkung blieb aus. Sechs in der Mauser gegen drei in der Colt.

Ich glaubte nicht, daß ich gepunktet hatte. Auf dem engen Raum der Scheune war es unmöglich zu hören, was die Kugeln getroffen hatten. Etwas Langes und Leichtes fiel hin, als ich feuerte. Es war einer der langen Haselstekken. Saint Sabas hatte ihn benützt, um an der Fensterbank zu kratzen. Mein Instinkt hatte mich nicht getrogen. Er war mit mir im Inneren der Scheune.

Also war dies der Austragungsort, den er wollte, wo wildes Draufgängertum mehr als Geschicklichkeit zählte und eine Keule beinahe so wirkungsvoll wie eine Feuerwaffe war. Jetzt wo es zu spät war, ergab seine Taktik durchaus Sinn. Der geisterhafte Unparteiische zwischen den beiden Schachbrettern sagte nichts, aber ich stand einen Zug vor dem Matt. Dieses ganze ziellose Hin und Her war ein ungemein effektives Täuschungsmanöver aus dem Arsenal der psychologischen Kriegsführung gewesen, das meine Nerven zerschließ, bis ich bereit war, jede einfache Erklärung dafür zu akzeptieren.

Er hatte tatsächlich die Scheune erreichen wollen, aber nicht, bevor er mir nicht suggeriert hatte, in ihr Inneres zu schlüpfen. Er war nicht sicher, vermute ich, daß ich dies wirklich getan hatte, bis Nur Jehan mich, von ihm von dem offenen Hügel geholt, suchte und fand. Dann trat der Rest des Planes, das Zuschnappenlassen der Falle, in Kraft. Er war unbemerkt in die Scheune gelangt, indem er sich hinter den Rumpf der Stute duckte. Ich hätte mich an die Kühe und den Bach erinnern sollen.

Mein einziger Gedanke war es nun hinauszukommen. Das beruhte einesteils auf dem Schock, den mir die Erkenntnis versetzte, daß ich dem Feind so willfährig gewesen war, anderenteils auf nackter Angst, da ich nicht einmal einen Jackenärmel zu bewegen wagte, falls ihn nur ein paar Meter von mir trennten. Ich ging langsam in die Hocke und kauerte mich auf die Fersen, wobei ich selbst so noch fürchtete, ein Knacken der Kniegelenke könne mich verraten.

Und dann stieß Nur Jehan ein schrilles Wiehern aus. Es drang mir bis ins Mark. Ein Gespenst oder der plötzliche Schrei einer brünstigen Fähe hätte nicht unheimlicher und beängstigender sein können. Ich fuhr ohne Rücksicht auf Lärm oder Deckung herum, um nach den Pferden zu spähen. Was in drei Teufels Namen bezweckte diese abscheuliche Kriegslist, und wie hatte er Nur Jehan so weit gebracht? Er würde doch wohl Abstand davon nehmen, mit einem Messer unter seinen Bauch zu kriechen.

Erst als der Hengst zum zweiten Mal wieherte, begriff ich, was los war. Die Stute sprengte durch das Tor hinaus, verfolgt von Nur Jehan. Das war also der Grund für seine

Ruhelosigkeit; und ich hatte keinen Zweifel, was das hemmende Band zwischen ihm und den wohlwollenden Geschöpfen, die mit ihm spielten und ihn zu dressieren suchten, zerrissen hatte. Es war die Witterung menschlicher Angst.

Ich ließ mich schweißgebadet zu Boden sinken. Mrs. Meltons sonderbare Prophezeiung fiel mir wieder ein: daß das gleiche Schicksal das Pferd und die Ziege am gleichen Ort erwarte. Ich fühlte mich von den Worten so schmerzlich berührt, daß mir beinahe die Tränen kamen. Ich wollte leben, ebenso wie Nur Jehan, und dieses Schicksal genießen.

»Ein prächtiges Fohlen, von Dennim, würde ich meinen. Ach ja, mitten im Tod sind wir vom Leben umgeben.«

Die keuchende, aber noch immer ironische Stimme kam vom gegenüberliegenden Ende der Scheune auf der anderen Seite vom Tor. Im Schutze der Aufregung war er aus meiner Hälfte geschlüpft. Die schnelle Abfolge meiner Schüsse mußte sein Selbstvertrauen erschüttert haben. Es war tröstlich zu wissen, daß er die Bedrohlichkeit solch unkalkulierbar enger Räume ebenso haßte wie ich.

Ich war sicher, daß diese Hinwendung zur Konversation bedeutete, daß er wissen wollte, ob er getroffen hatte oder nicht. Der Moment war gut gewählt. Man stürzt sich auf ein menschliches Wort, wenn man sich von einem quasihysterischen Anfall erholt. Aber ich gab keine Antwort.

»Sie werden hocherfreut sein in Chipping Marton, der Vikar und alle übrigen!« fuhr er fort. »Was für ein reizendes temperamentvolles Kind! In dem Alter tut es auch noch ein Gestapo-Offizier ... Schon wieder daneben, von Dennim!«

Das Sirren des Querschlägers stellte es höhnisch heraus. Ich war töricht genug gewesen, zwei weitere Schüsse auf eine Stimme abzugeben, die zweifelsohne in Deckung war. Noch vier in der Mauser gegen drei in der Colt.

Eine notwendige Lektion. Ich rief mir ins Gedächtnis zurück, wie ich in den Feldern von Hernsholt um diesen berühmten Savarin Kreise gezogen hatte. Ich durfte mich nicht bluffen lassen. Ich durfte nur dann schießen, wenn ich die Gewißheit hatte zu treffen. Ich mußte zu den Bäumen fliehen, und ich mußte meinen Verstand gebrauchen, um dorthin zu kommen. Es würde nicht leicht werden.

Sein Sehvermögen bei Nacht stand dem meinen um nichts nach. Wenn einer von uns versuchte, durch die dunkelgraue Zone im Bereich des Eingangs zu kriechen, war er tot. In den Tiefen der Scheune spielte Nachtsicht überhaupt keine Rolle. Unsere Welt war schwarz.

Seine Vorliebe für die Scheune legte die Vermutung nahe, daß er nicht zum ersten Mal im Dunkeln um sein Leben kämpfte. Doch in den Scharmützeln seines Guerillakrieges war er mit vollen Magazinen behängt gewesen. Diese Technik konnte er hier nicht anwenden. In der Vergangenheit gesammelte Erfahrungen würden nicht dazu beitragen, sein Munitionsproblem zu lösen. Also waren wir gleichgestellt. Ein Geräusch mußte schon sehr vielversprechend sein, ehe damit zu rechnen war, daß einer von uns darauf schoß.

Es gab eine Fülle kleiner Geräusche, wenn man aufmerksam lauschte – manche von Ratten verursacht, manche von dem Mörtel und Mulm, der nach den Hufschlägen der Pferde herabrieselte, manche von Saint Sabas. Wir hatten beide Schwierigkeiten, uns leise zu bewegen. Er trug Reitstiefel; ich gewöhnliche Stiefel und Ledergamaschen. Es kam vor, daß drei oder vier Schritte vollkommen von Häufchen von Häckselstreu oder zundertrockenem Mist verschluckt wurden, doch spätestens beim nächsten trat man unweigerlich auf irgend etwas, das ein leises Knacken von sich gab.

Ich war sicher, daß sich Saint Sabas nicht mehr in der schräg gegenüberliegenden Scheunenecke befand, wo er in Deckung gegangen war, um mit mir zu sprechen. Er war von der Rück- zur Vorderwand geschlichen. Eine absolute Stille aus dieser Richtung – keine Ratten, keine Bewegung – ließ den Schluß zu, daß er dicht neben dem Eingang in dem von Wand und Boden gebildeten Winkel lag und darauf wartete, daß ich versuchte hinauszugelangen.

Ich entschied mich für eine Finte, um seine Aufmerksamkeit abzulenken. Ganz in meiner Nähe befanden sich die Überreste einer Stalltür, die in einer Angel hing und beim geringsten Windhauch knarrend hin und her schwang. Ich ergriff ein Bündel Heu und plazierte es auf die Oberkante der Tür. Auf das Bündel legte ich meine Taschenlampe und bedeckte sie mit weiterem Heu. Ich schaltete sie ein. Es schimmerte überhaupt kein Licht hindurch.

Dann kroch ich auf Händen und Knien in den Winkel von Boden und Wand auf meiner Seite des Eingangs. Der Wind oder auch schon ein fester Schritt sollte den ganzen kippeligen Haufen herunterfallen lassen und mir einen Augenblick Zeit geben, um aus der Scheune zu huschen, während Saint Sabas auf das Licht zustürmte oder darauf schoß.

Da lagen wir also, durch fünf Meter helleren Raumes, in den keiner vorzudringen wagte, voneinander getrennt. Er war da, gar keine Frage. Ich hörte ihn einmal tief Atem holen. Ich war sehr versucht, parallel zur Wand und etwa fünfzehn Zentimeter über dem Boden einen Schuß zu riskieren. Doch wenn ich fehlte oder lediglich verwundete, würde mich genau derselbe Schuß aus der entgegengesetzten Richtung erwischen.

Ich wartete eine Viertelstunde darauf, daß mein Bündel aus seinem heiklen Gleichgewicht geriet und zu Boden stürzte. Es tat es nicht. Keine wohlgesinnte Ratte. Kein Lüftchen. Zu raffiniert. Also ließ ich mir etwas einfallen, wie ich meine Zeit sinnvoller einsetzen konnte. Es würde mich einen Schuß kosten, aber es war durchaus möglich, daß dieser Schuß traf.

Mit unendlicher Vorsicht legte ich meine Gamaschen ab, zog meine Stiefel aus und stopfte sie mit im Nacken verknoteten Schnürsenkeln oben in meinen Pullover; ich habe mich noch nie in meinem Leben so langsam bewegt. Dann begann ich, die Scheune zu umrunden, wobei ich mich immer dicht an der Wand hielt, damit ich wußte, wo ich war. Mein Plan war, von hinten an Saint Sabas heranzukriechen und zu schießen, ob ich ihn sehen konnte oder nicht. Er würde annehmen, daß er undeutlich zu erkennen sei, und seine einzige mögliche Gegenmaßnahme war, sich von der Wand in tieferes Dunkel zu werfen. Das gab mir den Bruchteil einer Sekunde, um durch das Tor zu schlüpfen, ehe er sich von seinem Schreck erholte.

Das Umrunden der Scheune stellte meine Geduld auf eine harte Probe: doch meine lange Praxis darin, mich unauffällig zu bewegen, machte sich bezahlt. Jeder Fuß mußte langsam auf den Boden gesetzt werden und diesen vorher abtasten. Schließlich erreichte ich die Vorderwand, folgte ihr in Richtung des Eingangs und hielt ein paar Meter vor dem Punkt inne, wo ich Saint Sabas vermutete. Ich wollte nicht mit ihm in Berührung kommen. Seine exakte Position ließ sich unmöglich abschätzen. Er hatte mich vielleicht gehört. Selbst wenn er das nicht hatte, konnte der Instinkt des Gejagten stark genug sein, um ihn dazu zu veranlassen, sich umzudrehen und der eingebildeten Gefahr ins Auge zu sehen.

Tief gebückt und mit meiner linken Hand auf dem Boden, feuerte ich in die Finsternis vor mir. Saint Sabas fluchte und schien auf die Stelle loszustürmen, an der ich mich befunden hatte, aber nicht mehr befand. Ich huschte mit zwei Schritten auf Zehenspitzen um den Torpfosten und ins Freie.

So leicht. So gemächlich. Und es gelang nur, weil ich meine Überlegenheit im Anpirschen ausgespielt hatte, wenn auch nicht unter den Bedingungen, die mir vorschwebten. Ich setzte mich und zog meine Stiefel an. Draußen war es fast genauso dunkel wie in der Scheune. Der Wind hatte sich gelegt. Ein weicher, schnurgerader Nieselregen fiel. Tief unten am Horizont zeichnete sich schwach der Streif der falschen Morgendämmerung ab.

Ich legte mich links vom Tor zwischen den Schutt- und den Misthaufen. Er konnte mich dort unmöglich sehen, es sei denn, er trat auf mich. Wenn er einen Ausfall versuchte, war es sein Ende.

Jetzt war die Reihe an mir, ihn nervlich zu zermürben. Er wußte nicht, ob ich mich inner- oder außerhalb der Scheune befand, und er mußte es wissen, da die Zeit gegen ihn lief. Außerdem wirkte sich nun vielleicht der Blutverlust nach meinem ersten Schuß aus. Alles, was ich gesehen hatte, als er versuchte, mich niederzureiten, war der Rand einer befleckten Krawatte und das darübergeschlagene Revers seines Jacketts. Der letzte Schuß konnte ebenfalls getroffen haben. Sein Aufschrei schien mehr als Überraschung auszudrücken, doch ob Schmerz oder bloß Zorn, vermochte ich nicht zu sagen.

Ich wollte, daß er sich mit unnützer Schläue und fruchtlosen Angriffen verausgabte, bis er die Geduld verlor. In der Zwischenzeit wartete ich ab und deckte das Tor. Mehrere Male hörte ich ihn. Einmal machte er eine jähe Vorwärtsbewegung, doch es folgte kein Schuß. Danach trat Stille ein. Er horchte nach mir.

Es war unbedingt von Bedeutung, daß er auch weiterhin dachte, daß ich mich im Inneren befand; deshalb warf ich vorsichtig einen Erdklumpen im schiefen Winkel durch das Tor. Als er auf den Boden fiel, hörte es sich genauso an, als ob ich über irgend etwas Weiches gestolpert sei. Das Resultat waren raschelnde Bewegungen und ein hörbares Straucheln. Ich konnte spüren, daß seine Nerven endlich mit ihm durchgingen. Mittlerweile bestand zwischen uns eine seltsame okkulte Sympathie; wie ich vermute, rührte sie von der intensiven Konzentration auf die Gedankengänge des anderen her. Eine Minute später wäre er ohne Rücksicht auf die Konsequenzen aus dem Tor gestürmt.

Und dann fiel dieses vermaledeite Heubündel herab, als es mir nichts nützte. Die Taschenlampe rollte scheppernd über den Boden. Sie brannte natürlich noch immer. Saint Sabas reagierte nicht sofort. Er hielt den Atem an und war nur noch Ohr.

Ich habe noch nie einen solchen Tiger von einem Mann erlebt, was schnelle Entscheidungen anbelangt. Die brennende Taschenlampe, die herabstürzte, ohne daß dem irgendwelche weiteren Geräusche oder Maßnahmen folgten, überzeugte ihn davon, daß ich gar nicht in der Scheune war. Wenn ich das nicht war, dann spielte es keine Rolle, ob sich seine Gestalt für eine Sekunde im Fenster abzeichnete. Ich hielt zwar möglicherweise von draußen Ausschau, aber es stand hundert zu eins, daß ich den Eingang beobachtete. Vielleicht gab dieser Erdklumpen den Ausschlag. Was für ein Gegenstand es auch immer war, er war durch das Tor hineingeworfen worden.

Ich hörte, wie er auf die andere Seite der Scheune rannte und sich, jede Vorsicht außer acht lassend, durch das Fenster auf den Boden gleiten ließ. Ich lief parallel zu ihm an der Außenwand entlang, erreichte die Scheunenecke aber um einen Tick zu spät. Alles, was ich sah, war ein konturenloses Etwas, das in das Gehölz entwischte. Ich feuerte darauf, und er antwortete von den Bäumen, während ich mich ein paar Meter von ihm entfernt in Deckung warf.

Jetzt wurde das Spiel endlich so gespielt, wie ich wollte, daß es gespielt wird. Ich wußte, auf welchem schwarzen Feld er stand und welcher besondere Schattenkomplex ihn schützte. Doch das Buchenlaub unter meinen Füßen war nicht fest zusammengeballt, und es gab zu viele abgestorbene und knisternde Stengel irgendeiner Umbelliferen-Art. Sich an ihn heranzupirschen war nicht leicht. Es war unmöglich, sich leise zu bewegen – oder leise genug für Ohren, die durch jene Stunden des Schreckens in der Scheune geschult waren.

In gewisser Hinsicht hatten wir einander fast immer im Blickfeld. Aber welche unförmige Erscheinung ein Mann war und welche ein Strauch oder ein Büschel verfilzten Grases, ließ sich schwer entscheiden – es sei denn, sie machte absichtlich eine Bewegung, um einen Schuß zu provozieren. Jeder wußte, daß der andere genau wußte, was er noch im Magazin hatte, und keiner konnte mit weniger als einer Gewißheit geködert werden. Ich selbst hätte als Gewißheit jeden festen Körper erachtet, der auf eine Entfernung von vier Metern noch immer wie ein Teil eines Menschen aussah.

Er ging selten auf dem Boden in Deckung. Seine Technik bestand darin, von Baum zu Baum zu huschen. Sobald ich das begriffen hatte, trieb ich ihn auf den Rand des Gehölzes zu, das hinter der Scheune am schmalsten war, da ich hoffte, ihn so ins Freie zu drängen, wo es grauer war als im Wald, wenn auch kein Mond mehr schien.

Ich hatte ihn bereits zweimal mit einem geräuschlosen Vorstoß über günstiges Gelände bedroht; daher wich er, als sich die Stille lange genug ausgedehnt hatte, um ihn zu alarmieren, längs des Gehölzrandes parallel zur Scheune zurück. Noch immer wurde kein einziger Schuß abgefeuert. Es war ein mitleidloses Jagen, nur um so widerwärtiger durch seine Diszipliniertheit. Keiner gestattete es sich, den Kontakt zu verlieren, doch keiner hatte die leiseste Absicht, mit einer leeren Waffe zurückzubleiben. Zwei Schuß waren nicht genug. Es war so offenkundig, daß wenn einer das Feuer eröffnete, der andere es vom Fleck weg erwidern würde, und dann mußte unverzüglich alles auf die letzte Patrone gesetzt werden. Er muß sich, so wie ich, danach gesehnt haben, daß beide Magazine keine Kugeln mehr enthielten und der Weg frei für Hände und den Kolben wäre.

Das war der einzige Teil der Nacht, der irgendeine Ähnlichkeit mit einem richtigen Duell hatte. Wenn wir uns bewegten, geschah es so schnell und konzentriert, als führten wir Stoß, Parade und Riposte aus. Dann folgte eine weitere Unterbrechung, während ich versuchte, mich um seine Flanke herumzuschleichen.

Immer war ich der Angreifer, der hinter ihm einsikkerte, während er glaubte, daß ich mich vorne befand, und immer zog er sich von Baum zu Baum zurück, um der Bedrohung auszuweichen. Einmal hätte jeder von uns getötet werden können. Ich hatte lautloses Gras unter den Knien und kroch sehr nahe an einen Schatten heran, in dem ich ihn erkannt hatte. Doch wo Gras wachsen kann, fällt von oben etwas Licht ein. Daran erinnerte ich mich gerade noch rechtzeitig. Als sich der Schatten regte, war ich bereits auf dem Sprung, mich seitwärts in dichteres Dunkel zu rollen. Trotzdem wurde kein Schuß abgegeben. Das war bezeichnend für diese unvermuteten Zusammenstöße.

Das Tempo steigerte sich nun. Nach all diesen Wochen war er der Gejagte, und er wußte es. Er wurde auf die Westseite der Scheune getrieben, wo sich die Bäume lichteten und das Gehölz ein gutes Stück von der Wand zurückstand. Ich pirschte mich in weitem Bogen um ihn herum und versuchte, ihn ins Freie zu drängen oder zu einem hoffnungslosen Frontalangriff zu zwingen. Schließlich nagelte ich ihn am Rand des freien Raumes fest, und er hatte kaum eine Chance, die Stellung zu wechseln, ohne ein Ziel abzugeben. Doch dafür befand er sich in der Stellung, die er bezogen hatte, in einer starken Position. Er war im Schoß der Wurzeln einer großen Buche. Ich bezweifelte, ob es wirklich er war, auf dem meine Augen ruhten. Jedenfalls gab es keine Möglichkeit, um die Rundheit eines Körpers von der Rundheit von Wurzeln zu unterscheiden.

Die Bodenverhältnisse waren befriedigend. Die vorherrschenden westlichen Winde, die um die Scheunenecke bliesen, hatten alle Blätter und Aststückchen weggefegt. Ich setzte mich vorsichtig ab und kroch parallel zur Nordwand durch das Dunkel des Wäldchens zurück. Als ich außerhalb jeder möglichen Sicht war, huschte ich über den baumlosen Geländestreifen zur Wand selbst und begann, mich an ihr entlang zur Ecke zurückzuarbeiten. Dort war ich hinter seiner Stellung. Es würde – in diesem Licht – ein ziemlich weiter Schuß über den nackten Boden werden, doch ich ging davon aus, daß ich Zeit haben würde, um sorgfältig zu zielen.

Ich drückte mich mit dem Rücken an die Wand und lugte um die Nordwestecke der Scheune. Ich konnte ihn nicht sehen. Ich gelangte zu dem Schluß, daß er hinter einem Baumstamm stehen mußte.

Er feuerte. Der Schuß traf mich mitten in die Stirn. Ich war mir ganz sicher; dennoch weigerte sich der Körper, an seinen Tod zu glauben. Er flitzte vielmehr wie eine Ratte an der Wand entlang zurück und stolperte in die Sicherheit der Bäume. Ich glaube, daß er zwischen ihnen sogar im Zickzack lief und Haken schlug, um eine Verfolgung zu erschweren. Er ließ sich hinter irgendein niedriges, schwarzes Ding fallen, während die in diesem Automaten aus schreckerfüllten Muskeln steckende Person die Hand zur Stirn führte und ohnmächtig wurde.

Ich habe den Eindruck, daß ich das Bewußtsein nicht

vollständig verlor; wenn ich es tat, dann gibt es in dem verletzten Tier irgendeinen primitiven Retter, der für es Ausschau hält, bis die höheren Nervenzentren die Kontrolle wiedererlangen. Etwas mußte die Ohren gespitzt haben, da ich wußte, daß mir Saint Sabas nicht gefolgt war. Dieses Etwas behielt recht, als ich imstande war, die intuitive Wahrnehmung zu überprüfen. Es war nichts von leise auf dem Laub dahineilenden Reitstiefeln zu hören.

Ich hob mein Gesicht ein Stückchen vom Boden und nahm die Hand von der Stirn. Sofort strömte Blut über meine Augenlider. Sehr behutsam und noch immer baß erstaunt, stocherte ich in der klebrigen Masse herum. Im Schädel war kein Loch.

Was war also geschehen? Allem Anschein nach hatte ich die Morgendämmerung vergessen und das Licht falsch eingeschätzt. Saint Sabas, der dann und wann einen Blick nach hinten warf, hatte meinen Kopf gesehen, der mit dreister Selbstüberschätzung um die Scheunenecke lugte und sich gegen den Streifen des östlichen Himmels abzeichnete. Er hatte daneben geschossen – aber entweder der Abpraller oder ein von diesem aus der Wand geschlagener Gesteinssplitter war mir über die Stirn gepflügt. Ich versuchte, die aufgefetzte Kopfhaut wieder anzudrücken und mit einem Taschentuch zu bandagieren. Ich konnte die Hände nicht hinter den Kopf heben, um einen Knoten zu binden. Abermals verlor ich das Bewußtsein.

Als ich wieder zu mir kam, wurde das Licht allmählich grau – noch immer ein dunkles Grau, aber wo Bäume hintereinander standen, konnte ich sie nun alle deutlich unterscheiden. Ich lag hinter einem herabgestürzten Ast und war leicht zu sehen, falls Saint Sabas nach mir suchte. Ich konnte nicht verstehen, warum er mich nicht bereits in der Mangel hatte. Er brauchte nicht einmal seinen letzten Schuß abzugeben. Ein Stiefel würde genügen.

Es kostete Mühe, sich daran zu erinnern, daß er ein

Mensch war, daß es nicht in seiner Macht stand, eine Witterung aufzunehmen oder im Dunkeln zu sehen. Für ihn war es natürlich das Vernünftigste, weitere zehn Minuten auf etwas mehr Licht zu warten und sich dann über die Blutspur zu bücken, die ihn zu mir führen würde.

Ich erinnerte mich an meine Jagdzeit vor dem Krieg, an Tiere, die ich nie gefunden hatte. Verendeten sie oder genasen sie? Sie hatten eine bessere Chance zu entkommen als ich. Oft stimmte die lose Decke, vom Laufen geweitet, nicht mehr mit dem Loch im Fleisch überein, und die Blutspur verlor sich. Dann mußten mir die braunen Augen, stumpf vor Angst und Schmerz, oft nachgeschaut haben, wenn ich an dem Versteck – höchstwahrscheinlich ein weiterer herabgestürzter Ast – vorbeiging und nichtsahnend abzog.

Es wurde heller. Saint Sabas konnte das Blut jetzt sehen, wann immer er beschloß, Ausschau zu halten. Es mußte kleine Lachen davon geben, nicht bloß Schlieren auf Gras und Laub. Keine Verletzung kleckert so wie eine frische Hautwunde am Kopf.

Schließlich hörte ich ihn. Er befand sich nach wie vor gegenüber der Westseite der Scheune und versuchte gerade, einen Hustenanfall zu unterdrücken – was ihn, vorher, getötet hätte. Die Mühe, die er sich gab, erinnerte mich daran, daß ich in seinen Augen noch immer eine Gefahr darstellte.

Ich hatte vergessen, daß auch er getroffen war, ein, wenn nicht gar zwei Mal. Das war der plausibelste Grund, warum er mir nicht nachgestürmt war, als ich getroffen wurde; er war dankbar für eine Erholungspause. Ob ich nun im Sterben lag oder nicht, ich war auf jeden Fall außer Gefecht. Er konnte sicher sein, daß ich diesmal nicht bluffte. Mit ein bißchen Glück war ich vielleicht sogar blind. Doch ich hatte noch immer zwei Schuß im Magazin.

Er hatte recht. Ich war alles andere als harmlos, und wenn ich noch ein wenig länger unbehelligt liegenbleiben konnte, brachte ich vielleicht genügend Kraft auf, um zu einem letzten Sprung anzusetzen. Während all dieser Minuten, in denen ich nur halb bei Bewußtsein gewesen war, hatte ich mich selbstmitleidig mit irgendeinem harmlosen Geschöpf verglichen, das ohne Mittel zur Gegenwehr im Wald verendete. Aber wenn einer von uns beiden der angeschossene Tiger war, dann ich, nicht er. Ich hob zum ersten Mal den Kopf und blickte mich um. Mein herabgestürzter Ast bot mir selbst im Halblicht keine Deckung, und der Weg, auf dem ich dorthin gelangt war, mußte von Blutflecken bestens gekennzeichnet sein.

War es möglich, die Stellung zu wechseln? Wenn ich es denn versuchte, mußte ich gleich damit beginnen. Ich konnte nicht. Der bloße Gedanke an irgendeine körperliche Anstrengung war so widerwärtig, daß ich Ausflüchte gebrauchte. Ich würde auf freiem Feld ohnmächtig werden. Ich würde eine so deutliche Spur hinterlassen, daß es sinnlos war, mich zu verstecken. Im Geiste sah ich, wie er mit verhaltenem Atem von Baum zu Baum hastete, bis er da ankam . . . bis er da ankam, wo immer ich wollte, daß er ankäme, aber ja!

Es war ein ebenso schrecklicher wie grausamer Gedanke, um daraus frischen Mut zu schöpfen. Doch das war seine Wirkung. Wenn es mir gelang, meine letzten Kräfte zu mobilisieren und eine Blutspur zu legen, die am Lauf der Mauser vorbeiführte, waren ich und meine Zukunft außer Gefahr.

Ich sah mich nach irgendeinem nicht allzu weit entfernten Versteck um, auf das ich am Ende meiner kopflosen Flucht billigerweise gestoßen sein konnte. Es gab zwei Möglichkeiten. Eine war ein Stück verfallener Mauer in der Nähe des Gehölzrandes; die andere eine kleine Mulde, die vielleicht einmal den Überlauf der

Quelle aufgenommen hatte. Keine taugte in irgendeiner Weise zur Verteidigung, aber an beide mußte Saint Sabas sehr dicht herantreten, ehe er erkennen konnte, ob mein Körper auf dem Boden lag.

Zu einem dieser möglichen Verstecke mußte ich eine verfolgbare Spur legen. Wenn er auf das blutverklebte Laub hinter dem Ast stieß, wo ich zusammengebrochen war, mußte es für ihn ersichtlich sein, in welche Richtung ich weitergekrochen war. Und egal, ob meine Entscheidung nun auf die Mauer oder den Abzugskanal fiel, er würde nicht direkt darauf zusteuern, sondern versuchen, sich einen Weg darum herum zu bahnen und von irgendwo nachzusehen, wo sich ihm ausreichend Deckung bot.

Ich konnte nicht alle Einzelheiten der grauen Masse klar unterscheiden. Ich blickte jedoch in einen Teil des Gehölzes zur Rechten der zentralen Lichtung, den ich bei meiner ersten Ankunft an der Scheune in irgendeinem früheren Leben sorgfältig erkundet hatte und in den ich ausgewichen war, als ich vor Saint Sabas' Angriff zu Pferd flüchtete. Also ergab das verschwommene Bild im großen und ganzen durchaus einen Sinn.

Die Mulde war sehr leicht zu umgehen, und wenn er beim Anschleichen leidliche Vorsicht walten ließ, hatte ich keine Möglichkeit, ihn in einen Hinterhalt zu locken. Die Mauer war da schon vielversprechender. Um einen letzten Schuß in eine alte Ziege zu pumpen, die hilflos hinter der Mauer lag, bot es sich an, einen Bogen um die Außenseite des Wäldchens zu schlagen, wieder in es einzudringen und durch oder über die Brombeeren auf sie hinunterzublicken.

So weit, so gut. Doch der Plan war nichts als der müßige Traum eines Siechen, solange ich nicht genügend Kraft aufbrachte, um ihn auch in die Tat umzusetzen. Ich erhob mich auf Hände und Füße. Sie gehörten mir zwar nicht, aber sie funktionierten.

Ich mußte dreißig flache und einfache Meter über einen dünnen Teppich aus dem Laub vom letzten Jahr zurücklegen. Ich versicherte mir, daß es nicht weiter schwierig war, vorausgesetzt, ich ging die Sache langsam an und erinnerte mich daran, lautlos hinzufallen. Das Taschentuch war an meiner Stirn klebengeblieben. Es herunterzureißen war die schwerste Aufgabe. Ich hatte absurde Ängste vor dem Resultat, und meine Hand weigerte sich zweimal, es zu tun.

Der letzte Ruck war des Guten zuviel. Als ich loskroch, war die Blutspur nachgerade spektakulär. Ich zwang mich, daran zu denken, daß es nur eine oberflächliche Wunde war, daß man literweise Blut verlieren konnte und alles, was ich verloren hatte, insgesamt wahrscheinlich nicht einmal ein halber war. Ich versuchte, mir zu Bewußtsein zu bringen, daß dieses rasche Tröpfeln nichts mit meiner Schwäche zu tun hatte und ich lediglich an einer Gehirnerschütterung litt. Diese – eine rein mentale Angelegenheit – sollte unter der Kontrolle des Willens sein, und sie mußte es sein, wenn ich überleben wollte.

Auf halbem Weg zu meinem Ziel begann ich, glaube ich, ein wenig zu lachen, denn ich entsinne mich, daß ich über solchen Leichtsinn schockiert war. Was mich belustigt hatte, war der Gedanke, daß dies alles vergebens war. Savarin war ein Kämpfer, kein Fährtenleser. Würde er je Blut auf rotbraunen Buchenblättern entdecken? Ich verwünschte ihn und tröpfelte einen flachen weißen Stein voll. Dann fand ich einen anderen und tröpfelte den voll.

Ich erreichte die baufällige Mauer und ließ mich dahinter auf den Boden sinken. Ich hatte recht gehabt; das feuchte Stückchen Schatten zwischen den bemoosten Steinen und den Brombeerbüschen war genau die Art von Zufluchtsort, für den sich ein waidwundes Tier entschieden hätte. Ich band die Kopfhautfetzen wieder fest und gönnte mir eine Ruhepause. Ich konnte nun in etwa einen Knoten machen, was mir Selbstvertrauen gab. Ich schätze, die Anstrengung hatte mir gut getan – hatte eventuell die Einwirkung des Schocks abgewehrt. Schock scheint Vögel und die kleinsten Säuger und Menschen zu töten, nicht große und zornige Raubtiere.

Es war Zeit für den zweiten Zug – den Zug, der überhaupt keine Spuren hinterließ. Der Morgen war angebrochen und tauchte alles in sein fahles Licht, doch nun lag der größte Teil der Scheune zwischen mir und meinem Feind – falls er sich, hieß das, noch immer hinter ihr oder auf ihrer westlichen Seite aufhielt. Und wenn er das nicht tat, war sowieso alles aus.

Ich stand auf und wankte von Baum zu Baum, bis ich aus diesem gräßlichen, verabscheuenswerten Wäldchen heraus war und mich auf die nach Thymian duftende Grasdecke des Hügels fallen lassen konnte. Die Bodenfalte, die ich entlanggerobbt war, nachdem ich Nur Jehan zurückgelassen hatte, befand sich ganz in der Nähe und würde für meine Zwecke genügen. Ich drückte mich hinein, wobei ich mein Gesicht den Brombeerbüschen zuwandte, damit ich mich nicht noch einmal bewegen mußte, um zu feuern. Das Gras bot mir ausreichend Dekkung, solange Saint Sabas nicht nach mir suchte. Die Lichtverhältnisse waren plötzlich sehr viel besser. Ich glaube, ich muß für kurze Zeit erneut das Bewußtsein verloren haben.

Das Gehölz wirkte überraschend klein. Es schien unglaublich, daß darin Spielraum für die Kunst des Mordens gewesen war. Doch seine Dunkelheit war verständlich. Dieser nun nahezu grüne Baldachin aus tropfenden Blättern war dicht genug für ein fruchtbares, bewaldetes Tal.

Der morgendliche Chor der Vögel war von außerordentlicher Lautstärke und Mannigfaltigkeit. Ich vermochte nichts sonst zu hören. Alles hing davon ab, wie gut meine Sicht war, doch ich wagte nicht, den Kopf zu heben, um meinen Blickwinkel zu verkürzen. Ich mußte mich damit begnügen, alle paar Sekunden flüchtig zu dem Wäldchen hinüberzuspähen, da es mir unerträgliche Kopfschmerzen bereitete, wenn ich die Augen angestrengt nach oben gerichtet hielt. Selbst so war nichts klar. Ich wußte nicht, daß ich Saint Sabas gesehen hatte, bis mir auffiel, daß das, was ich für einen undeutlich zwischen Zweigen erspähten Baumstamm gehalten hatte, nicht mehr da war.

Mein Plan funktionierte also. Wenn er von dem herabgestürzten Ast zum Rand des Wäldchens gekommen war, konnte das nur bedeuten, daß die Blutspur seine Bewegungen diktierte. Ich lag sehr still, da außer Frage stand, daß er keine Risiken eingehen würde.

Er trat leise an der von mir abgewendeten Ecke aus dem Wäldchen und begann, sich an mich heranzuarbeiten. Er war sehr müde und ein bißchen wackelig auf den Beinen. Sein linker Arm steckte in seinem Jackett; der Ärmel war dunkler als der übrige Stoff. Das war mein Schuß, als ich aus der Scheune geflüchtet war, und das war der Grund, warum er lieber auf den Beinen gekämpft hatte als auf dem Bauch. Ich bilde mir ein – aber es mag Heuchelei sein –, daß sich in mir Mitleid mit ihm regte, was die Furcht die ganze Nacht über verhindert hatte.

Es erlosch sehr schnell. Er begann, sich an die Brombeerbüsche anzupirschen. Sein schräg nach vorne geneigter Körper folgte der schwarzen Automatik in seiner Hand. Er war so wachsam wie ein Raubtier, das alle Nase lang in den Wind wittert. Einmal blieb er stehen und blickte über die farblose Grasdecke direkt in meine Richtung. Es war eine mögliche Chance, aber ich war nicht in der Verfassung für Schnellschüsse. Er hätte mich gesehen, wie ich Kopf und Schultern hob, um zu feuern, und sich in die Bäume geflüchtet. Ich benötigte eine Menge Zeit, um Ziel zu nehmen; wenn er die Büsche erreichte, würde ich vielleicht nicht einmal dann treffen, wenn ich in Ruhe anlegte. Die Entfernung betrug gut und gerne fünfunddreißig Meter.

Er gelangte zu seinem Ziel und kauerte sich hinter die Brombeeren. Die Vorstellung, seinen Kopf über die obersten Ranken zu strecken, um nachzusehen, was sich zwischen ihnen und der Wand befand, bereitete ihm offensichtlich Unbehagen. Er versuchte, eine Lücke zu finden, aber es gab keine, und der Unterwuchs knisterte, als er sich dagegendrückte. Es übertönte noch das Zwitschern der Vögel. Er begriff, daß er die Sache in der falschen Art und Weise anging, und daß es viel sicherer war, wenn er aufstand und einen schnellen Blick in die Vertiefung warf.

Das bedeutete: jetzt oder nie. Ich stützte meine Ellbogen fest auf und umfaßte mit der Linken mein rechtes Handgelenk. Der Lauf der Mauser war ziemlich ruhig, doch im kritischen Moment tropfte mir Blut über die Augen. Ich zwang mich, den Schuß nicht zu überhasten, mir alle Zeit der Welt zu nehmen, daran zu denken, daß es nichts machte, wenn er über die Schulter schaute und mich sah.

Er entdeckte, daß nichts hinter der Wand war, kein Mann, der im Sterben lag oder noch immer eine Gefahr darstellte. Er richtete sich mit einer ungeduldigen Bewegung zu seiner vollen Höhe auf, drehte sich und erblickte jenes todbringende kleine Dreieck, das mein Kopf und meine Unterarme auf dem Boden bildeten.

Mit der Schnelligkeit, die charakteristisch für ihn war, ergriff er seine einzige Chance und feuerte. Ich gab nicht darauf acht. Ich wußte, daß auf diese Entfernung nur ein gezielter Schuß treffen konnte – oder vielleicht konzentrierte ich mich so verzweifelt, daß meine Aufmerksamkeit nicht abgelenkt werden konnte. Ich drückte ab.

Es war zu tief für das Herz, aber es würde genügen. Saint Sabas wurde von dem Schuß herumgerissen und griff sich an die Seite. Ich hatte nicht gedacht, daß er sich nach einer so schweren inneren Verletzung noch von der Stelle bewegen würde. Sie reichte nicht, um ein Tier aufzuhalten, aber einen Menschen, ja. Menschen wußten, was mit ihnen geschehen war.

Aber er kam auf mich zu. Auf Füßen wankend, die ihn kaum tragen wollten, kam er mit nichts als bloßen Händen auf mich zu. Es war automatisch, ein letztes Aufflakkern seines Rachewahns. Es war das Ende meines Widerstandes. Jedesmal, wenn ich auf ihn anlegte, sank der Lauf der Mauser herab. Er muß fünf schreckliche, qualvolle Schritte getan haben, ehe ich ihn, mehr durch Zufall als durch irgend etwas sonst, ins Visier bekam. Diesmal hörte ich die Kugel aufschlagen. Ich hatte ihn hoch oben am Schenkel getroffen und den Knochen zertrümmert. Armer Teufel. Großer Kämpfer. Er stürzte nicht so sehr, sondern legte sich vielmehr auf den Boden und barg den Kopf in den Händen.

Für mich kehrte die Nacht zurück. Ich jagte durch dunkle Wälder und versuchte, Benita zu finden, oder jagte manchmal auch Benita selbst, mit einem grauenhaften Schuldgefühl, von dem ich mir einzureden versuchte, daß ich es nicht zu haben bräuchte. Da waren Polizisten in Gestapo-Uniformen, obwohl ich wußte, daß sie Engländer waren, und der Wald erstreckte sich über das ganze Erdenrund, so daß es überhaupt keinen Weg aus ihm heraus gab und es nie mehr hell werden würde. Es war grundfalsch und beunruhigend, als sich mir jenseits meiner Zehen schließlich ein großes Stück von sonnenbeschienenem Gras auftat. Ich machte die Augen noch weiter auf. Ich lag auf dem Rücken, und da war eine Mütze mit einem blauen Schirm, die sich über mich beugte und zuviel von dem herrlich trostreichen Himmel einnahm. Ich zuckte mit der Hand, um sie wegzuschubsen.

»Fühlen Sie sich besser, Mr. Dennim?«

Diesmal hob ich wirklich eine Hand. Mein Kopf war sauber bandagiert. Man hatte mir eine Decke übergelegt. Der Polizist stützte mich an der Schulter und flößte mir heißen, süßen Tee ein. Er wirkte wie Alkohol.

»Nur eine Fleischwunde, oder?« fragte ich.

»Na ja – wenn Sie das ›nur‹ nennen.«

»Ist er tot?«

»Es steht schlecht um ihn. Wir warten auf den Krankenwagen. Würden Sie uns in der Zwischenzeit freundlicherweise erzählen, was vorgefallen ist?«

Ein Inspektor tauchte hinter meinem Rücken auf, räusperte sich und schüttelte leicht den Kopf. Er wirkte teilnahmsvoll, aber extrem neutral. Ich erinnerte mich vage daran, daß es irgendeine Regel gab, derzufolge man Personen, die eines Verbrechens angeklagt werden sollten, nicht befragte, bis sie körperlich in der Verfassung waren, um ein Verhör durchzustehen.

»Was hat Sie hierhergeführt?« fragte ich.

»Ihr Hengst, der die Tewkesbury Road runtergefegt ist. Eine Verkehrsstreife hat ihn zusammen mit einer Stute in den Scheinwerfer bekommen. Da sie beide gesattelt waren, sah es so aus, als ob es einen Unfall gegeben hätte. Sie haben einen der Piköre aus dem Bett geholt, um die Pferde einzufangen, und er hat ein bißchen herumtelefoniert und herausgefunden, wem sie gehören. Eine Tante von Ihnen sagte, in Stow-on-the-Wold sei eine Miss Gillon zu Besuch, die wahrscheinlich wüßte, wo Sie sich befänden, und das tat sie denn auch.«

»Was haben Sie Miss Gillon erzählt?«

»Wir konnten ihr überhaupt nichts erzählen, außer daß Sie womöglich gestürzt sind. Ihre Tante bestand sehr hartnäckig darauf, daß Miss Gillon bleiben solle, wo sie sei, anstatt selber abhanden zu kommen, damit sie einem Admiral Soundso den Weg zur Scheune zeigen könne. Die Dame hat eine Menge gesunden Menschenverstand, obwohl ich nicht sagen würde, daß ihre Umgangsformen am Telefon das waren, was ich unter gut verstehe.«

»Wie lange sind Sie schon hier?«

»Ungefähr eine halbe Stunde. Es hat alles seine Zeit gebraucht.«

Ich sehnte mich nach dem Admiral und Georgina, aber das Auto, das langsam über die Grasnarbe gerumpelt kam, war nicht das seine. Der Hügel vermittelte einen Eindruck von dem frühen Morgen vor einem Pferderennen. Menschen strömten in kleinen Gruppen von den Dörfern herauf und suchten nach Plätzen mit einer guten Aussicht, von denen sie die Polizei nicht zurückbeordern würde.

Das Auto erhielt die Erlaubnis, direkt bis zu uns vorzufahren. Aus ihm kam Sir Thomas Pamellor gesprungen, der mehr denn je wie eine Garnele aussah – war er doch weder gekämmt noch rasiert und strotzte nur so vor Besorgnis und Wichtigkeit. Er erkannte mich nicht, schaute nicht einmal her. Ich war bloß ein gewöhnlicher und lästiger Verletzter.

»Sagen Sie, Callender, was hat das alles zu bedeuten?«

»Wir sind etwas unschlüssig, Sir Thomas«, antwortete der Inspektor. »Auf den ersten Blick scheint es einen Streit gegeben zu haben.«

»Was? Haben schon wieder die Teddy-Boys zugeschlagen? Aber was hat das damit zu tun, daß mein Gast nicht nach Hause gekommen ist? Er sagte, daß es unter Umständen spät würde, also habe ich mir keine Sorgen gemacht, bis ich hörte, daß man die Stute auf der Tewkesbury Road gesichtet hat. Ich hoffe, daß sie ihn in keiner wie auch immer gearteten Weise belästigt haben. Solch ein schockierendes Beispiel für einen Franzosen von Format!«

»Wie lautet eigentlich sein Name, Sir?«

»Der Vicomte de Saint Sabas. Und sehr probritisch, Callender! Die Familie seiner Mutter ... Ach du lieber Gott, wie hieß sie doch gleich wieder? Zwei kleine ›f‹s. Nicht fforde, nicht ffolliot, nicht ffoulkes. Seinem Großvater hat jedenfalls eine Menge Land in Northamptonshire gehört. Oh, ein sehr nützlicher Freund dieses Landes! Im Grunde seines Herzens ist er genauso Engländer, wie ich Franzose bin. Also, wenn es nur etwas mehr Leute wie uns gäbe ...«

»Ist er das vielleicht, Sir?«

Ich fühlte mich imstande, mich aufzusetzen und mich umzusehen. Ein Stück vom Gehölzrand entfernt, wo er hingefallen war, beugten sich zwei Polizisten und ein Arzt über ihn. Sir Thomas lief eilig hinüber und rief aus:

»Saint Sabas! Großer Gott!«

Der Mann war nicht totzukriegen. Er schien etwas zu flüstern, da ich sehen konnte, daß Sir Thomas zuhörte. Er kam zurückgehüpft.

»Hören Sie, Inspektor, was ist hier vorgefallen? Ich bin Mitglied des Kreistages und habe ein Recht auf Auskunft.«

»Wir wissen es nicht, Sir. Ein Nachbar von Ihnen, Admiral Cunobel, hat in der Direktion angerufen, sobald er von dem arabischen Vollblut hörte, und gesagt, daß Mr. Dennim in Lebensgefahr schwebe. Aber der Vi ... der, äh ... Ihr Freund ist bislang noch nicht imstande, eine Erklärung abzugeben.«

»In Lebensgefahr? Von Saint Sabas? Völlig ausgeschlossen, Callender!« platzte Sir Thomas heraus. »Ich war vor dem Krieg viel mit dem Vicomte zusammen. Bin mit ihm auf die Jagd gegangen. Ich behaupte nicht, daß er einen Ehrenhandel ausschlagen würde. Ich bin selber Franzose genug, um nachfühlen zu können, daß ein diskretes Treffen diesem ganzen unliebsamen Aufsehen, das eine Verleumdungsklage in England erregt, allemal vorzuziehen ist. Aber wo sind die Sekundanten? Wir sollten sie hier antreffen. Meines Erachtens ist dies ein klarer Fall von versuchtem Mord, und Sie sollten diesen Kerl sofort in Gewahrsam nehmen. Ich kenne ihn. Er war bei mir zum Lunch! Ich hatte einen äußerst unvorteilhaften Eindruck. Ein internationaler Abenteurer, wie man hört. Die Franzosen dachten, jemand wolle ihn in die Luft sprengen. Ich würde Ihnen raten, unverzüglich Scotland Yard zu benachrichtigen.«

Er fuhr mich an, als hätte ich das Pech, unter seinem Kommando zu stehen.

»Was haben *Sie* zu Ihren Gunsten zu sagen, Dennim?«

»Nichts«, antwortete ich.

»Aber Sie – Sie haben ihn vielleicht getötet.«

Ich sagte, ich hielte das für sehr wahrscheinlich.

»Dies war ein – ein Duell, was?«

»So könnte man es nennen.«

»Was sind Sie eigentlich?« tobte er. »Ich glaube nicht, daß Sie überhaupt Engländer sind.«

»Jedenfalls mehr, Sir, als ich es gestern war.«

Er starrte mich voller Empörung an.

»Belehren Sie ihn über seine Rechte und verhören Sie ihn, Inspektor!«

»Ich glaube, wir gedulden uns besser noch ein wenig, Sir Thomas«, sagte Inspektor Callender gelassen.

Ich ließ mich zurücksinken, da ich zuviel Energie damit verbraucht hatte, Anmaßung mit Anmaßung zu erwidern. Ich hatte das unbehagliche Gefühl, daß Saint Sabas wahrscheinlich recht gehabt hatte, als er in dem Garten des Gasthauses vorhersagte, daß man mich wegen Mordes vor Gericht stellen würde. Die Polizisten waren sehr liebenswürdig und – was mich überraschte – sanft. Aber ich war mir ihrer leidenschaftslosen Gesichter allzu bewußt; ich meine, jenes verhaltenen Ausdrucks, der von der menschlichen Natur das Schlimmste annimmt, während er einem versichert, daß alles zum besten steht, daß Geschworene aufgeschlossen und Gefängnisaufseher verständnisvoll und Zellen sehr komfortabel sind und man nach den ersten sechs Monaten ein Bild seiner Frau aufhängen darf. Das ist es, wofür wir sie bezahlen, hatte Jim Melton gesagt.

Es war ein weiteres Auto zu sehen, das ohne jede Rücksicht auf die Federung über den zerfurchten Weg setzte. Ich hatte keinerlei Zweifel, daß sich der Admiral darin befand. Er hatte sich erstmals einen Namen als Kommandant eines Zerstörers in der Schlacht von Jütland gemacht und attackierte eine leere Erdstraße mit demselben Elan. Ich war so froh, ihn zu sehen, daß ich beinahe erneut das Bewußtsein verlor.

Er stürmte aus dem Auto und bedeutete den Passagieren auf dem Rücksitz mit einer herrischen Geste, daß sie bleiben sollten, wo sie waren.

»Hölle und Verdammnis, Junge! Er hat Sie doch nicht etwa erwischt, oder?«

Ich sagte ihm, daß ich bis auf eine Hautwunde am Kopf wohlauf sei, und bat ihn, soviel zu erklären, wie er irgend könne.

»Ah, Cunobel!« rief Sir Thomas dazwischen. »Ich bin froh, daß Sie hier sind! Sie werden mir eine große Hilfe sein. Auf einen Gast von mir, den Vicomte de Saint Sabas, ist ein Mordanschlag verübt worden.«

»Saint Sabas? Saint Sabas? Ich habe seine Mutter früher sehr gut gekannt.«

Der Admiral blickte mich fragend an, und ich nickte.

»Ich fürchte, daß uns dieser Dennim beide gehörig über den Löffel balbiert hat«, fuhr Sir Thomas fort. »So wie die Dinge stehen, habe ich Schwierigkeiten mit der Polizei. Ich bestehe darauf, daß er vernommen und angeklagt wird.«

»Ihn anklagen? Klagen Sie meine Tante an!« brüllte Cunobel. »*Trollez-vous*, Pamellor! *Trollez-vous*, wie der Franzose sagt! Wenn Sie wollen, daß jemand auf Sie hört, Sie verdammter Narr, schicken Sie doch eine Meldung ans Kabinett!«

Er kniete sich neben mir hin und bettete mich mit väterlicher Fürsorge auf das Polizeikissen.

»Ich habe Georgina und das Gillon-Mädchen im Wagen. Ich habe ihnen gesagt, daß sie warten sollten, bis ich die Lage sondiert hätte. Seine Tante«, erklärte er dem Inspektor, »die einzige nahe Verwandte. Sie haben sich bereits mit ihr am Telefon unterhalten, mh? Sie hat immer recht, aber einfache Burschen wie Sie und ich brauchen Zeit, um das zu verwinden, mh? Soll ich sie herrufen, Charles?«

Ich sagte unschlüssig, daß ich keinen schönen Anblick böte. Ich wolle nicht, daß Benita in die Sache verwickelt würde. Aber er zog mir die Decke bis unters Kinn und winkte zum Auto hinüber.

Benita lief voraus. Sie ließ kein anderes Anzeichen von Besorgnis erkennen. Sie spielte die gut erzogene Engländerin, die fest entschlossen war, eine fremde Welt aus unserem Privatleben herauszuhalten. Ich hatte sie noch nie zuvor in dieser Rolle erlebt, und es irritierte mich, daß ihr frisches, lebhaftes Gesicht so betont ausdruckslos sein sollte.

»Dieses verfluchte Pferd!« sagte sie.

Ich brauchte einen geraumen Moment, um mich daran zu erinnern, daß sie nichts wußte. Ich konnte nicht anfangen zu erklären. Ich versicherte ihr lediglich, daß ein paar Tage im Krankenhaus alles seien, was ich benötigte, und erkundigte mich nach Nur Jehan.

»Daddy ist unten bei den Jagdställen«, antwortete sie giftig, »und hält ihm nach seinem nächtlichen Ausflug Händchen.«

Durch ihre Konzentration auf mich hatte sie die Szene überhaupt nicht erfaßt. Sie erbleichte, als sie die Menschengruppe am Rand des Wäldchens sah, die ernsten Gesichter, die blutgetränkten Binden auf dem Boden. Ein Polizeisergeant ging vorbei, der die Colt und die Mauser, in sein Taschentuch gewickelt, an ihren Läufen trug. Sie begriff urplötzlich zuviel, und die stillschweigenden Folgerungen daraus machten ihrer Selbstbeherrschung ein Ende.

»Also *hast* du jemanden erwartet!«

Sie brach in leidenschaftliche Tränen aus. Keine Hysterie. Nur der unerträgliche Kummer von Jugend, die ihrer Erziehung entflieht.

Georgina hielt sie.

»Ich geh davon aus, daß du nicht ernstlich verletzt bist, Charles?« fragte sie.

»Nein, liebe Georgi.«

»Es scheint, als hättest du sehr viel Glück gehabt. Benita, es besteht keine Veranlassung, daß du dich benimmst wie eine Italienerin, deren Kousine zweiten Grades gerade an Altersschwäche gestorben ist.«

»Er war so allein«, schluchzte Benita. »Immer allein.«

»Mein Liebling, ich mußte es sein«, erwiderte ich. »Aber wenn du nicht gewesen wärst, wäre ich jetzt tot.«

Georgina erkannte, daß sie mir in bezug auf Benita keine Halsstarrigkeit mehr vorzuwerfen brauchte. Aber sie war verwirrt. Sie dachte, Benita hätte in irgendeiner Form einen Angriff auf mich abgewehrt. Ich versuchte zu erklären, was ich meinte: daß man nach der Hingabe an die Liebe und das Land seiner Geliebten nicht mehr die einsamen, leeren Gesten eines Mannes macht, dessen einzige Heimat in seinem Stolz ist.

»Mit Benita verlobt!« rief der Admiral aus. »Besser könnte es gar nicht sein! Es wollte mir nie so recht eingehen, warum Sie sich wie jemand benommen haben, der schon über die Achtzig ist. Du liebe Zeit, als ich in den Vierzigern war . . .«

»Ja, Peregrine?« sagte meine Tante.

»Verdammt, Georgi, ich war in Budapest bei der Donaukommission! Hören Sie, Inspektor, seien Sie so nett und behalten Sie das für sich! Miss Gillon ist bloß Nur Jehans Schwester, mh? Ich meine, es ist der Hengst ihres Vaters, und das ist der einzige Grund, warum sie hier ist. Sie haben nie etwas von einer Romanze gehört, mh? Wir wollen nicht, daß sie die Pressefritzen damit auch noch belästigen. Ich gebe Ihnen mein Wort, daß man den Jungen nicht vor Gericht stellen wird. Aber er wird bestimmt ein oder zwei ungemütliche Wochen verbringen.«

Der Inspektor war Cunobels Charme voll und ganz erlegen. Er nickte, beugte sich aber weiter mit gezücktem Bleistift über sein Notizbuch.

»Hat Miss Gillon den – den anderen Gentleman gekannt?« fragte er.

»Miss Gillon, Inspektor«, sagte Tante Georgina, »hatte keinerlei Kenntnis davon, daß sich mein Neffe opferte, um einen Mörder zu stellen. Selbst ich war nur lückenhaft informiert. Peregrine, mit dir rede ich später noch. Meines Erachtens steht es außer Frage, daß du wesentlich mehr wußtest, als du mir erzählt hast, und ich kann nur hoffen, daß du in deinem Club oder bei deinem Weinhändler« – sie gab uns zu verstehen, daß sie sich an den Madeira erinnerte und zwei und zwei zusammengezählt hatte – »die Bekanntschaft eines weiteren eingefleischten Junggesellen gemacht hast, der eine hohe Position im Innenministerium innehat.«

»Ja, Georgi. Ich kenne den Leiter der Sonderabteilung von Scotland Yard. Aber ich fürchte, daß er kein Junggeselle ist. Ist er Junggeselle, Inspektor?«

»Das kann ich nicht sagen, Sir«, antwortete der Inspektor zurückhaltend – er wollte lächeln, ließ sich aber nicht auf das Risiko einer Auseinandersetzung mit Georgina ein. »Wenn Sie irgendeine Aussage machen wollen, sollten Sie dies als erstes bei der Polizei von Gloucester tun.«

Aussagen. Mr. Dennim hat mir dies gesagt. Mr. Dennim hat mir das gesagt. Nun, zweifelsohne würden sie in Wochen oder Monaten irgendein Indiz zutage fördern, das mich direkt belastete und vom Vertreter der Anklage nicht so ohne weiteres ignoriert werden konnte.

Der Krankenwagen, der angefahren kam und neben dem Inspektor hielt, deprimierte mich noch mehr. Zwei Stunden vorher wäre ich froh genug gewesen, ihn zu sehen; doch jetzt unterstrich er die unabwendbare Trennung von Benita und einen allzu jähen Wechsel von der Bestialität der Nacht zu unmenschlicher Ruhe. Was hatte diese weiße, unpersönliche Maschine für das Zusammenflicken von Körpern mit einer Dunkelheit zu tun, die wirklicher war als die Wärme der Sonne auf meinem Gesicht? Ich sprach und lebte in der Gegenwart, aber die optischen Nerven versuchten noch immer, meinen Feind von den Bäumen zu unterscheiden.

»Himmeldonnerwetter noch mal, ihr wollt sie doch nicht etwa zusammen da hinein verfrachten, oder?« protestierte der Admiral.

Ich blickte nach links. Man war gerade dabei, Saint Sabas auf einer Trage hinter mir vorbeizutragen.

»Setzen Sie mich neben dem Gentleman ab«, sagte er.

Es war ein erstaunlich klares und unmißverständliches Flüstern. Die beiden Träger zögerten. Ich stützte mich auf die Ellenbogen und blickte ihn an. Er war von Kopf bis Fuß in Decken gehüllt. Sein einstmals dunkles Gesicht war weiß wie Eis. Das linke Ohrläppchen war weggeschossen, hatte aber zu bluten aufgehört. Sie hatten sich wegen der Dringlichkeit der anderen Wunden überhaupt nicht darum gekümmert. Er versuchte zu lächeln.

»Bitte, setzen Sie ihn ab«, sagte ich.

Es kam mir gar nicht in den Sinn, um irgend etwas anderes zu bitten. Daß wir uns unterhalten sollten, erschien so natürlich. Was wir gemeinsam durchlebt hatten, hatten wir gemeinsam durchlebt.

»Graf von Dennim, ich hab dort gelegen und hab über Sie nachgedacht. Ich wollte sagen, daß ich Ihnen glaube. Ich schätze, ich hab Ihnen sogar in dem Gasthaus geglaubt. Ich hab genug mit den Offizieren des – jenes Dienstes zu tun gehabt, dem beizutreten Ihre Pflicht Sie zwang. Das sind keine beherzten Männer.

Abbitte ist ein bedeutungsloses Wort für uns. Und Versöhnlichkeit, vielleicht. Aber ich möchte Ihnen eine Frage stellen. Darf ich?«

»Natürlich.«

»Sie war nur ein wandelnder Leichnam? Sie war fast schon tot?«

»Sie war schon tot, Saint Sabas.«

»Danke«, keuchte er. »Sie konnten nicht wissen, wer oder was sie war. Ich bin stolz, daß sie immer noch helfen konnte, als sie nichts mehr zu geben vermochte. Und jetzt – Sie sagten etwas, das mich glauben ließ, daß Sie meinen Namen respektierten.«

»Das tue ich.«

Mit einem letzten heiseren Flüstern seiner unbezähmbaren Willenskraft wechselte er in schnelles Deutsch. Er mußte es perfekt gesprochen haben, als er in der Verfassung war, sich an Worte zu erinnern.

»Dann werde ich mich dazu erdreisten, Sie um einen Gefallen zu bitten. Ihr erster Schuß ist durch mich hindurchgegangen. Die Niere, glaub ich. Aber den verdammten Ärzten ist es zuzutrauen, daß sie mich für den Galgen wieder auf die Beine bringen. Der zweite hat die Oberschenkelarterie zerfetzt. Ich habe sie mit einer Tourniquet abgeklemmt. Ich hab gedacht, ich könnte vielleicht noch kriechen. Gott sei Dank konnte ich es nicht.

Also gab es zuletzt nichts anderes mehr zu tun als nachzudenken.

Die haben ihre eigene Aderpresse angelegt. Ich bin dabei, sie unter der Decke loszumachen. Das Resultat wird offenkundig sein, wenn man mich vom Boden hochhebt. Behalten Sie mich bitte einen Augenblick bei sich, wenn Sie können.«

Sir Thomas Pamellor war damit beschäftigt, Befehle zu erteilen, denen niemand irgendwelche Aufmerksamkeit schenkte. Der Inspektor, vorübergehend von ihm verwirrt, konnte nicht wirksam einschreiten. Doch die Tatsache, daß zwischen mir und Saint Sabas offenbar ein geheimes Einverständnis herrschte, war verdächtig. Und das Interesse auf den Gesichtern des Admirals und Georginas war es auch.

»Waren Sie imstande, dem Gesagten zu folgen?« fragte der Inspektor.

»Ich konnte Deutsch noch nie verstehen!« log Cunobel. »Unmögliche Sprache!«

»Es tut mir leid. Ich auch nicht«, sagte Georgina.

»Ich werde das nicht zulassen, Inspektor!« stieß Sir Thomas hervor. »Dies ist ein klarer Fall von versuchtem Mord. Ich weiß ganz genau, was der Vicomte sagen will. Das würde ich auch tun. Ein großer, christlicher Gentleman . . .«

»Ich bin weder das eine noch das andere«, sagte Saint Sabas leise. »Beugen Sie sich herunter, Inspektor! Nehmen Sie meine Aussage auf und unterbrechen Sie nicht! Ich, Raoul Philippe Humphrey, Vicomte de Saint Sabas, aus Saint Sabas im Departement Maine et Loire, erkläre hiermit feierlich, daß ich versucht habe, diesen Gentleman zu töten – zu ermorden, und daß er mich in Selbstverteidigung getötet hat. Das Motiv bleibt zwischen ihm und mir. Wenn er sich je dazu überwinden kann, es an die Öffentlichkeit zu tragen, wird er nur seinem eigenen Namen Ehre machen und dem meinen so wenig angedeihen lassen, wie er kann.

Ich gestehe, daß ich in Westdeutschland drei Kriegsverbrecher namens Gustav Sporn, Walter Dickfuss und Hans Weber getötet habe. Ich bereue es nicht. Ich bereue nur, daß ich einen so großen Teil meines Lebens auf einen so nichtswürdigen Drang vergeudet haben soll.

Ich gestehe ebenfalls, mit bitterer Scham und Trauer, daß ich der Absender der Bombe war, die vor dem Haus von Charles Dennim einen Briefträger tötete, und ich wünsche, daß die Familie des Mannes aus meiner Hinterlassenschaft eine angemessene finanzielle Entschädigung erhält. Falls man mich vor Gericht brächte, würde ich auf geistige Unzurechnungsfähigkeit plädieren. Der Tod ist eine sehr gnädige Erlösung, für mich wie für meine teuere Frau.«

Er befreite seine linke Hand aus der Decke und streckte sie Sir Thomas hin.

»Wollen Sie eine Minute meine Hand halten – in alter Freundschaft?«

»Sie – Sie – Sie haben einen Briefträger ermordet!« stammelte Pamellor.

Die Hand fiel auf den Boden, so schlaff, daß ein dumpfer Aufschlag zu hören war.

»Niemand«, sagte Saint Sabas undeutlich. »Niemand weiß genug. Nur Dennim.«

»Ich habe immer verstanden, Savarin«, antwortete ich.

Er zog seine rechte Hand hervor, hellrot und triefend, und legte sie mit letzter Kraft zwischen uns auf das Gras. In den wenigen Sekunden, die verblieben, war ich es, der sie in den meinen hielt.

Anmerkungen

Seite 7
In hellen Flammen – Im Original: »Burning Bright«, ein Zitat aus dem Gedicht ›The Tyger‹ von William Blake, das mit den Zeilen beginnt: »Tyger, tyger, burning bright / in the forest of the night«.

Seite 10
Superintendent – Entspricht etwa dem Kommissar der deutschen Polizei.

Seite 158
Deuxième Bureau – Der militärische Geheimdienst in Frankreich.

Seite 158
En clair – (frz.) Klartext, nicht chiffriert.

Seite 217
Colt – Das Wort wird aufgrund der zahllosen Westernfilme gerne als Synonym für Revolver benutzt; die amerikanische Waffenfirma dieses Namens stellt natürlich auch Selbstladepistolen her.

Seite 248
Trollez-vous – Im Original: »Bougrez off!«, ein Wortspiel mit dem recht derben englischen »bugger off«. Leser, denen die deutsche Version zu zahm ist, mögen sie durch »Pissez-vous-en« oder etwas Ähnliches ersetzen.

A.V.